ISABEL MORF

Katzenbach

KATZENKIND Beat Streiff und Zita Elmer ermitteln in einem Fall, der ihnen persönlich nahegeht: Im Katzenbach in Zürich Seebach ist ein totes Baby gefunden worden – ausgerechnet von Valerie Gut, der Freundin von Beat Streiff. Das Kind hatte unter einer sehr seltenen entstellenden Anomalie gelitten, der ganze Körper war mit einer dichten, dunklen Behaarung bedeckt. Die Vermutung liegt nahe, dass der Täter im nächsten Umkreis des Säuglings zu finden ist. Konnte die Mutter den Anblick der Kleinen nicht mehr ertragen oder wollte der Vater seiner Frau aus ihrer Depression heraushelfen? Hat die herrische Großmutter eingegriffen? Verdächtig ist auch die psychisch angeschlagene Lieselotte Bär, die bereits vor zehn Jahren einmal ein Baby entführt hat. Oder hatte die Praxisassistentin Sibel Evren, die tiefes Mitleid mit dem Baby hatte, ihre Hände im Spiel? Als noch ein zweijähriger Junge verschwindet, kommt selbst die robuste Zita Elmer an ihre Grenzen.

Isabel Morf, geboren 1957 in Graubünden, aufgewachsen in Glarus und im Aargau, lebt in Zürich und in Bern. Sie hat in Zürich und Wien Germanistik studiert und einige Jahre als freie Journalistin ihr Geld verdient. Heute arbeitet sie für das schweizerische Parlament in Bern. Sie hat die Fahrradhändlerin Valerie Gut, den Kriminalpolizisten Beat Streiff und eine Reihe weiterer Figuren erfunden, die mittlerweile drei Kriminalromane bevölkern, die alle in verschiedenen Gegenden von Zürich spielen.

Bisherige Veröffentlichungen im Gmeiner-Verlag:
Satzfetzen (2011)
Schrottreif (2009)

ISABEL MORF

Katzenbach

Kriminalroman

GMEINER *Original*

Website der Autorin:
www.isabelmorf.ch

Besuchen Sie uns im Internet:
www.gmeiner-verlag.de

Im Ehnried 5, 88605 Meßkirch
Telefon 0 75 75/20 95-0
info@gmeiner-verlag.de

2. Auflage 2012

Lektorat: Claudia Senghaas, Kirchardt
Herstellung: Julia Franze
Umschlaggestaltung: U.O.R.G. Lutz Eberle, Stuttgart
unter Verwendung eines Fotos von: © Elena Moiseeva – Fotolia.com
Druck: GGP Media GmbH, Pößneck
Printed in Germany
ISBN 978-3-8392-1313-1

Personen und Handlung sind frei erfunden. Ähnlichkeiten mit lebenden oder toten Personen sind rein zufällig und nicht beabsichtigt.

TOD

Ein dunkles Bündel trieb auf dem Katzenbach. Es war ein später Vormittag Anfang Juli, sonnig und bereits heiß. Der schmale Wasserlauf mäanderte zwischen Buschwerk und Seegras. Er führte nicht viel Wasser mit sich, in letzter Zeit hatte es wenig geregnet. Valerie Gut ging dem Bach entlang, Seppli, ihr kleiner grauer Pudelmischling, rannte voraus. Valerie kniff die Augen zu schmalen Schlitzen zusammen. Was war das? Eine tote Katze? Aber da war doch etwas darum herumgewickelt. Ein großer Teddybär? Der Hund, der nie eine Gelegenheit ausließ, sich ins Nass zu stürzen, pflügte schon durchs Wasser, dem Gegenstand hinterher. Valerie rief ihn zurück. Was würde er ihr wieder Unappetitliches anschleppen? Er hörte nicht auf sie. Valerie seufzte. Es musste etwas Totes sein, etwas, was interessant roch; und an ihr wäre es dann, es ihm aus dem Maul zu zerren. Sie schüttelte sich. Nun hatte er es erreicht. Sie fluchte. Er packte das Ding, machte kehrt und schwamm zurück, auf Valerie zu. Ich mache Hackfleisch aus dir, schwor sich Valerie erbittert. Ich gebe dich zurück ins Heim, ich setze dich an einer Autobahnraststätte aus. Ich habe dich nicht mehr lieb. Der Hund kletterte ans Ufer, unbeeindruckt von Valeries Verärgerung, legte ihr das Ding zu Füßen und schüttelte sich ausgiebig das Wasser aus dem Fell.

Aber das nahm Valerie schon nicht mehr wahr. Sie starrte auf das Bündel. Einen Augenblick setzte ihr Herzschlag aus. Entsetzen stieg in ihr auf. Sie kämpfte Panik nieder, den Drang, einfach wegzurennen und zu vergessen, was sie gesehen hatte. Sie zitterte. Zwang sich, sich niederzubeugen. Was da vor ihr im Gras lag, konnte es einfach nicht geben. Alles in ihr sträubte sich dagegen aufzunehmen, was sie sah. Seppli näherte sich schnuppernd. »Weg!«, schrie sie ihn an. Tränen stiegen in ihr hoch. Sie sah sich um. Sie war ganz allein. Niemand da, den sie hätte zu Hilfe rufen können. »Ganz ruhig, Valerie«, sagte sie sich. »Du musst dich jetzt zusammenreißen.« Sie zwang sich, den kleinen Körper anzuschauen. Vor ihr lag ein totes Baby. Sehr klein, wenige Monate alt. Ein Menschenbaby. Es ist ein Menschenbaby, dachte Valerie. Obwohl ein menschliches Baby einfach nicht so aussehen durfte. Es war, bis auf das Windelpaket, unbekleidet. Und es war über und über behaart. Das ganze Körperchen, Ärmchen, Beinchen, Bauch, das Gesichtchen waren bedeckt von dichten, dunklen Haaren. Es hat ein Fell, dachte Valerie verzweifelt, was ist das für ein Wesen? Was ist das nur für ein Wesen? Valerie überwand sich, die Hand auf seine Brust zu legen. Kein Herzschlag. Ich muss etwas tun, dachte Valerie. Die Polizei rufen. Aber was soll ich sagen? Ich werde es nicht erklären können. Sie wählte Beat Streiffs Nummer, ihr Freund arbeitete bei der Kriminalpolizei Zürich. Aber es meldete sich nur die Combox. Dann tippte sie die 117 ein, die Notrufnummer der Polizei. »Ich habe am

Katzenbach einen toten Säugling gefunden«, sagte sie. »Es soll bitte jemand kommen.« Sie nahm den Hund an die Leine, setzte sich zwei Meter von der kleinen Leiche entfernt auf eine Bank, die Arme um die angewinkelten Beine geschlungen, und wartete. Langsam formte sich in ihrem Inneren ein Satz: Wie ist das Baby in den Bach – sie hielt inne – gefallen? Ist es geworfen worden? Sie fror.

Nadine Attinger wachte auf vom Weinen des Babys. Sie blieb reglos liegen. Die durchdringende Stimme des hungrigen Säuglings löste in ihr eine Welle von Schuldgefühlen und Abwehr aus, die sie lähmte. Sie wagte einen Blick auf die Uhr. Schon halb neun. Ich muss aufstehen, dachte sie, ich muss einfach. Das Schreien wurde lauter. Nadine zwang sich aus dem Bett. Sie warf sich den Morgenmantel über, wusch sich im Bad rasch den Schlaf aus den Augen und ging ins eine Kinderzimmer. Lotte, die Vierjährige, war schon angezogen. Sie saß am Tisch und zeichnete. Gefrühstückt hatte sie, wie fast jeden Morgen, mit dem Vater, der auch Luzia gewickelt und gefüttert hatte, bevor er zur Arbeit ging. Lotte sah der Mutter mit einem schüchternen Lächeln entgegen. »Mama, ich glaube, Luzia hat in die Windeln gemacht.« Nadine nickte. Sie ging ins Nebenzimmer zum Babybettchen und hob den Säugling heraus. Einen Augenblick lang fühlte sie sich verzweifelt überfordert von der Entscheidung, ob sie die Kleine zuerst wickeln oder zuerst füttern sollte. Ihr Herz klopfte heftig vor Angst.

»Mama, ich möchte heute nicht in die Spielgruppe.«

»Doch, Lotte, natürlich gehst du hin; warum denn nicht?«

»Ich möchte heute bei dir bleiben.« Das Mädchen schmiegte sich an sie. Ach was, dachte Nadine, ist doch egal. »Dann bleibst du eben hier«, sagte sie müde. Lotte war zwar groß für ihr Alter, aber in letzter Zeit schien sie von ihrem Verhalten her jünger zu sein als ihre viereinhalb Jahre. Sie war entweder sehr anhänglich oder sie zog sich in ihre Märchenwelten zurück. Nadine machte sich daran, das Baby auszuziehen. Heute war es vier Monate alt. Vier Monate, dachte sie, eine Ewigkeit, und Jahre liegen noch vor uns. Es kann nicht so weitergehen, es muss sich etwas ändern. Ich muss mich ändern, die Situation muss sich ändern. Sie warf die Windel weg und nahm ein feuchtes Tuch, um das Kind zu waschen. Sie betrachtete den kleinen, dicht behaarten Körper. Ihr Herz zog sich zusammen. Warum gewöhne ich mich nicht endlich daran?, fragte sie sich. Warum wird es immer schlimmer?

»Wollen wir Luzia wieder einmal rasieren?«, schlug Lotte vor, die neben dem Wickeltisch stand. Vorsichtig streichelte sie die Kleine.

Nadine schüttelte den Kopf. »Sie ist hungrig«, sagte sie, »sie braucht rasch ihr Fläschchen.« Es war eine Ausrede. »Vielleicht später.« Später. Sie mochte gar nicht an den Tag denken, der vor ihr lag. Das Nötigste im Haushalt machen. Mittagessen für sich und Lotte. Warten, bis es Abend war. Bis Stefan kam. Früher, dachte sie, früher war es ganz anders. Ich war anders. Als Lotte ein Baby war, waren wir glücklich. Alles war einfach. Ich habe Lotte gestillt, geherzt, geküsst, sie hübsch angezogen, sie spazierengefahren. Leute sind stehengeblieben und haben sie bewundert. Abends ist Stefan heimgekommen, hat mit ihr gespielt, sie hat gelacht, ihr glucksendes Babylachen, bis sich ihr Gesichtchen verzogen hat, sie in Weinen ausgebrochen ist und wir sie getröstet haben, mit einem Milchfläschchen, einem Püppchen, einem Wiegenlied. Wir waren eine kleine, glückliche Welt für uns, Stefan, Lotte und ich.

Die Milch war warm, Nadine setzte sich mit der Kleinen im Arm an den Küchentisch und gab ihr zu trinken. Sie saugte eifrig. Immer wenn sie trank, waren ihre Hände zu Fäustchen geballt, und die Augen hielt sie geschlossen.

Jetzt sind wir allein, dachte Nadine, alle vier. Und ich bin schuld. Ich habe dieses hässliche Baby auf die Welt gebracht. Und ich kann es nicht lieben. Stefan darf es nicht merken. Lotte darf es nicht merken. Ich muss irgendwie durchhalten. Vielleicht sind die anderen gar nicht allein. Vielleicht sind Stefan, Lotte und Luzia diese kleine, glückliche Einheit, wie wir es früher waren. Nur ich gehöre nicht dazu.

Lotte, die gern zuschaute, wie Luzia trank, lachte. »Guck, wie lustig sie aussieht.« Nadine zwang sich zu einem Lächeln. Lotte schlenderte hinaus zum Sandkasten. Als das Baby versorgt war, ging Nadine ins Bad. Duschte. Zog sich an. Sie schaute in den Spiegel. Eine

Frau von Mitte dreißig sah ihr entgegen, mittelgroß, braunhaarig, unauffällig. Sie kämmte sich. Starrte sich an. Sie war blass. Ich sollte etwas Make-up auflegen, dachte sie. Wie lange ist es her, seit ich mich zum letzten Mal schön gemacht habe? Das war in Sils Maria gewesen. Vor einer Ewigkeit. Als sie sich einen Tag lang eingebildet hatte, alles könnte wieder gut werden. Heute griff sie nicht einmal zur Wimperntusche. Es war zehn Uhr. Noch siebeneinhalb Stunden, bis Stefan nach Hause kam. Siebeneinhalb Stunden, die zu überstehen waren. Im Wohnzimmer startete sie den Computer und bestellte beim Großverteiler die Lebensmittel, die sie in den nächsten paar Tagen brauchten. Es gab zwar einen Coop in der Nähe, aber sie ging kaum noch hin. Stefan fand die Neuerung eine gute Idee. »Klar, mach das, dann hast du mehr Zeit für die Kinder«, hatte er gemeint. Mehr Zeit für die Kinder. Sie hatte genickt. Dankbar für die Erklärung, die er angeboten hatte. Gleichzeitig war Bitterkeit in ihr hochgestiegen. Ob er seine eigene Erklärung wirklich glaubte? Ich muss froh sein, wenn er mir glaubt, das wusste sie.

Sie bettete Luzia in den Wagen. Das Baby trug nur ein Windelpaket, auf ein Hemdchen hatte Nadine verzichtet, denn die Kleine hatte es mit ihrem Pelzchen schon genügend warm. Sie schob den Wagen ins Freie und platzierte ihn unter einem der hohen Bäume mit ausladenden Ästen und dichtem Blattwerk, die das Haus umgaben, damit die Kleine im Schatten lag. Sie schlief. Nadine warf einen Blick um die Ecke, zum Sandkasten, wo Lotte spielte. Sie redete mit ihrer Puppe und führte kleine Plastikkamele durch eine Sandwüste. Lotte war ein fantasievolles Kind, das gut allein spielen konnte, sich Geschichten ausdachte, die sie mit Puppen und Plastiktieren aufführte. Nadine setzte sich beim Kinderwagen auf eine Bank. Es war ruhig hier. Grün. Vor dem Haus plätscherte der Katzenbach vorbei. Auf dem Spazierweg gingen Leute, ein Mann mit einem Hund, eine junge Frau, die Nadine vage bekannt vorkam. Sie hatten Glück gehabt, diese Wohnung zu finden. Seebach war ein Außenquartier von Zürich, ein bisschen weit vom Zentrum entfernt. Aber Stefan arbeitete in der Nähe, in Glattbrugg. Und sie hatte nicht das geringste Bedürfnis, oft in die Stadt zu fahren. Was sollte sie dort. Hier könnten ihre Kinder glücklich aufwachsen, so hatten es Stefan und sie empfunden. Hier wären sie eine glückliche Familie. Und jetzt? Über Nadine legte sich wieder dieses Gefühl der Lähmung, das sich eine halbe Stunde lang verzogen hatte. Lotte erschien: »Mama, kommst du mit mir spielen?«

»Nein, meine Kleine. Ich muss ein bisschen nachdenken.«

»Komm doch.« Lotte näherte sich ihr. »Mama, bist du traurig?«

»Nein«, wehrte Nadine ab. »Nur etwas müde. Nachts hat Luzia geweint und ich musste aufstehen. Sei brav, Lotti, deine Puppe wartet auf dich. Ich muss in der Nähe von Luzia bleiben.«

Lotte zog ab.

Ich bin keine gute Mutter, dachte Nadine. Nicht mehr. Ich muss etwas tun. Es muss sich etwas ändern. Ich hole die Zeitung, ich werde Zeitung lesen, während meine Kinder um mich sind, wie eine normale Mutter. Wenn ich nur das Rad zurückdrehen könnte, wenn wir wieder unbeschwert sein könnten, Stefan, Lotte und ich. Sie ging ins Haus.

»Lotte«, rief Nadine, »hast du die Kleine aus dem Wagen genommen?«

Lotte stoppte ihre Karawane und sah auf. »Ich bin am Spielen.«

»Hast du jemanden gesehen? Luzia ist nicht mehr in ihrem Wagen!«

»Ich habe niemanden gesehen. Und du hast gesagt, dass ich Luzia nicht zum Sandkasten nehmen darf. Wo ist Luzia?«

»Ich weiß es nicht. Sie ist nicht mehr in ihrem Wagen. – Ich war zehn Minuten im Haus.« Ihre Stimme wurde lauter. »Lotte, du musst doch etwas gesehen haben. Ist jemand vorbeigekommen?«

Das Mädchen schüttelte den Kopf. Sie stand auf und kam langsam zum Kinderwagen, schaute hinein. Er war leer. Nur Luzias gelbes Plüschschäfchen lag darin.

Nadine rannte zum Haus. Klingelte bei den Nachbarn. Niemand öffnete. Natürlich, Frau Kösch habe ich gesehen, wie sie zum Einkaufen ging. Frau Gilmann arbeitet. Wettsteins sind in den Ferien. Niemand im Haus. Ich muss … »Lotte«, sagte sie, »komm ins

Haus.« Mit zitternden Fingern wählte sie die Nummer ihres Mannes. »Stefan«, rief sie, »Luzia ist nicht mehr da!«

»Luzia?«, fragte er. »Du meinst Lotte?«

»Nein«, sie weinte beinahe. »Luzia. Sie ist nicht mehr in ihrem Wagen. Ich war doch bloß ein paar Minuten im Haus. Und jetzt ist sie weg.«

Schweigen.

»Stefan, du musst herkommen.«

»Ich bin in ein paar Minuten da.«

Stefan Attinger legte das Telefon ab.

»Ist etwas passiert?«, fragte Peter Brogli, sein Arbeitskollege.

»Ich muss nochmals weg«, sagte Stefan. »Meine Frau. Sie sagte, unsere Tochter sei verschwunden.« Er blickte in Broglis Richtung, aber er schien ihn nicht zu sehen.

»Soll ich dem Chef etwas sagen?«, fragte Brogli erschrocken.

Stefan gab keine Antwort. Er griff nach seinem Jackett und war weg. Brogli sah ihm nach. Attinger war schon eine ganze Weile so komisch gewesen. Hatte immer irgendwie unter Spannung gestanden. Man wusste im Betrieb, dass das zweite Kind irgendeine Behinderung oder Krankheit hatte. Das hatte Attinger erzählt, ohne in Details zu gehen. Und er hatte nie Fotos von dem Baby herumgezeigt. Heute Vormittag war er ganz besonders gedrückt gewesen. Eine halbe Stunde war er weg gewesen, ohne Auskunft zu geben, wo er hingegangen war.

Und jetzt war seine Tochter verschwunden? Das konnte doch eine ganz harmlose Erklärung haben, sie hatte sich mit einer Spielkameradin verplaudert oder so. Brogli selbst hatte keine Kinder.

Stefans Hände zitterten so, dass er den Autoschlüssel kaum ins Schloss brachte. Jetzt ist die Katastrophe da, hämmerte es in seinem Kopf. Und es wird kein Happy End geben. Er fuhr los, den gewohnten Weg, der ihm plötzlich ganz unbekannt vorkam. Fast hätte er ein Rotlicht überfahren. Vor vier Monaten hatte es begonnen. Da hatte ihr Leben sich in einen Alptraum verwandelt, in dem sie sich zäh bewegten, jeder für sich, um wieder herauszufinden. Ohne Erfolg. Er würde nie zu Ende sein. Es gab keinen Ausweg. Auch Luzias Verschwinden nicht.

Nadine rannte zum Nachbarhaus, Lotte an der Hand. Klingelte überall gleichzeitig. Zwei Nachbarinnen kamen an die Tür. »Unser Baby ist verschwunden«, sagte sie, »es lag im Wagen vor dem Haus. Haben Sie jemanden gesehen?«

»Das kleine, äh, dunkle?«, fragte die eine Frau.

»Unser Baby«, wiederholte Nadine und biss sich auf die Lippen. Das dunkle – sie wusste, was das hieß. Ich kann froh sein, dass sie nicht sagt: das hässliche, das missgestaltete Baby.

Beide Frauen hatten nichts bemerkt. »Wir sehen ja gar nicht bis zu Ihrem Sitzplatz«, sagte die eine, »er ist ja von den Büschen und der Baumkrone verdeckt.«

»Ja, aber ist jemand gekommen oder gegangen?« Sie schüttelten den Kopf.

Nadine ging mit Lotte zurück. Sie starrte in den Kinderwagen. Die Decke war zurückgeschlagen, das Kissen lag da, noch eingedrückt vom Babyköpfchen. Lotte sah zu ihr hoch. Die Mutter zog sie an sich. »Nicht traurig sein, wir finden Luzia wieder. Bestimmt.«

»Möchtest du denn, dass Luzia zurückkommt?«, fragte Lotte.

Aber Nadine achtete nicht auf ihre Bemerkung, sie hörte, dass Stefan in die Garageneinfahrt einbog. »Papa ist da, komm«, sagte sie und eilte ums Haus.

Als Stefan seine Frau auf sich zukommen sah, kam ihm die Situation für einen Moment völlig irreal vor. Das kann doch nicht unser Leben sein, dachte er ungläubig, alles hat eine ganz falsche Wendung genommen, wir haben uns verirrt und wir werden nicht mehr zurückfinden. Wir haben versagt, und die Versuche, die Sache wieder in Ordnung zu bringen, haben alles noch schlimmer gemacht. Er sah Lottes ängstlich aufgerissene Augen und wusste, dass er sich solche Empfindungen nicht leisten durfte. Er nahm seine Frau in die Arme, ihre Hände waren eiskalt. Einen Moment lang machte ihr Blick, den er nicht zu deuten vermochte, ihm Angst. Sie gingen hinein.

»Ich wollte nur rasch die Zeitung holen«, sagte Nadine. »Aber dann kam mir in den Sinn, dass ich Lotte in der Spielgruppe abmelden musste, und dann kam noch ein Anruf von einem Marktforschungsinstitut, und ich konnte die Frau nicht gleich abwimmeln. Aber mehr als zehn Minuten war ich bestimmt nicht drin.«

»Wir müssen Luzia als vermisst melden«, sagte Stefan, »ich rufe die Polizei an.«

»Aber wie willst du es am Telefon erklären«, fragte Nadine stotternd, »ich meine, wie sie aussieht?«

Stefan sah sie nicht an. »Du hast recht. Ich rufe an und dann fahre ich zum Polizeiposten«, gab er zu. »Bleib hier und lass Lotte nicht aus den Augen.«

Die beiden Polizisten und der Sanitäter kamen zu Fuß. Valerie zeigte stumm auf das Baby.

»Mein Gott«, sagte der eine Polizist, ein junger, kräftiger Typ, »was ist denn das?« Er beugte sich nieder.

»Es ist ein Kind«, sagte Valerie. »Sein Herz schlägt nicht. Es ist tot.«

»Ein Kind«, wiederholte der Sanitäter und berührte das behaarte Gesichtchen. »Was hat denn das für eine Krankheit? Das sieht ja aus wie …« Er brach ab. »Im Bach war es?«, fragte er.

Valerie nickte.

Er prüfte, ob es atmete, suchte nach seinem Puls und den Herztönen. »Ein Unfall«, meinte er nachdenklich. »Oder eine Kindstötung.«

Valerie fing einen Blick von ihm auf und wusste, was er dachte.

»Es ist noch sehr klein«, sagte der zweite Polizist, »drei, vier Monate.« Er hatte selbst drei Kinder. »Aber es ist kein Neugeborenes, es wurde nicht nach der Geburt ausgesetzt. Man kann sicher herausfinden, wem es gehört.«

»Vielleicht wird es vermisst«, meinte Valerie hilflos. Der junge Beamte zuckte die Schultern. »Irgendwer wird sicher wissen, dass es nicht mehr dort ist, wo es sein sollte. Jedenfalls ist es nicht selber in den Bach gekrochen.«

Plötzlich kamen Valerie die Tränen. »Müssen Sie so herzlos sein?«, fuhr sie den Polizisten an.

»Ich?«, gab er zurück. »Ich habe es nicht weggeworfen. Jedenfalls muss es in die Rechtsmedizin.« Er griff zum Handy.

Adrian Dürst sah auf den ersten Blick, dass das der Mann sein musste, der vor zehn Minuten angerufen hatte. Er parkte sein Auto vor der Regionalwache quer über zwei Parkplätze, sprang aus dem Wagen und eilte auf das Gebäude zu, ohne das Auto abzuschließen. Dann stand er vor ihm, bleich, Schweißtropfen auf der Stirn. »Attinger«, sagte er, »unser Baby –«

Dürst bat ihn ins Anzeigenzimmer, einen kleinen, nüchtern gehaltenen Raum, in dem man ungestört reden konnte.

Dürst hatte die telefonische Meldung sofort an die Zentrale weitergeleitet, und inzwischen waren alle Streifenwagen wohl schon informiert, dass in Seebach ein

Säugling verschwunden war. Genaueres hatte Dürst nicht erfahren, der Vater hatte sich am Telefon kurz gehalten.

Seine Hände zitterten, wie er Dürst nun im Anzeigenzimmer gegenübersaß.

»Es ist ein Mädchen, sagten Sie«, begann Dürst.

»Ja. Luzia. Vier Monate alt.« Er riss sich zusammen und gab dem Polizisten einigermaßen zusammenhängend weiter, was Nadine ihm erzählt hatte.

»Könnte das Mädchen entführt worden sein?«, fragte Dürst.

Stefan Attinger schüttelte den Kopf. »Kaum. Wir sind nicht reich. Bei uns ist kein großes Lösegeld zu holen.«

Dürst tat der Mann leid. »Schauen Sie, es ist schon vorgekommen, dass Frauen, die kein Kind haben, sich aber eines wünschen, sich so darauf fixieren, dass sie ein Baby stehlen. Falls es in Ihrem Fall so ist, wird Ihrer Tochter sicher nichts geschehen, und wir werden sie finden.«

Wieder schüttelte Stefan den Kopf. »Ich glaube nicht, dass unser Baby jemand stiehlt«, sagte er gepresst. »Es ist nicht … es ist … es sieht nicht so aus wie andere Kinder.«

»Ist es behindert?«, fragte Dürst.

»Nein, eigentlich nicht. Es ist … es hat nur einen … Gendefekt.« Er sah am Polizisten vorbei.

»Sie müssen mir schon sagen, wie das Kind aussieht.«

»Es hat eine Hypertrichose«, brachte Stefan heraus. »Ambras-Syndrom.«

»Und was ist das?«

»Es ist ... es hat ... also, es hat Haare am ganzen Körper. Dichte Haare.«

Dürst lehnte sich zurück. »Haare? Am ganzen Körper? An den Armen? Den Beinen? Im Gesicht?«

Stefan nickte.

Mein Gott, dachte Dürst. »Haben Sie ein Foto?«

»Nein, das heißt ja, aber auf dem Foto ist es rasiert.«

Rasiert. Dürst schluckte. »Aber heute Morgen war es nicht rasiert, als es verschwunden ist?«

»Nein, heute Morgen nicht.«

»Wir sind bereits daran, Ihr Baby zu suchen«, versicherte Dürst. »Die Meldung ist schon raus. Haben Sie irgendeinen Verdacht, wer es genommen haben könnte?«

»Nein, gar keinen.«

Es klopfte. Ein junger Polizist schaute herein. »Könnten Sie bitte rasch –«, wandte er sich an Dürst. Dieser machte eine abwehrende Handbewegung. »Es ist wichtig«, insistierte der Beamte.

»Entschuldigen Sie mich einen Augenblick«, bat er Attinger und ging hinaus.

Stefan starrte auf die helle Tischplatte, auf den grauen Linoleumboden, auf das vergitterte Fenster. Er fühlte sich wie gelähmt. Das ist kein Alptraum, sagte er sich, das ist die Realität. Dieser kleine Raum, in dem ich über das Verschwinden meiner Tochter spreche. Er hätte nicht sagen können, wie lange er da saß. Eine Minute? Eine Stunde? Hundert Jahre?

Der Polizist kam zurück. Setzte sich wieder ihm gegenüber. Sagte einen Moment nichts.

»Herr Attinger«, hob er dann an, »es ist ein kleines Mädchen gefunden worden, auf das Ihre Beschreibung passt.«

Stefan starrte ihn an.

»Es ist tot. Es tut mir sehr leid.«

Gefunden? Tot? »Wo?«, flüsterte er. »Warum tot?«

»Eine Spaziergängerin hat im Katzenbach ein wenige Monate altes Baby entdeckt, dessen Körper mit Haaren bedeckt ist. Es war schon tot, als sie es fand.«

Stefan schlug die Hände vors Gesicht.

Am Katzenbach war die erste Ermittlungsarbeit in Gang gekommen. Staatsanwalt Welti war vor Ort, eine Gerichtsmedizinerin, Katja Keller, Beat Streiff von der Kriminalpolizei und ein paar Leute vom Kriminaltechnischen Dienst, die die Umgebung nach irgendwelchen Spuren, Fußabdrücken, Fasern, Zigarettenstummeln oder verlorenen Gegenständen absuchten und Fotos von der Leiche und vom Fundort machten. Das Gebiet um den Fundort der Leiche war abgesperrt, Spaziergänger wurden weggeschickt.

Valerie Gut hatte ihre Aussage gemacht. Katja Keller hatte sie gefragt, ob sie mit einem Polizeipsychologen sprechen wolle, aber sie hatte abgelehnt. Sie wollte nur nach Hause. Beat würde in den nächsten Stunden keine Zeit haben für sie, das war klar. Er hatte versprochen, sie abends anzurufen. Sie warf einen letzten Blick auf das tote kleine Mädchen und schlich mit Seppli davon. Vor einer Stunde war noch Sommer gewesen, ein heller, heiterer Tag. Jetzt empfand sie die Hitze als drückend, die Sonne als grell, den Tag, der vor ihr lag, als sinnlos.

»Wahrscheinlich ist es ertrunken«, meinte Katja Keller nach einer ersten flüchtigen Untersuchung. Verletzungen wies es keine auf. »Aber ich werde es in der Rechtsmedizin noch genauer anschauen müssen.«

»Was hatte es denn?«, fragte Welti, »warum sieht es so aus?«

»Keine Ahnung, ich habe das noch nie gesehen. Das muss ich erst recherchieren. Ich melde mich.«

Sie gab das Zeichen zum Aufbruch.

Die Leute von der Spurensuche waren nicht fündig geworden.

»Das Kind ist vermutlich nicht hier ins Wasser gefallen oder geworfen worden, sondern weiter oben, und den Bach hinuntergetrieben«, überlegte Welti. Streiff stimmte ihm zu. Sein Telefon klingelte.

»Es gibt eine Vermisstenanzeige«, meldete er dann. »Eine Familie Attinger, die wohnen da ein paar Hundert Meter weiter oben. Die Beschreibung passt. Ein vier Monate altes Mädchen. Und sein Körper ist mit Haaren bedeckt. Der Vater ist auf der Regionalwache Oerlikon. Ich fahre mal hin.«

Stefan blickte auf den kleinen Körper seiner Tochter.

In der letzten Stunde war ihm, so kam es ihm vor, sein Leben völlig aus der Hand genommen worden. Er war zu einem Objekt geworden, über das andere bestimmten. Andere, die ihn besorgt musterten, sich abwandten und telefonierten, sodass er nicht mitbekam, was gesprochen wurde, ihm behutsame Vorschläge machten, die er befolgte. Es war vor allem dieser Umgang mit ihm, der ihn empfinden ließ, dass etwas Furchtbares geschehen war. Dass Luzia tot war, war noch nicht wirklich zu ihm durchgedrungen. Dürst hatte ihm einen Kaffee angeboten, während sie auf einen Kriminalbeamten warteten, der eine Viertelstunde später eintraf und sich als Beat Streiff vorgestellt hatte. Stefan hatte verstanden, dass er mit diesem Polizisten in die Rechtsmedizin fahren und dort das Baby sehen würde, das gefunden worden war.

»Möchten Sie jemanden anrufen?«, hatte Streiff vorgeschlagen. »Vielleicht Ihre Frau?«

Nadine? Nein, Nadine war allein, er durfte ihr das nicht einfach am Telefon sagen, das würde sie nicht aushalten.

»Ich rufe meinen Schwager an«, hatte er gesagt, »er soll zu meiner Frau fahren.«

Er hatte Leon sofort erreicht. Er hatte sich darüber gewundert, dass er dazu imstande war, ihm die Situation zu erklären. Leon hatte sich sofort bereitgefunden, zu Nadine und Lotte zu fahren. Er arbeitete in einem angrenzenden Stadtviertel, in Schwamendingen, und konnte seine Mittagspause etwas vorverlegen.

Dann hatte Stefan seine Frau angerufen. »Leon wird gleich bei euch sein«, hatte er als Erstes gesagt. »Bei mir dauert es etwas.«

»Was ist los?«, hatte Nadine geschrien.

»Sie haben ein kleines Mädchen gefunden. Es ist nicht ganz sicher, ob es Luzia ist. Es ist im Spital«, log Stefan, »sie fahren mich hin.« Erschöpft legte er auf.

Der Polizist hatte ihn angeschaut.

»Meine Frau, sie ist, ich meine, sie ist nicht ... sehr robust, seelisch«, hatte Stefan seine Lüge zu erklären versucht. »Es ist ja noch nicht sicher, dass das Baby unser Kind ist. Man muss sie ja nicht unnötig ... beunruhigen.« Er hatte abgebrochen. Er wusste genau, dass es kein Baby gab, das man mit Luzia hätte verwechseln können.

Streiff hatte genickt. »Kommen Sie, wir fahren.«

Sie waren quer durch die Stadt gefahren bis zum Institut für Rechtsmedizin an der Rämistrasse. Stefan hätte nicht sagen können, wie lange die Fahrt dauerte, eine Fahrt durch eine ganz fremde Stadt, die ihn ausgestoßen hatte, zu deren Alltagsleben er nicht mehr gehörte. Irgendwann hatte der Wagen gestoppt, Stefan war ausgestiegen, weil man ihn geheißen hatte, er war dem Polizeibeamten nachgegangen in das Gebäude, war eingetreten in eine Welt von unheimlichen, kalten, bedrückenden Gerüchen nach scharfen Chemikalien. Er hatte eine Weile warten müssen, bis ihn die

Rechtsmedizinerin holte und in den Raum führte, in dem das Baby lag.

Jetzt stand er vor Luzia. Die Gerüche nahm er nicht mehr wahr. Luzia lag in einem Obduktionssaal, einem kühlen Raum, auf einer Liege. Man hatte ein Tuch unter sie gelegt. Die ganze Anspannung der letzten vier Monate, die Angst vor der Zukunft, das Gefühl, dass die Familie an diesem Kind scheitern würde, verwandelten sich in diesem Moment in Leid, Reue und Schuldgefühle. Klein und nackt lag sie da, Luzia, war nur noch als Körper vorhanden, nicht mehr als kleiner Mensch. Wir haben dich nicht beschützt, dachte Stefan, wir haben es nicht geschafft, dich anzunehmen. Wir haben dich lieb gehabt, und doch haben wir es nicht geschafft, glücklich zu sein. Ihre Behaarung schien ihm angesichts ihres Todes plötzlich vollkommen unbedeutend zu sein. Und davor haben wir kapituliert, dachte er fassungslos. Was sind wir für Eltern, was sind wir für eine Familie. Entsetzen vor sich selber drohte ihn zu überschwemmen. In einem verzweifelten Kraftakt drängte er diese Erkenntnis beiseite.

»Ja, es ist Luzia«, sagte er, zur Rechtsmedizinerin gewandt. Er ließ sich hinausführen.

Auch Beat Streiff hatte der Anblick des toten Babys mitgenommen. Er war Mitte fünfzig, fast dreißig Jahre bei der Kriminalpolizei Zürich und hatte schon vieles gesehen. Gewalt, Elend, Leid, schlimm zugerichtete Leichen, auch getötete Kinder. Kalt ließ ihn das alles nicht, er war kein zynischer Mensch geworden, aber er hatte Strategien entwickelt, sich abzugrenzen, professionell mit solchen Situationen umzugehen. Er war dem Schrecken nicht wehrlos ausgesetzt, sondern er nahm sofort Details wahr, die vielleicht bei der Aufklärung helfen konnten: Wie lag eine Person da, wie sah die Wunde aus – eine Vielzahl von Kleinigkeiten fielen ihm auf. Belastender als der Anblick eines Mordopfers war es für Streiff, wenn er den Angehörigen die Nachricht vom Tod des Mannes, der Tochter oder des Bruders überbringen musste, wenn er sich Menschen gegenübersah, die keine Distanz, keinen Schutz hatten, sondern völlig unvorbereitet von der schrecklichen Botschaft getroffen wurden. Er kam auch damit zurecht, aber solche Szenen verfolgten ihn manchmal, erschienen vor ihm, wenn er spätabends in seiner Küche saß und endlich hätte abschalten können. Dann sah er die ungläubigen, entsetzten Gesichter vor sich, starr vor Schreck oder tränenüberströmt oder von einer sinnlosen Wut ergriffen. Schon oft hatte er den Augenblick miterlebt, in dem für jemanden die Welt zusammengebrochen war, das Leben eine furchtbare Wende genommen hatte.

Dennoch, Streiff liebte seine Arbeit und er war ein guter Ermittler. Er hatte lange nicht recht gewusst, was er beruflich machen sollte, hatte ein paar Semester Jura studiert, dann längere Zeit als Judolehrer gearbeitet. Dass er schließlich bei der Polizei gelandet war, hatte er nie bereut, auch wenn er sich anfangs in seinem Freundeskreis dafür rechtfertigen musste und eine Beziehung daran gescheitert war. Nach der Polizeischule war er ein paar Jahre Streife gefahren, hatte dann den Kripo-Einführungskurs gemacht. Zuerst war er auf der Regionalwache Wiedikon Revierdetektiv gewesen, dann hatte er sich bei der Fachgruppe Gewaltdelikte beworben. Er liebte es, dort zu arbeiten, wo das Leben nicht seinen geordneten Gang ging, sondern in Unruhe geriet. Es gefiel ihm aber auch, dass er selbst nicht ein Element des Chaos war, sondern eines, das dagegen einschritt, das die Ordnung wiederherstellte – und vielleicht die Gerechtigkeit? Gerechtigkeit, das war ein großes Wort und Streiff benutzte es selten. Aber er war doch davon überzeugt, dass seine Arbeit manchmal ein Stück Gerechtigkeit herstellte.

Er hatte das Valerie gegenüber einmal so formuliert, und es hatte ihn sehr gefreut, dass sie nicht spöttisch darauf reagiert hatte, sondern ihn verstanden hatte. Sie hatte es ganz pragmatisch gesehen: Wer ein Verbrechen begeht, muss dafür bestraft werden, damit die gesellschaftlichen Übereinkünfte des Zusammenlebens nicht aus den Fugen geraten und damit die Opfer des Verbrechens, die durch die Tat aus der Gemeinschaft hinausgestoßen worden sind, sich von der Gesellschaft wieder aufgenommen fühlen. Ja, ungefähr so sah er es auch. Valerie. Er wäre kaum mit ihr zusammen, wenn er nicht Polizist geworden wäre. Vor sechs Jahren waren sie zusammengekommen, als in ihrem Fahrradgeschäft FahrGut ein Tötungsdelikt begangen worden war, in dem er ermittelt hatte. An sich kein romantischer Anlass, aber nach Abschluss des Falls hatte er sich ins Zeug gelegt, um ein bisschen Romantik in die Geschichte zu bringen, und seine Umwerbung hatte Valerie, die ihrerseits auch schon ein paar Hintergedanken gehegt hatte, überzeugt. Auch nach sechs Jahren war ihnen nie langweilig miteinander. Manchmal stritten sie sich, Valerie hatte ein hitziges Temperament, aber meist verstanden sie sich gut.

Und jetzt hatte sie dieses Baby gefunden. Sie war ganz erschüttert gewesen, er würde sich heute Abend um sie kümmern. Auch ihn hatte der Anblick bewegt. Ein hilfloses, wehrloses Geschöpf war es, aber gleichzeitig auch ein Wesen, das nicht Fürsorglichkeit, Beschützergefühle, sondern zuerst einmal Befremden, wenn nicht Schrecken und Abneigung auslöste. Es hatte nichts davon gewusst, wie es aussah, wie es wirkte, dass es ganz anders war als alle anderen Babys. Sein Leben hatte darin bestanden zu trinken, zu schlafen, seine nächste Umgebung zu beschauen, die paar wenigen Menschen, die es schon kannte, anzulächeln, zu schreien, wenn es sich unwohl fühlte. Auch Streiff war bei seinem Anblick erschrocken. Ich muss mich unbedingt über diese Krankheit ins Bild setzen, hatte er gedacht. Beim Anblick von toten Kindern musste er immer denken, dass sie um ihr Leben betrogen worden waren, dass sie ein Leben verdient gehabt hätten, einfach ein normales Leben mit Höhen und Tiefen, Freuden und Problemen, Erfolgen und Verletzungen, und er empfand einen Anflug von Trauer, weil ihnen das genommen worden war. Bei diesem Baby ging es ihm nicht anders.

GEBURT

Der Gebärsaal war in zarten Farben gehalten. Durch die hellgelben Vorhänge schimmerte das Licht der nachmittäglichen Frühlingssonne. Die Wände waren in einem etwas dunkleren Gelb gestrichen, Bettwäsche und Handtücher waren hellblau, der Boden graublau. In der Mitte des Raums stand eine ovale Badewanne, die mit warmem Wasser gefüllt war, daneben lehnte ein Medizinball. Leise Klaviermusik war zu hören, eine weiche Männerstimme sang auf Italienisch dazu; ›Kuschelrock‹ stand auf der CD-Hülle, die neben dem Player lag.

Das Geschehen im Saal war alles andere als kuschelig. Eine Frau, etwa Mitte dreißig, verschwitzt, mit gerötetem Gesicht und verklebtem dunklem Haar, klammerte sich, auf dem Gebärbett halb sitzend, halb liegend, an ein maisgelbes Tuch aus festem Stoff, das an der Zimmerdecke mit einem groben Haken befestigt war und herunterhing. Die Frau schrie. Hebamme Barbara Flückiger redete ihr zu. »Bald haben Sie es geschafft, Frau Attinger.« Die Frau ließ sich zurücksinken und probierte ein Lächeln, das ihr allerdings nicht recht gelang. Sie schloss die Augen. Barbara legte ihr einen Moment die Hand auf die Schulter. Was für die werdende Mutter ein dramatischer Moment war, der ihr alle Kräfte abverlangte und sie völlig beherrschte, war für die Hebamme Routine. Alles verlief im normalen Rahmen, es gab nichts, was sie beunruhigen musste. Flückiger ging gegen Ende fünfzig, sie hätte nicht sagen können, wie vielen Kindern sie schon auf die Welt geholfen hatte. Sie war eine große, kräftige Frau, die ihr ergrauendes Haar zu einem Knoten gesteckt trug. »Tief atmen«, ermahnte sie die Gebärende. Im Hintergrund war Eros Ramazzotti zu hören. Ihr Dienst dauerte noch drei Stunden. Wahrscheinlich würde sie das Kind in dieser Zeit auf die Welt bringen können. Dann musste sie einkaufen. Ich darf nicht vergessen, beim Schuhmacher vorbeizugehen, ging ihr flüchtig durch den Kopf. Ihr Blick fiel auf Beatrice Meier, die Hebammenschülerin, die heute zum ersten Mal bei einer Geburt dabei war. Sie hält sich nicht schlecht, dachte Barbara, etwas unsicher halt, aber das ist normal. Beatrice war klein und pummelig und voller Ideale. Flückiger registrierte amüsiert, wie sie versuchte, sich fürsorglich zu geben, obwohl sie nervös und angespannt war. Sie wird es schon lernen, dachte sie. Nadine Attinger atmete heftiger, es war wieder eine Wehe im Anzug. »Ist Ihnen bequem so?«, fragte Barbara. »Oder möchten Sie sich in die Badewanne legen?«

»Es geht schon«, keuchte die Frau, dann wurde sie von einer neuen Schmerzwelle zerrissen. Beatrice Meier wischte ihr mit einem weichen Tuch die feuchte Stirn ab. Sie suchte den Blick der erfahrenen Hebamme. Ist alles in Ordnung?, fragten ihre Augen. Barbara Flückiger nickte. »Bald können wir Doktor Stocker rufen«, sagte sie leise. In der letzten Phase der Geburt wurde jeweils ein Assistenzarzt gerufen, auch wenn der, wenn alles normal verlief, nicht viel zu tun hatte. Beatrice war aufgeregt. Bald würde es zur Welt kommen, das erste Baby, dem sie dabei half. Plötzlich würde ein Mensch mehr im Gebärsaal sein, ein kleiner Mensch, den es zuvor noch nicht gegeben hatte. Sie freute sich. Ob Frau Flückiger es ihr zum Halten geben würde? Ob sie es der Mutter auf den Bauch legen durfte? War es wohl ein Junge oder ein Mädchen? Würde es gesund sein? Bestimmt, die Mutter hatte Ultraschalluntersuchungen machen lassen, auf denen man eine Behinderung oder Krankheit festgestellt hätte.

»Gehen Sie mal zum Vater raus«, sagte Barbara Flückiger, »sagen Sie ihm, alles sei in Ordnung und es daure wahrscheinlich nicht mehr allzu lange.«

Meistens war der werdende Vater bei der Geburt dabei. Oft konnte er seiner Frau helfen, sie beruhigen, ihr das Gefühl geben, dass sie die Strapazen nicht allein durchstehen musste. Aber manchmal störten diese Väter auch. Wurden bleich. Kippten um. Hielten es schwer aus, dass sich ihre sonst hübsche und fröhliche Frau in ein zitterndes, brüllendes, fremdes Wesen verwandelte. Barbara Flückiger ging die Szene aus ›Anna Karenina‹ durch den Kopf, als Kitty ihr erstes Kind bekommt, was sich über zweiundzwanzig Stunden hinzieht. Ihr Mann Lewin hat in seiner Qual jedes Zeitgefühl und jeden Bezug zur Wirklichkeit verloren, hört die schrecklichen Schreie seiner Frau aus dem Schlafzimmer, sieht ihr verzerrtes Gesicht und ist völlig fertig: ›Er wollte schon längst kein Kind mehr.‹ Herr Attinger gehörte insofern zur vernünftigen Sorte, dachte die Hebamme, als er von Anfang an erklärt hatte, er würde draußen warten. Beim ersten Kind habe er es versucht, hatte er erzählt, ohne in Details zu gehen. Er hatte verlegen gelacht und abgewinkt. »Klar, das schaffen wir auch zu zweit«, hatte Barbara zu Nadine Attinger gesagt.

Beatrice Meier sah sich in der Eingangshalle des Spitals um. Dort saß er, der Vater, in einem der Ledersessel, und schaute starr zum Eingang in die Gebärabteilung. Seine Krawatte saß schief, seine blonden Haare waren zerrauft. Er sprang auf, als Beatrice auf ihn zu kam. Er war groß und hager, wirkte unbeholfen. »Wie steht es? Ist es schon da?«

»Bald«, gab Beatrice Auskunft. »Alles läuft gut.«

»Hat sie Schmerzen?«

Beatrice gab ihm einen erstaunten Blick. »Selbstverständlich hat sie Schmerzen«, sagte sie. Hatte der wirklich so wenig Ahnung?

»Ja, klar«, sagte Stefan Attinger verlegen. »Ich meinte nur, hält sie es aus?«

»Sie muss«, sagte Beatrice fest. »Alle halten es aus.« Plötzlich kam sie sich gar nicht mehr wie eine unwissende Schülerin vor, sondern fühlte sich diesem nervösen, hilflosen Mann angenehm überlegen. »Es kommt schon gut«, fügte sie freundlich hinzu. »Machen Sie sich keine Sorgen.«

Auf dem Glastisch bei Attingers Sessel standen fünf leere Kaffeetassen.

»Vielleicht sollten Sie etwas Beruhigendes trinken«, schlug sie mütterlich vor. »Soll ich Ihnen einen Kamillentee holen?«

»Danke, nicht nötig.« Attinger grinste plötzlich jungenhaft. »Wenn das Baby da ist, gibt's Champagner!«

Beatrice entschied, dass man den Mann sich selbst überlassen konnte. »Ich halte Sie auf dem Laufenden«, versprach sie und ging wieder in die Gebärabteilung, durch die Glastür, auf die ein großer Storch gemalt war, der ein Babybündel im Schnabel trug. Beatrice fand das ein wenig altmodisch, aber, na ja, man konnte wohl schlecht eine gebärende Frau da draufmalen. Welche Frau hätte dann noch Lust, ein Kind zu bekommen?

Attinger sah ihr hinterher. Wahrscheinlich war wirklich alles in Ordnung. Seit morgens um acht Uhr war er hier. Hatte Zeitung gelesen, ohne etwas mitzubekommen. Einen Kaffee getrunken. Hatte einen Spaziergang gemacht, aber schon nach zehn Minuten hatte es ihn zurückgezogen, auch wenn er wusste, dass es nicht so schnell gehen würde. Einen weiteren Kaffee hinuntergestürzt. Hatte auf dem Handy Tetris gespielt. Noch nie so schlecht wie heute. Seine Mutter hatte angerufen. »Noch nichts«, hatte er gesagt. »Ich warte.« Zum x-ten Mal hatte sie wissen wollen, wie das Kind heißen würde. Nadine und er hatten natürlich einen Mädchen- und einen Jungennamen ausgesucht, behielten sie aber für sich. »In ein paar Stunden weißt du es«, sagte er genervt. »Nein, es ist nicht nötig, dass du herkommst.« Das fehlte noch. Ja, Lotte sei bei Leon gut untergebracht.

»Ich werde mich melden.« Er klappte das Handy zusammen. Spitzte die Ohren, aber kein Geräusch drang aus der Gebärabteilung. Keine verzweifelten Schmerzensschreie. Ihm wurde flau. Als Lotte auf die Welt gekommen war ... Besser nicht dran denken. Er hatte sich geschämt, und es war noch jetzt eine quälende Erinnerung an den Moment, da er das Gesicht der Hebamme über sich wahrgenommen und begriffen hatte, dass er ohnmächtig geworden war. Vor Nadine hatte er sich geschämt. An ihm war es doch, stark zu sein und ihr beizustehen. Sie hatten es niemandem erzählt.

Er holte sich noch einen Kaffee und ein Croissant. Wenn es nun den ganzen Tag dauerte? Die Frau eines Kollegen hatte sechsunddreißig Stunden geboren, sechsunddreißig Stunden! Abends musste er Lotte bei Leon, Nadines Bruder, abholen, da der morgen arbeiten musste. »Bald«, hatte die junge Krankenschwester gesagt. Was hieß, bitte schön, bald? Eine halbe Stunde? Zwei Stunden? Stefan schwitzte. Er hatte sich etwas Arbeit mitgenommen, packte Listen mit Statistiken aus seiner Mappe und starrte darauf. Aber heute sagten ihm die Zahlen nichts. Ein junger Arzt trat aus dem Lift und verschwand in der Gebärabteilung. Ging er zu Nadine? War das ein gutes oder ein schlechtes Zeichen? Ach was, das war überhaupt kein Zeichen. War wohl normal, dass Ärzte in einem Spital aus und ein gehen. Bald hatten sie zwei Kinder. Ob das viel verändern würde? Anfangs schon, bis sich das Kleine eingewöhnt hatte. Lotte freute sich. Sie war viereinhalb, alt genug, um nicht hilflos der Eifersucht auf die Konkurrenz ausgeliefert zu sein. Eigentlich wünschte sie sich ein Kätzchen, aber er, Stefan, war allergisch auf Katzenhaare. Und Lotte hatte dann gefunden, dass ein Geschwisterchen auch okay sei.

Nadine Attinger hatte nur einen Wunsch: dass es bald vorbei sein würde. War es wirklich auch so furchtbar gewesen, als Lotte zur Welt gekommen war? Sie hatte das Gefühl, dass dieses Baby ihren Körper nicht verlassen wollte, dass es sich dagegen sperrte, auf die Welt zu kommen. Du musst, dachte sie verbissen und wusste nicht, ob sie das Kind oder sich selbst meinte. Flüchtig dachte sie an Stefan. Es war schon besser, dass er nicht hier war. Sie wollte nicht, dass er sie so sah, am Rand ihrer Kräfte, nicht mehr imstande, sich zusammenzureißen. Sie wollte vor ihm nicht hilflos und schwach sein. Sie wollte ihn mit einem Lächeln empfangen, mit einem wunderschönen, winzigen Baby im Arm. Frau Flückiger muss mich kämmen, bevor Stefan kommt, war ihr letzter Gedanke, bevor eine neue Wehe sie erreichte und ihr alles egal war, außer dem Schmerz.

Assistenzarzt Rainer Stocker machte sich auf den Weg. Eben war der Anruf von Barbara Flückiger aus dem Gebärsaal 4 gekommen. Das Baby war auf der Zielgeraden. Ein kurzer Routineeinsatz. Die Schwangerschaft der Gebärenden, die Mitte dreißig war und schon ein Kind hatte, war völlig unproblematisch verlaufen, der Geburtsvorgang ebenfalls. Es war Vorschrift, dass bei der Geburt selbst ein Arzt anwesend sein musste, wirklich nötig war es im Normalfall nicht. Barbara Flückiger schätzte es auch nicht, wenn sich die Ärzte zu sehr einmischten. Das hatte er bestimmt nicht vor. Fünf Minuten bleiben, das Kind anschauen, zwei Worte mit der Mutter wechseln, dann hatte er Mittagspause. Falls er einen Dammriss nähen musste, würde er das nach dem Mittag tun. Aber da Flückiger die Hebamme war, wäre es wahrscheinlich gar nicht nötig. Er würde sich in der Cafeteria ein Sandwich holen und einen Spaziergang machen. Eine Zigarette rauchen. Die Lifttüre öffnete sich, Rainer Stocker trat heraus und wandte sich der Gebärabteilung zu. Aus dem Augenwinkel nahm er einen Mann wahr, der unruhig auf einem Sessel herumrutschte. Vielleicht der Vater?, dachte er flüchtig, ehe die Türe hinter ihm zufiel.

Eine letzte Presswehe, und das Köpfchen des Babys erschien. Es hat schon einen Haarschopf, registrierte Barbara Flückiger automatisch. Sie führte den kleinen Körper, als der Säugling aus dem Körper seiner Mutter glitt, und nahm das Kind auf. Ihr stockte der Atem. Von weither hörte sie die Stimme der Mutter. »Ist es ein Mädchen oder ein Junge?« Sie antwortete nicht, drehte sich von der Mutter weg. Starrte auf das Körperchen. Das darf die Mutter nicht sehen, war ihr einziger Gedanke. Ihr Blick kreuzte sich mit demjenigen von Beatrice Meier; deren Augen spiegelten ihren eigenen Schock. »Was ist das?«, flüsterte Beatrice. War das überhaupt ein Kind? Barbara Flückiger hielt immer noch den Säugling vor sich, der zu schreien begann. Sie suchte den Blick von Doktor Stocker. Er war weit jünger als sie, weit weniger erfahren. Er schien erstarrt. Auch in seinem Blick sah sie ungläubiges Entsetzen. Er war ihr jetzt bestimmt keine Hilfe. Sie nabelte den Säugling rasch ab und wickelte das Wesen in ein vorgewärmtes, safrangelbes Frotteetuch. Die sanften Farbtöne des Gebärsaals kamen ihr plötzlich schrill vor. Sie drückte das Kind der Schülerin in die Arme. »Bringen Sie es in die Reanimation. Schnell.« Beatrice verschwand. »Rufen Sie den Oberarzt«, sagte sie leise zu Doktor Stocker. »Und auch den Kinderarzt. Los, gehen Sie schon.« Der junge Arzt erwachte aus seiner Erstarrung und verließ den Saal, ohne einen Blick auf die Mutter zu werfen. Barbara Flückiger blieb allein zurück.

»Was ist los?« Wieder die Stimme von Nadine Attinger. Obwohl sie eben die Strapaze einer mehrstündigen Geburt hinter sich hatte, klang ihre Stimme ganz wach und bestimmt. Sie schaute der Hebammenschülerin hinterher. »Warum bringen Sie mir mein Kind nicht?«

Barbara Flückiger trat an ihr Bett. Sie wusste, was zu sagen war. »Ihr Kind atmet nicht richtig, es muss gleich auf die Intensivstation. Aber machen Sie sich keine Sorgen.«

Nadine Attinger wirkte alarmiert. »Natürlich mache

ich mir Sorgen. Was hat es? Und ist es ein Mädchen oder ein Junge?«

Barbara Flückiger schwieg. Sie wusste es nicht. »Ich werde jetzt Ihren Mann hereinholen. Dann können Sie zusammen warten.« Sie legte der Frau kurz die Hand auf die Schulter. Aber es war eine falsche Geste, sie spürte es. Ohne ihr die Gelegenheit zu einer Antwort oder einer neuen Frage zu geben, eilte sie aus dem Gebärsaal. Sie funktionierte automatisch, wie ein Roboter. Sie musste jetzt den Mann zu seiner Frau bringen. Dann blieb den Ärzten etwas Zeit herauszufinden, was zu tun war.

Stefan Attinger saß in einem Sessel im Korridor. Er sprang auf, als er die Hebamme erblickte. »Ist es da?«, fragte er. Sein Haar war zerwühlt, sein Hemd zerknittert. Gott sei Dank war er bei der Geburt nicht dabei, schoss es Barbara Flückiger durch den Kopf. Ihr Herz begann heftig zu klopfen. Gleich wird er fragen, was es ist, dachte sie. Und ich weiß es nicht. Sie trat auf ihn zu. »Ja, Ihr Kind ist geboren. Sie können jetzt zu Ihrer Frau«, sagte sie.

Er strahlte: »Gesund? Junge oder Mädchen? Wie groß? Wie schwer?«

»Es atmet nicht ganz richtig«, sagte Barbara. Ich lüge, dachte sie. Aber es ist richtig so. »Wir mussten es gleich in die Intensivstation verlegen. Machen Sie sich keine Sorgen.« Ihre Lippen wurden ganz trocken beim letzten Satz.

»Es atmet nicht?«, rief der Vater erschrocken. »Was hat es denn? Etwas Ernstes?«

Sie schüttelte den Kopf. »Kommen Sie zu Ihrer Frau. Wir geben Ihnen so rasch wie möglich Auskunft.«

»Ich möchte es sehen«, sagte Stefan.

Sie nickte. »Bald.« Sehen, dachte sie. Nein, das möchtest du nicht sehen.

Sie führte den Mann in den Gebärsaal. Seine Frau richtete sich auf. »Stefan, sie haben mir mein Baby fortgenommen«, sagte sie. »Etwas ist nicht in Ordnung mit ihm.«

»Ich bin gleich wieder bei Ihnen«, sagte Barbara und ging hinaus.

Das Reanimationszimmer war ein kleiner Raum. Zwei Babybettchen standen darin, umgeben von Wärmelampen und Monitoren. Nichts von sanften Farben und leiser Musik. Hier kamen die Babys hin, die krank zur Welt kamen, die nicht gut atmeten, deren Herzen nicht richtig schlagen wollten, deren Leben auf dem Spiel stand. Jetzt lag ein nacktes Neugeborenes auf dem einen Bettchen. Es atmete. Es schrie mit einem dünnen Stimmchen. Es bewegte sich, es blinzelte. Es hatte zwei Ärmchen, zwei Beinchen, alle Finger und Zehen, es war ein Mädchen. Um das Bettchen herum standen Barbara Flückiger und Rainer Stocker. Am Rande drückte sich Beatrice Meier herum. Es war eng und sehr warm im Raum. Alle schwiegen und betrachteten den Säugling. Sein ganzer Körper, auch das kleine Gesicht war über und über bedeckt mit dichten, dunklen, drei Zentimeter langen Haaren. Es hat ein Fell, dachte Beatrice Meier, und Tränen stiegen ihr in die Augen. Es sieht aus wie ein verkleinerter Chewbacca aus Star Wars, ging es Stocker durch den Kopf. Er schämte sich für den Gedanken.

Die Tür ging auf. Regula Frey, Oberärztin Gynäkologie, trat ein. »Guten Tag. Was ...« Sie brach ab, als ihr Blick auf das Baby fiel. Rasch trat sie ans Bett. Sie berührte das Kind, befühlte die Haare, nahm es auf, musterte es ungläubig. Bevor sie etwas sagen konnte, öffnete sich die Tür wieder und Hans-Rudolf Mathis, Oberarzt Pädiatrie, erschien. Auch er zuckte zusammen, als er den Säugling sah. Regula Frey reichte ihm das Kleine. »Haben Sie schon ...?« fragte er. »Nein, bin eben erst gekommen«, antwortete sie mit gepresster Stimme. Mathis prüfte die Herztöne des Kindes, hörte auf sein Atmen, legte einen Pulsfühler an ein Fingerchen und maß den Sauerstoffgehalt im Blut. Flückiger reichte ihm das Resultat der Nabelblutanalyse.

Regula Frey und Hans-Rudolf Mathis sahen sich an. Mathis schüttelte auf die unausgesprochene Frage von Frey den Kopf. »Nein, mir ist so was noch nie begegnet. Auch noch nie davon gehört. Eine Art Hypertrichose. Ansonsten scheint es gesund zu sein«, fügte er hinzu. »Atmung, Herztöne, Sauerstoff- und Säuregehalt im Blut, alles normal.«

»Nur dass es aussieht wie ein Tierchen«, sagte die Gynäkologin. Die Stille wurde schwer. Wie kannst du nur, dachte Barbara Flückiger, die sich mit der Oberärztin nicht besonders gut verstand. Niemand widersprach. Beatrice erinnerte sich an ein Buch, das sie kürzlich gelesen hatte, einen Thriller aus der Rechtsmedizin. Da war doch ein über und über behaarter Mann vorgekommen, der den Fachleuten Rätsel aufgegeben hatte. ›Loup-Garou‹, hatte er sich genannt. Werwolf. Sie schauderte.

»Jemand muss mit den Eltern reden«, bestimmte Mathis. »Das Kind bleibt da. Ich versuche herauszufinden, was das sein könnte.« Er schaute Barbara Flückiger und Regula Frey an. »Legen Sie die Frau in ein Einzelzimmer, wenn sie auf die Abteilung gebracht wird. Ich komme so bald als möglich.«

Nadine Attinger weinte. »Warum sagen Sie mir nicht, was mit meinem Kind ist? Wird es sterben? Ich möchte es bei mir haben.«

»Es wird nicht sterben«, wiederholte Regula Frey. »Es ist so weit gesund.«

»Gesund? Warum haben Sie mir es dann fortgenommen?«

Stefan Attinger sagte nichts. Er war genauso verwirrt wie seine Frau.

»Es ist etwas nicht ganz in Ordnung mit ihm, aber wir wissen noch nicht genau, was es ist«, erklärte Barbara Flückiger noch einmal. »Es hat«, sie zögerte, »eine Art Geburtsgebrechen.«

»Hat es eine Behinderung?«, fragte Stefan. »Was für eine Behinderung denn? Das können Sie uns doch sagen.«

Nadine Attinger wandte sich an ihren Mann. »Sie

wollten mir zuerst nicht einmal sagen, ob es ein Mädchen oder ein Junge ist.«

»Ist sein Geschlecht nicht eindeutig bestimmbar?«, wollte Attinger wissen. »Herrgott noch mal, so sagen Sie es doch. Sie sehen ja, wie es meine Frau hernimmt.«

Die Hebamme schwitzte. Wenn nur Mathis bald kam. Frey war keine große Hilfe. »Nein, es ist ein Mädchen, so weit ist alles ganz normal.«

»Ambras-Syndrom«, murmelte Mathis. Er saß im Stationszimmer der Gebärabteilung vor dem Computer. Neben ihm waren ein paar Bücher aufgeschlagen, aber jetzt starrte er auf den Bildschirm. Er klickte ein kleines Bild an, damit es sich vergrößerte, und betrachtete es. Ein vielleicht achtjähriges Mädchen war darauf zu sehen, dessen lächelndes Kindergesicht von Haaren überwachsen war. Mathis ging zum nächsten Bild. Ein junger Mann, Gesicht und Oberkörper komplett mit dunklen Haaren bedeckt. Mathis rief eine andere Seite auf, las, machte sich Notizen, druckte einige Seiten aus. Er schaute auf die Uhr, schloss den Browser und ging hinaus. Das Neugeborene lag noch immer in der Reanimation, betreut von Beatrice Meier. »Ich gehe jetzt zu den Attingers«, sagte er, »Sie können das Kind in einer Viertelstunde hochbringen.«

Nadine Attinger nahm nur Fetzen auf von dem, was der Arzt erklärte. Sie fühlte sich erschöpft und gleichzeitig bis zum Zerreißen angespannt, trotz des Beruhigungsmittels, das die Ärztin ihr verabreicht hatte. Ambras-Syndrom, noch nie gehört, behaart, sie konnte sich nichts darunter vorstellen. Ansonsten gesund. Äußerst selten. Zurzeit etwa fünf Kinder auf der ganzen Welt. Kosmetische Verbesserungen. Von was redete er überhaupt? Sie wollte endlich ihr kleines Mädchen im Arm halten. Luzia würde es heißen. Sie schaute zu Stefan, und sein Blick, der an ihr vorbei auf den Arzt gerichtet war, riss sie in die Realität zurück. Er wirkte, als habe man ihm eine schreckliche Nachricht überbracht. Die Worte des Arztes begannen sich in ihrem Kopf zu Sätzen zusammenzufinden, zu einer Botschaft. »Ich will mein Kind endlich sehen«, sagte sie scharf.

Der Arzt nickte. Er griff zum Telefon. Minuten später trat Beatrice Meier ins Zimmer, ein in ein hellblaues Tuch gewickeltes Bündel im Arm. Mathis nahm es ihr ab. Kurz ging ihm ein Bild durch den Kopf, die entsetzten Gesichter seiner Mitarbeitenden in der Reanimation. Er legte das Baby der Mutter in den Arm. Sie stieß einen erschrockenen Laut aus. Was ist das?, dachte sie, ein Kätzchen? Das ist – das kann doch nicht mein Kind sein, mein kleines Mädchen, das neun Monate lang in mir gewachsen ist. Die haben mir etwas untergeschoben. Fassungslos betrachtete sie das Gesichtchen, die Händchen. Sie schob den Ärmel des Hemdchens zurück. Sie öffnete das Hemd und sah das nackte Körperchen. »Das – das ist nicht Luzia«, murmelte sie. Sie fasste das Kind, spürte seine feinen, dichten Haare, und es erfasste sie ein Schauder, sie fürchtete einen Moment, das Bewusstsein zu verlieren. Sie gab das Wesen an Stefan weiter.

Mein Gott, was haben wir da für ein Geschöpf gemacht, war Stefan Attingers erster Gedanke. Er hielt das Baby im Arm, und es fühlte sich genauso an wie Lotte damals, winzig, leicht, lebendig und warm. Aber es war eine Karikatur eines Babys, Babys waren niedlich, aber dieses hier – Stefan fand keinen Ausdruck. Das Kind wurde schwer in seinem Arm. Er hatte für den Moment alles vergessen, was der Arzt vorhin gesagt hatte. »Bleibt es so?«, fragte er.

»Man kann es rasieren«, sagte der Arzt unbehaglich, »später kann man vielleicht mit Laser etwas machen.«

»Rasieren? Aber es ist doch ein Mädchen.« Stefan geriet alles durcheinander. Ein Mädchen, dachte er. Ein Mädchen, das hübsch sein sollte. Das war kein Mädchen, das war ein Lebewesen von einem fremden Stern. Heruntergefallen von einem weit entfernten, kalten, hässlichen Planeten. Ein Alien. Was sollten sie bloß mit ihm anfangen. Ich muss mich zusammenreißen, dachte er. Nadine darf nicht wissen, wie ich empfinde.

Er zwang sich, seine Gesichtszüge unter Kontrolle zu bringen, und schaute zu Mathis auf. »Aber sonst ist es gesund, sagten Sie?«

»Ja, wie es aussieht, ist es ganz gesund«, bestätigte der.

Das Baby begann zu quäken. »Es hat Hunger«, meinte der Arzt. »Wollen Sie es an die Brust legen?«

Nadine schüttelte entsetzt den Kopf. »Nein, lieber ein Fläschchen, wenn es geht«, sagte sie unsicher.

Sie hat Angst vor dem Kind, dachte Mathis, vor ihrem eigenen Kind. Es ist ihr unheimlich. Er klingelte einer Krankenschwester. Eine junge Pflegerin kam mit einem Milchfläschchen. Sie hat es schon gehört, dachte der Arzt, als er ihren schnellen Blick auf den Säugling registrierte. Natürlich, so etwas spricht sich sofort herum. Morgen wird es in der Kantine und bei den Putzfrauen das Tagesgespräch sein, ebenso wie bei den Ärzten und dem Pflegepersonal. Die junge Schwester bemühte sich um Professionalität, aber sie konnte ihr Erschrecken nicht ganz verbergen. Betont gelassen reichte sie der Mutter das Fläschchen und sagte in beruhigendem Tonfall: »So, es hat genau die richtige Temperatur, es wird der Kleinen sicher schmecken.«

Stefan legte Nadine das Baby in den Arm, und sie hielt ihm das Fläschchen hin, unsicher, als ob sie es zum ersten Mal täte. Die Kleine begann zu saugen. Nadine entspannte sich ein wenig. Sie spürte den kleinen Körper an ihrem, die Saugbewegungen, dann wagte sie einen Blick. Die Kleine hatte die Augen zu, den Mund fest um den Schnuller geschlossen, die Fäustchen in der ersten großen Anstrengung ihres Lebens zusammengeballt. Ganz unerwartet ergriff ein Gefühl von Rührung Nadine. Es ist ein Baby, dachte sie, es ist Luzia. Stefan darf nicht erfahren, was ich vorhin gedacht habe. Ich will es nie mehr denken. Es ist mein Kind, und ich werde es beschützen. Rasieren, natürlich, wir werden sie rasieren, und dann wird sie so hübsch sein wie alle anderen Kinder. Wir werden es schon schaffen. Sie versuchte ein Lächeln. Als Luzia fertig getrunken hatte, nahm Stefan sie. Nadine ließ sich in die Kissen sinken und schlief augenblicklich ein.

Stefan hielt das Kind, das ebenfalls in den Schlaf gesunken war und noch nichts von sich wusste. Er spürte das Vibrieren seines Handys in der Jacketttasche. Erschrak. In der letzten Stunde hatte er alles ausgeblendet, was außerhalb des Spitalzimmers lag. Es hatte nur seine Frau, die Ärzte und das Baby gegeben. Nicht einmal an Lotte hatte er gedacht. Nicht an seine Mutter, nicht an Leon, an nichts und niemanden. Jetzt war das alles wieder da, andere Menschen, das Zuhause, seine Arbeit, die ganze Realität, in der sie lebten. In die sie zurückkehren würden, gespannt erwartet von Freunden und Verwandten. Und wie würden sie zurückkehren? Mit diesem Wesen im Arm. Wir haben versagt, dachte Stefan, wir passen nicht mehr in die Welt, die bisher auch unsere Welt war. Wir sind entsetzlich gescheitert bei der normalsten Sache der Welt. Bedrohlich und feindselig kam ihm die Umgebung vor, die ihm bis jetzt selbstverständlich und vertraut gewesen war. Das Handy vibrierte noch immer. Er fischte es aus der Tasche, ungeschickt und vorsichtig, um Luzia nicht aufzuwecken. Das Display zeigte die Nummer seiner Mutter. Er hob nicht ab. Gott sei Dank lebte sie in der Ostschweiz. Sie wäre sonst imstande, plötzlich im Spital aufzutauchen.

Wie würde sie es aufnehmen? Schlecht, zweifellos. Sie zeigte in ihrem Bekanntenkreis gern Fotos von Lotte herum, von Lotte, die niedlich aussah mit ihren blonden Locken. Erzählte gern Anekdoten über ihre Enkeltochter, die lebhaft und einfallsreich war. Was gäbe es über Luzia zu sagen? Sein Herz wurde schwer.

Das Handy vibrierte erneut. Leon, Lottes Pate. Diesmal nahm Stefan das Gespräch an.

»Ist alles in Ordnung bei euch? Deine Mutter hat mich grad angerufen. Alarmiert, weil du dein Telefon nicht abnimmst.«

»Ach, Leon«, Stefan schluckte. »Nein, es ist nicht alles in Ordnung. Wart einen Moment.«

Er legte das Baby in sein Bettchen und ging aus dem Zimmer. Nadine schlief, und er wollte sie keinesfalls wecken. Was sollte er Leon bloß sagen? In den wenigen Sekunden, bis er das Handy wieder ans Ohr hielt, wurde Stefan eines klar: Das war jetzt sein Job, die Fäden zu knüpfen zur Außenwelt. Dazustehen und zu sagen, nichts ist mehr, wie es war. Wir sind nicht mehr die, die wir waren. Nehmt uns, wie wir sind, oder lasst es bleiben.

Ambras-Syndrom? Nein, auch Leon, der Buchhändler war und seit zwei Jahren mit einem Partner ein größeres Antiquariat führte, hatte noch nie davon gehört. Er schwieg eine Weile. Dann sagte er: »Hat euch ziemlich mitgenommen. Ist ja klar. Ich komme jetzt mal her mit Lotte.«

Nein, wollte Stefan rufen, aber das war natürlich

Unsinn. Was würde es ändern, wenn sie das Baby noch ein paar Stunden oder Tage verstecken würden? Nichts. »Okay, kommt her. Versuch, Lotte ein wenig vorzubereiten.«

Leon, der nicht verheiratet war und keine Kinder, sondern rasch wechselnde Freundinnen hatte, verstand sich prima mit seinem Patenkind. Stefan fühlte sich ein bisschen ruhiger. Es ist jetzt einfach, wie es ist, dachte er. Dann rief er seine Mutter an. Sie reagierte wie erwartet.

»Eine Art Behinderung? Ihr müsst unbedingt abklären, woher das kommt. Sicher von Nadine!« Sie hatte Nadine nie gemocht, hatte immer gefunden, sie mache zu wenig her für ihren Sohn. Kam aus einer einfachen Familie. Sah unauffällig aus. War zu wenig geistreich.

»Nein, Mama, du kommst jetzt nicht her«, sagte Stefan fest. »Wir geben dir Bescheid, wann du uns besuchen darfst. Nadine geht es nicht gut. Sie ist erschöpft und durcheinander und braucht Ruhe.«

»Na ja, wenn du meinst.« Seine Mutter gab ungewohnt rasch nach. Vielleicht ist sie im Grunde genommen froh, das Baby nicht gleich sehen zu müssen, dachte Stefan, vielleicht fürchtet sie sich vor der Enttäuschung. Er ging zurück ins Zimmer. Luzia schlief, aber Nadine war am Aufwachen. Stefan strich ihr übers Haar.

»Leon und Lotte kommen gleich her«, flüsterte er.

Nadine riss die Augen auf. »Aber, was werden sie sagen?« Sie drängte gewaltsam die Tränen zurück.

»Luzia ist Lottes Schwesterchen und Leons Nichte,

natürlich sollen sie sie sehen. Wir können sie nicht verstecken.«

»Verstecken«, sagte Nadine müde. »Was meinst du, warum sie mir das Einzelzimmer gegeben haben, wo ich doch nur allgemein versichert bin. Damit sie versteckt ist. Damit sich nicht das halbe Spital das Maul über dieses Baby zerreißt.« Sie hielt erschrocken inne. Solche Gedanken wollte sie vor Stefan nicht preisgeben.

»Vor Leon und Lotte müssen wir sie nicht schützen«, sagte Stefan. »Sie werden sie mögen.« Aber insgeheim fürchtete er sich. Vor allem vor Lottes Reaktion. Sie war zu klein für Höflichkeiten. Äußerte für gewöhnlich ganz unverblümt ihre Meinung. Was, wenn sie den Säugling ablehnte? Und Leon? Er stand ihnen von der Familie am nächsten. Er war einige Jahre älter als Nadine. Ging auf die vierzig zu und hatte sich schon als Kind großzügig und mit Humor um die jüngere Schwester gekümmert. Er war gescheit, warmherzig, zuverlässig. Nur auf eine verbindliche Beziehung mit einer Frau hatte er sich nie einlassen wollen. »Familie?«, sagte er jeweils heiter. »Wozu? Ich habe ja euch.« Was, wenn nun Leon nicht standhielt? Dann wären wir am Arsch, bilanzierte Stefan.

Es klopfte leise an die Türe, dann ging sie auf und Leon und Lotte kamen herein. Leon war groß, fast eins neunzig, und massig und hatte einen dichten, immer unordentlichen Haarschopf. Neben ihm trippelte Lotte, die, obwohl groß für ihr Alter, neben ihm winzig wirkte. Stefan sah aus dem Augenwinkel, dass

Nadine die Augen wieder geschlossen hatte. Schlief sie oder tat sie nur so? Lotte ging auf Zehenspitzen. »Wo ist es?«, flüsterte sie.

Stefan ging ihr entgegen, hob sie auf den Arm, drückte sie an sich. »Komm.« Er ging mit ihr zum Bettchen. Lotte schaute lang auf den Säugling. Stefan suchte Leons Blick. Ihm war nichts anzumerken.

»Darf ich sie mal halten?«, flüsterte Lotte. In ihren Augen war kein Schrecken, kein Entsetzen, nur gespanntes Interesse. Stefan setzte sie auf einen Sessel und legte ihr Luzia in den Arm.

»Und sie hat überall solche Haare?«, fragte Lotte.

Ihr Vater nickte.

»Auch auf dem Bäuchlein und an den Füßchen? Darf ich mal sehen?«

Einen Augenblick hatte Stefan das Gefühl, die Situation einfach nicht mehr ertragen zu können. Leon sprang ein. »Klar.« Er öffnete das Jäckchen des Babys und schob das Hemdchen hoch. »Wir ziehen sie nicht ganz aus, sonst friert sie.«

Lotte betrachtete fasziniert das Körperchen ihrer kleinen Schwester. Strich mit der Hand vorsichtig über das flaumige Pelzchen.

»Ganz weich«, murmelte sie. Nadine öffnete die Augen. Sie hat nicht geschlafen, dachte Stefan. Sie hatte Angst. Lotte schaute zu ihrer Mutter. »Hallo, Mama. Bist du müde? Nicht wahr, das ist ein ganz spezielles Baby, das wir bekommen haben?«

Stefan schickte einen stillen Dank zu Leon.

»Es sieht ein bisschen wie – wie ein Kätzchen aus«, fuhr Lotte fort. »Kann es miauen?«

Nadine wurde blass. Stefan schritt ein. »Nein, es schreit genauso wie alle kleinen Kinder«, sagte er hastig.

»Schade«, meinte Lotte. »Vielleicht können wir es ihm beibringen.«

WECHSELBALG

Frühlingssonne fiel durchs Fenster. Luzia, die auf dem Wickeltisch lag, blinzelte, als das Licht sie blendete, verzog unlustig ihr Gesichtchen und stieß einen Protestlaut aus. Nadine zog rasch den Vorhang zu. Luzia strampelte, aber Nadine hob ihre Beinchen an, schob ihr die Windel rasch unter den Po und verklebte sie über dem Bauch. »Bäh«, machte das Baby, reckte die Ärmchen und schaute die Mutter an. Es fasste sich ins Gesicht und zog an einem Büschel Haare. »Schon gut, Kleine«, murmelte Nadine, »gleich machen wir dich hübsch. Gib mir ein Händchen.«

Sie nahm den Rasierapparat und führte ihn behutsam über den Handrücken und die Fingerchen. Luzia ließ es geschehen. »Und jetzt tapfer sein«, sagte Nadine. Sie hielt den Kopf des Kindes mit der einen Hand und setzte den Rasierapparat auf der Stirn an. Luzia begann zu weinen. Im Gesicht rasiert zu werden liebte sie nicht. Der Kinderarzt hatte Nadine versichert, es bereite ihr keine Schmerzen, und Nadine war hin- und hergerissen. Es war ihr klar, dass sie das nicht für Luzia tat, sondern für sich selbst, für die Familie. Dem Baby, das noch nichts von sich selbst wusste, lag überhaupt nichts daran. »Du möchtest doch auch, dass die Leute sagen, was für eine süße kleine Luzia, nicht wahr«, flüsterte Nadine. Sie rasierte die Kleine längst nicht jeden Tag, denn es strapazierte die zarte Babyhaut. Aber heute wollte sie sie spazierenfahren, es war so mildes Wetter. Luzia zog eine Grimasse und schrie lauter. So ging es nicht. Nadine ließ von ihr ab. Nimm es ruhig, dachte sie, das kommt schon. Sie streifte der Kleinen ein winziges langärmliges Hemdchen, einen hellen Strampelanzug und ein buntes Baumwolljäckchen über.

Drei Wochen alt war sie jetzt, seit zwei Wochen waren sie zu Hause. Nadine war müde, aber weniger als seinerzeit bei Lotte. Lotte hatte sie gestillt und deshalb immer nachts aufstehen müssen. Luzia bekam das Fläschchen, und das übernahm Stefan jede zweite Nacht. Trotzdem fühlte sich Nadine nicht ganz wach. Ihr anfänglicher Schrecken, ihre Verzweiflung über den missgestalteten Säugling hatte sich gelegt. Schon nach ein paar Tagen im Spital hatte sie die neugierigen Blicke der Putzfrau und der Schwesternhilfen einfach ausgeblendet. Sie kümmerte sich um Luzia, wickelte, fütterte sie, hielt sie im Arm, summte eine Melodie, wenn die Kleine schrie. Zu Besuch waren nur Stefan, Lotte und Leon gekommen. Stefan hatte Verwandte und Freunde abgewimmelt. Manchmal horchte sie nach innen, fragte sich, was sie fühlte. Es war nicht viel, und sie war froh darum. Es geht ja, dachte sie. Sie betrachtete ohne Widerwillen das pelzige Körperchen ihrer Tochter. Ich gewöhne mich daran. Sie lebte seit der Geburt in der kleinen Welt ihrer Familie, mit Stefan, der behutsam mit ihr umging, und Lotte, die ihr Schwesterchen streichelte und, wenn sie dachte, die Mama höre es nicht, ihr leise vormiaute. Natürlich konnten sie nicht in diesem Kokon bleiben. In drei Wochen würde Greta, Stefans Mutter, zu Besuch kommen. Es müsste mir Angst machen, dachte Nadine, aber es lässt mich völlig gleichgültig. Soll sie doch sagen, was sie will. »Bäh«, machte Luzia. Genau, nickte Nadine. Bäh. Sie küsste das Baby auf die Nasenspitze, worauf die Kleine das Näschen krauszog.

Vor ein paar Tagen hatten Stefan und sie miteinander darüber geredet, wie sie mit der Situation umgehen wollten. Seither war sie zuversichtlich. Stefan war vernünftig und er war stark. Keinen Moment hatte er schlappgemacht beim ersten Anblick ihres Kindes. Nicht wie sie, die entsetzt und verzweifelt gewesen war. Er darf nie erfahren, wie es in mir ausgesehen hat, dachte sie. Stefan sah es richtig: Es machte keinen Sinn, sich zurückzuziehen, das Baby zu verstecken. Sie konnten auch nicht so tun, als ob nichts wäre, denn eine tägliche Rasur tat der Haut nicht gut und wäre für die Kleine ein Stress gewesen. Sie würden ihr Hände und Gesicht rasieren, wenn Besuch anstand, und im Übrigen halt erklären, dass sie an diesem Gendefekt litt. Sie zuckte die Schultern. Jedenfalls würde sie heute hinausgehen mit den Kindern. Die letzten beiden Wochen war das Wetter unfreundlich gewesen, Luzia hätte sich draußen womöglich erkältet. Sie legte die Kleine in ihr Bettchen zurück und ging in die Küche. Es war eine helle, gemütliche Wohnküche mit einem großen Tisch und einer Eckbank. Am Küchenschrank hingen, nachlässig angeklebt, einige Kinderzeichnungen. Nadine räumte das Frühstücksgeschirr in den Geschirrspüler und wischte den Tisch sauber. Dann ging sie ins Wohnzimmer hinüber und nahm ein paar Spielsachen vom Boden auf. Dem Raum sah man an, dass er auch für Kinder eingerichtet war. Die Möbel waren hell, funktional und robust. Auf dem Sofa, das mit einem starken dunkelroten Leinenstoff bezogen war, durfte Lotte herumturnen. Und wenn sie herunterfiel, landete sie auf einem weichen Wollteppich. Nadine brachte Lotte die Spielsachen in ihr Zimmer. Sie seufzte. Obwohl sie mit dem Mädchen jeden Abend ihr Zimmer aufräumte, herrschte jeweils schon am nächsten Vormittag wieder ein Chaos. Malblock und Farbstifte, kleine Plastiktiere, ein Puppenhaus – Kinder haben heutzutage einfach zu viele Sachen, dachte Nadine. Selbstverständlich wurde Lotte an Geburtstagen und Weihnachten von den Eltern, der Großmutter, von Patin und Paten verwöhnt. Ihrer Enkelin gegenüber war Greta Attinger weichherzig und großzügig.

»Lotte«, schlug Nadine vor, »komm, wir gehen spazieren mit Luzia.«

Lotte, die auf dem Boden gesessen und an einem Legohaus gebaut hatte, stand auf. »Darf ich meinen Puppenwagen auch mitnehmen?«

»Klar. Welche Puppe willst du ausfahren?«

»Keine Puppe. Mischa darf mitkommen. Sie ist wie ein Schwesterchen von Luzia.«

Nadine seufzte. Mischa war eine Plüschkatze, die

Lotte liebte. Für sie war Luzia zwar ihre kleine Schwester, aber auch ein wundersames Fabelwesen, das sie sich unbeschwert zusammenfantasierte.

»Lotti, Luzia ist kein Kätzchen. Sie ist ein kleines Mädchen. Genau wie du«, sagte Nadine streng. Lottes unbefangene Vorstellungskraft machte ihr einen Moment lang Angst.

Eine Viertelstunde später traten sie aus dem Haus, die große Mutter mit dem Säugling im Wagen und die kleine mit ihrem Kätzchen. Sie schob den Kinderwagen um die Ecke. Frau Kösch, die im gleichen Haus wohnte, kam ihnen entgegen. Nadine hatte plötzlich weiche Knie.

»Ach, Frau Attinger«, rief Frau Kösch, »endlich sehe ich Sie einmal. Und das Baby!« Sie beugte sich über den Wagen. Noch bevor sie hingesehen hatte, sagte sie: »Wie süß!« Dann brach sie ab. Richtete große, erschrockene Augen auf Nadine. »Aber was ist das denn?«, fragte sie bestürzt.

Jetzt fängt es an, dachte Nadine. Sie dachte kurz und intensiv an Stefan und begann dann, der Nachbarin ruhig zu erklären, was mit dem Baby los war. Die hörte nur halb hin.

»Was für ein Unglück!«, rief sie aus. »Das arme Würmchen. Es wird immer so aussehen, sagen Sie? Ach, so ein Armes. Sie sind aber eine tapfere Frau. Sie werden es sicher in ein Heim geben, nicht wahr? Da ist es ihm bestimmt wohler. Ach, wie traurig! Der liebe Gott hat es nicht gut gemeint mit ihm!«

Nadine traute ihren Ohren nicht. »Nein, wir werden es nicht weggeben. Es ist gesund«, sagte sie hilflos.

Lotte mischte sich ein. »Das ist mein Schwesterchen. Das ist kein armes, sondern ein ganz spezielles Baby. Vielleicht kann es zaubern oder fliegen«, sagte sie eifrig. »Wenn es größer ist, wird das Pelzchen golden.«

Frau Kösch warf ihr einen schockierten Blick zu. »So, so, zaubern oder fliegen«, meinte sie kopfschüttelnd, gab Nadine einen vorwurfsvollen Blick und verabschiedete sich rasch.

»Die Frau Kösch ist dumm«, empörte sich das Mädchen.

»Ach, Lotti«, sagte Nadine müde. »Deine Ideen behältst du besser für dich.«

»Warum?«, widersprach die Kleine. »In der Spielgruppe habe ich es auch erzählt. Sabrina ist ganz neidisch, dass sie nur ein gewöhnliches Brüderchen hat, und Melanie und Mirko möchten Luzia unbedingt besuchen kommen. Sie dürfen doch, oder?«

»Ja, wir werden schauen«, gab die Mutter unbestimmt zur Antwort. Die Worte der Nachbarin kreisten in ihrem Kopf. Armes Würmchen. In ein Heim geben. Der liebe Gott. Und dieser Blick. Gewöhn dich dran, sagte sie sich streng. Besser wird es nicht werden. Sie lenkte den Kinderwagen zum Spazierweg, der den Katzenbach entlangführte. »Schau, da hat es schon Krokusse«, sagte sie zu Lotte. Aber ihr Herz klopfte immer noch heftig, und ihre Knie zitterten.

Abends überfiel Lotte den Vater mit der Geschichte, kaum war er heimgekommen. »Denk dir, die Frau Kösch hat gesagt, Luzia müsse in ein Heim, und der liebe Gott habe sie nicht lieb!«, rief sie, immer noch aufgebracht. »Nicht wahr, das stimmt doch überhaupt nicht!«

Nadine schob rasch ein paar Erklärungen nach. »Nein, Lotti«, bestätigte Stefan, »das stimmt nicht. Mach dir keine Sorgen. Frau Kösch weiß es halt nicht besser. Sie hat ja keine Kinder.«

Lotte ließ sich beruhigen. Stefan ging ins Bad und schloss die Tür hinter sich ab. Er setzte sich auf den Wannenrand und biss sich auf die Lippen. Natürlich, das musste ja kommen. Genau damit mussten sie rechnen, mit solchen Reaktionen. Nicht nur von der neugierigen, taktlosen Nachbarin, dieser alten Schachtel. Auch andere würden das sagen. Oder, die Kultivierteren, Aufgeschlosseneren, die wussten, was sich gehört, würden es zumindest denken, während ihnen höfliche Lügen über die Lippen kämen. Wie sollten sie das bloß schaffen? Nein, wie sollte er es schaffen? Nadine konnte es. Sie war stark. Muttergefühle, dachte er, Mutterinstinkt. Frauen konnten das. Ihre Kinder lieben und verteidigen. Natürlich war sie anfangs verunsichert und aufgewühlt gewesen. Geschwächt von der Geburt. Aber dann wurde sie einfach zu Luzias Mutter. Er bewunderte sie. Wie zart sie sich um das Baby kümmerte. Diese hässliche Behaarung schien sie gar nicht mehr wahrzunehmen. Während er – Stefan schämte sich. Ob es ihr nicht auffiel, wie rasch er sich am Morgen verabschiedete, dass er oft etwas länger im Büro blieb? Er flüchtete, er floh vor diesem Kind. Er zwang sich, es aufzunehmen, ein wenig herumzutragen. Er stand jede zweite Nacht pflichtbewusst auf, wenn es schrie, und gab ihm das Fläschchen. Manchmal wickelte und badete er es abends oder am Wochenende. Aber jedes einzelne Mal musste er seinen Widerwillen überwinden. Das durfte Nadine nie erfahren. Im Geschäft hatte er, wie sie es zusammen vereinbart hatten, gesagt, dass mit dem Baby etwas nicht ganz in Ordnung war, ohne in Details zu gehen. Die Arbeitskollegen mieden seither das Thema, fragten weder nach Größe noch Gewicht oder irgendwelchen Fortschritten, und das war ihm recht. Sie mussten das durchziehen, Nadine und er. Und er musste die Fassade wahren. Koste es, was es wolle. In drei Wochen kam seine Mutter zu Besuch. Vielleicht war es ganz gut so. Dann war das Schlimmste erst mal geschafft.

Es klopfte an die Badezimmertür. »Das Abendessen ist bereit!«, rief Nadine.

»Komme gleich.« Stefan betätigte die Klospülung, ließ etwas Wasser laufen, dann ging er zu den anderen.

»Es gibt Milchreis mit Erdbeerkompott«, meldete Lotte vergnügt. Stefan verzog das Gesicht.

»Natürlich nicht für dich, nur für Lotte«, beruhigte ihn Nadine. »Für uns habe ich einen Risotto mit Pilzen gemacht.«

»Super.« Stefan atmete durch. Kein Grund, wehleidig zu sein, sagte er sich, entspannt vom Duft und der

Wärme des Essens. Ich habe eine gute Frau, eine wunderbare Tochter, eine gesunde zweite Tochter. Es wird schon gehen. Ich werde mich gewöhnen, die Freunde, die Verwandten werden sich gewöhnen, man wird etwas Kosmetisches machen können.

»Selbstverständlich dürfen deine Freundinnen Luzia besuchen kommen«, versicherte er Lotte. Und zu Nadine gewandt, auf Französisch, damit es die Kleine nicht verstand: »Kinder tun ja nicht so blöd wie Erwachsene.« Nadine nickte. Stefan sieht es richtig, dachte sie. Ich hätte mich nicht so verunsichern lassen dürfen von der alten Kösch.

»Ja, bring sie mit, morgen oder übermorgen Nachmittag.«

»Mama, was ist ein Wechselbalg?« Lotte war auf dem Heimweg von der Spielgruppe ungewöhnlich still. Sie ging neben der Mutter her, die den Kinderwagen schob, ohne wie sonst die ganze Zeit zu plappern und bald hierhin, bald dorthin zu springen.

Nadine erschrak. »Wie kommst du denn darauf?«

»Melanie hat behauptet, ihre Mutter habe gesagt, Luzia sei ein Wechselbalg.«

Am Vortag waren Lottes Freunde, Melanie, Sabrina und Mirko, gekommen. Nadine hatte drei Sorten Plätzchen gebacken, heiße Schokolade gemacht und verschiedene Obstsäfte gekauft. Betreibe ich diesen Aufwand, um die Kinder günstig zu stimmen?, hatte sie sich gefragt. Versuche ich, ein paar Vierjährige zu bestechen?

Nein, Quatsch, ich will einfach, dass sie einen schönen Nachmittag haben, und mir macht das Spaß. Und es war ein schöner Nachmittag gewesen. Andächtig hatten die drei um Luzias Bettchen gestanden, hatten gekichert über ihr Glucksen und Blinzeln und die winzigen Fingerchen und Öhrchen bewundert.

»Darf ich sie mal halten?«, hatte Melanie gebeten.

Nadine hatte die drei aufs Sofa gesetzt und ihnen nacheinander das Baby in die Arme gelegt. Luzia hatte sich brav gehalten, mit großen Augen in die fremden Gesichter geschaut und sich streicheln lassen.

»Es sieht aber ganz normal aus«, hatte Mirko bemerkt.

Nadine hatte sie am Morgen rasiert. Jetzt wurde sie mutig.

»Schau«, hatte sie erklärt und den Ärmel des Babyhemdchens aufgerollt. »Es hat halt Härchen am Körper. Es ist so auf die Welt gekommen, aber sonst ist es ein ganz normales, gesundes Kindchen. Es wird gehen lernen und sprechen und in die Spielgruppe gehen, genau wie ihr.«

Die Kinder waren fasziniert gewesen, hatten vorsichtig über Luzias Arm gestrichen und unbefangen weitergefragt; gespannt beim Wickeln zugeschaut.

»Wenn sie im Kindertheater mitmacht, kann sie einen Bären spielen, ohne ein Kostüm anzuziehen. Das ist praktisch«, hatte Mirko bemerkt.

»Genau«, war Sabrina eingefallen, »und im Winter friert sie weniger.«

»Wenn die Haare länger wären, könnte man ihr Zöpfchen flechten«, hatte Melanie gemeint.

Dann hatte Nadine das Baby schlafen gelegt, und die Kinder waren über die heiße Schokolade und die Plätzchen hergefallen. Ein schöner Nachmittag. Nadine war abends sehr erleichtert gewesen.

Und jetzt das. Nadine spürte, wie ihr Herz wieder heftig zu schlagen begann, in ihrem Magen krampfte sich etwas zusammen.

»Sag, Mama.«

Wechselbalg.

»Ist das etwas Schlechtes?«

Wechselbalg.

»Melanie hat mich ausgelacht. Sie sagt, Luzia könne gar nicht zaubern und auch nicht fliegen.«

Nadine riss sich zusammen. »Ein Wechselbalg ist eine Figur aus den Märchen. Das gibt es in Wirklichkeit nicht. Du musst nicht auf Melanie hören. Aber du sollst auch nicht herumerzählen, dass Luzia alle möglichen Dinge kann. Sie ist ein ganz normales kleines Mädchen. Sie kann so wenig zaubern oder fliegen wie du.«

»Aber warum hat Melanies Mutter das gesagt?«

»Ich habe keine Ahnung. Sie kennt Luzia ja gar nicht.«

Nadine fror. Wechselbalg. Das Wort fraß sich in sie hinein. Kein richtiger Mensch. Von bösen Geistern untergeschoben. Ein Kind des Teufels. Der Heimweg von zehn Minuten schien Nadine endlos lang. Als sich endlich die Wohnungstür hinter ihnen schloss, kam es ihr vor, als sei sie einer großen Bedrohung entgangen. Eigentlich hatte sie noch einkaufen wollen. Aber jetzt hatte sie nur noch den Wunsch, zu Hause zu sein, alle Feindseligkeit auszusperren.

»Mama, bist du traurig, dass Melanie das gesagt hat?«

Sie musste sich unbedingt besser zusammennehmen. Sie durfte sich nichts anmerken lassen.

»Aber nein, Kind, es ist gar nicht wichtig, was Melanie sagt. Ich bin bloß ein bisschen müde. Was wollen wir zu Mittag essen? Hast du Lust auf Fischstäbchen?«

Später spielte Lotte in ihrem Zimmer. Nadine wickelte den Säugling. Wechselbalg. Wechselbalg. Tränen stiegen in ihr hoch und eine Welle von Angst. Sie betrachtete das Kind eine Weile und legte es dann in sein Bett.

Sie hörte, wie Lotte sich in ihrem Zimmer mit Katze Mischa unterhielt. »Du bist kein Wechselbalg, Mischa«, sagte sie in strengem Ton. »Du bist ein ganz normales kleines Büsi. Du kannst nur miauen. Ich sage dir ein Geheimnis: Luzia ist ein Elfenbaby. Aber zu Mama darfst du das nicht sagen. Das wissen nur du und ich. Melanie sagen wir es auch nicht. Sie darf nicht mehr meine Freundin sein.«

Es klingelte. Nadine warf einen prüfenden Blick in den Backofen, bevor sie ihn ausschaltete und hinausging, um zu öffnen. Es war Leon. Er nahm sie in die Arme. »Na, Schwesterchen, geht's gut?« Er schnupperte. »Oh, das riecht aber lecker. Ich hab schon einen Bärenhunger.«

Er fuhr sich durch den verstrubbelten Schopf und strich sich über den massigen Bauch.

»Benja, leg dich hin.« Seine Boxerhündin, nicht mehr die Jüngste, mit angegrauter Schnauze, aber immer noch recht lebhaft, war bereits auf dem Weg in die Küche.

Lotte eilte herbei, warf sich Leon in die Arme und zog dann mit Benja, die sie sehr liebte, in ihr Zimmer ab.

»Es freut mich, dass du da bist«, sagte Nadine. »Eliane kommt in einer halben Stunde. Und ich habe natürlich extra viel gekocht, damit du auch satt wirst.« Nadine freute sich wirklich. Ihr älterer Bruder war der einzige Mensch außer Stefan, zu dem sie im Moment Vertrauen hatte. Er hatte auf Luzia nicht schockiert oder abgestoßen reagiert, aber die Situation auch nicht zu verharmlosen versucht. »Natürlich müsst ihr euch darauf gefasst machen, dass es Leute gibt, die eure Kleine ablehnen werden. Das ist auch bei Familien mit einem behinderten Kind so«, hatte er gesagt. »Einfach wird es nicht werden. Aber ihr seid nicht die Einzigen, denen das zustößt.«

Auf diese Weise hatte er so etwas wie Normalität in die Situation gebracht. Sie waren nicht die Einzigen. Auch andere Familien hatten gegen Widerstände und Vorurteile zu kämpfen. Aber ob auch andere Mütter beim ersten Blick auf ihr Baby zusammenzuckten und von einer Welle aus Angst und Abscheu überschwemmt wurden? Gewiss nicht. Nadine würde das Leon nie eingestehen. Und es war ja auch besser geworden. Luzia duftete zart und süß wie jeder andere Säugling, und ihre Laute waren ganz normale heitere oder missvergnügte Babylaute. Dennoch konnte Nadine ihre ersten Gefühlsregungen nicht vergessen, und Schuldgefühle nagten an ihr.

Jetzt blickte Leon sie forschend an. »Alles in Ordnung? Du machst einen etwas angeschlagenen Eindruck.«

Ach, er kannte sie einfach zu gut. Sie konnte nicht viel vor ihm verbergen. Sie versuchte zu lachen. »Es war nichts Besonderes. Wir wussten ja, dass wir uns auf solche Dinge vorbereiten mussten.« Sie erzählte ihm kurz von der Begegnung mit der Nachbarin und vom Kommentar von Melanies Mutter letzte Woche. »Ich muss wohl noch lernen, das als blödes Geschwätz abzutun.«

Leon legte ihr einen Finger unters Kinn und zwang sie, ihn direkt anzuschauen. »Das tut ordentlich weh, nicht wahr?«

Zu ihrem Ärger merkte sie, dass ihr die Tränen kamen. Sie schwieg, weil sie sonst das Weinen nicht mehr hätte zurückhalten können.

»Schon gut«, sagte er, »natürlich tut es weh. Mit der Zeit wirst du besser damit fertigwerden.«

»Sag nichts davon zu Eliane«, bat sie ihn. »Ich habe ja auch ein wenig Angst, wie sie auf Luzia reagieren wird. Ich hatte sie doch gefragt, ob sie Luzias Patin werden will, und sie hat Ja gesagt. Aber das war noch vor der Geburt, verstehst du?«

»Das kommt schon gut«, meinte er, »ihr seid Freundinnen, und sie hat ja auch ein Baby.«

Nadine begann, den Salat zu waschen, und Leon rührte eine Salatsauce zusammen. Der Tisch war gedeckt, der Nudelauflauf fertig und Nadine in heiterer Stimmung, als Eliane mit Noah eintraf. Der sechsmonatige Junge war schlechter Laune. Er brüllte, seine dicken Wangen waren krebsrot, die Nase verschleimt, die Mundwinkel verklebt vom Brei, den ihm die Mutter im Zug eingegeben hatte, und er stank.

»Entschuldige«, rief Eliane, »ich muss ihn erst mal wickeln.« Eliane war klein und rundlich, meist fröhlich und etwas aufgeregt. Sie hatte ihre braunen Haare am Hinterkopf zusammengebunden, aber jetzt hing ihr eine Strähne aus der Frisur und ihre helle Bluse hatte einen Fleck. Offenbar war die Reise mit Noah anstrengend gewesen.

Nadine stellte den Backofen nochmals an, um den Auflauf warm zu halten, und zeigte Eliane das Badezimmer. Auch normale Kinder können einen miserablen Eindruck machen, stellte sie für sich etwas beruhigt fest. Eliane wickelte ihren Sohn, wusch den Fleck aus, kämmte sich und zog die Lippen nach. Danach gingen sie zu Luzia, die satt, sauber und friedlich in ihrem Bettchen lag.

»Aha«, meinte Eliane, »das ist sie also.« Es klang ein bisschen, als bekäme sie einen ungewöhnlichen Gegenstand zu Gesicht, den man ihr geschildert hatte. Sie fragte nach Größe, Gewicht, nach ihrem Schlafverhalten und

Essensrhythmus. Wir fachsimpeln, dachte Nadine, halb amüsiert, halb unsicher. Zu Luzias Aussehen äußerte sich Eliane nicht.

»Willst du sie Noah zeigen?«, schlug Nadine vor. »Babys mögen andere Babys.«

»Ach nein, dafür ist er zu klein«, meinte Eliane, »und Lotte spielt grade so schön mit ihm.«

Sie setzten sich zu Tisch. Eliane und Leon unterhielten sich angeregt, alles war ganz normal, und doch fühlte sich Nadine nicht ganz wohl. Du siehst Gespenster, schalt sie sich, du siehst alles im Spiegel deiner Schuldgefühle, sei doch froh, dass es gut läuft. Sie gab sich Mühe, sich am Gespräch zu beteiligen. Eliane lobte das Essen, und Lotte wollte wissen, was es zum Dessert gebe.

»Ach, ich habe den Kuchen in der Tram liegengelassen«, rief Eliane erschrocken aus, »weil Noah so gebrüllt hat und die Leute so böse guckten. Tut mir leid.«

Lotte verzog enttäuscht das Gesicht.

»Nicht weinen, Lotte«, sagte Nadine schnell, »ich habe noch Eis im Tiefkühler. Kein Problem, Eliane, das verstehe ich doch.«

Nach dem Essen musste Leon wieder zur Arbeit, Benja trabte hinter ihm her, und die Freundinnen gingen am Katzenbach spazieren. Lotte trottete etwas missmutig mit, da sie immer noch verstimmt war, dass es keinen Kuchen gegeben hatte, den sie sich als wunderbare riesige Torte mit Marzipanfrüchten und Schokoladengarnitur ausgemalt hatte. Nadine war innerlich ruhiger, sie beschloss, das Thema anzuschneiden, das ihr noch etwas im Magen lag.

»Stefan und ich haben gedacht, dass wir Luzia Ende Sommer taufen lassen«, begann sie.

»Ach ja, das ist ein guter Zeitpunkt«, fiel Eliane ein, »dann ist es nicht mehr so heiß, aber man kann das Essen vielleicht immer noch draußen machen. Übrigens, weißt du, wen ich kürzlich zufällig getroffen habe? Selina, die seinerzeit mit uns gearbeitet hat. Sie wird heiraten, auch Ende Sommer, nämlich am 25. August. Hast du noch Kontakt zu ihr?«

»Nein, schon lange nicht mehr.« Nadine war etwas verwirrt. Sie hatte Eliane fragen wollen, ob es ihr immer noch recht war, Luzias Patin zu werden. Offenbar war das gar nicht nötig, Eliane war schon bei einem anderen Thema. Sie war immer etwas sprunghaft gewesen; es schien für sie also alles in Ordnung zu sein. Vielleicht ist sie gar nicht auf den Gedanken gekommen, dass ich mir darüber Sorgen machen könnte, dachte Nadine, und ein Gefühl von Erleichterung, ja Dankbarkeit breitete sich in ihr aus. Sie setzten sich in ein Café, wo sich auch Lottes Stimmung hob, da sie sich eine Süßigkeit aussuchen durfte. Sie erzählte von der Spielgruppe, von einem Ausflug in den Wald, von ihrem Freund Mirko, den zu heiraten sie vorhatte. »Und wir werden zusammen ein Elfenkind haben«, schloss sie.

»Ein Elfenkind?«, fragte Eliane.

Aber Lotte presste die Lippen zusammen und gab keine Auskunft.

Drei Tage später kam der Brief. Nadine wurde schwindlig, als sie ihn las. »Ich will ganz offen zu dir sein«, schrieb Eliane. Und das war sie dann auch. Nein, sie konnte sich nicht mehr vorstellen, Luzias Taufpatin zu sein. Nadine verstehe das sicher. Ach ja, tue ich das?, fragte sich Nadine. »Wollt ihr sie überhaupt taufen lassen?«, schrieb Eliane weiter. Der Tonfall ihres Briefs war freundlich, aber so sachlich und distanziert, dass er auf Nadine wie eine Ohrfeige wirkte. Sie will mir sagen, dass die Idee, eine Patin für unser Kind zu finden, schlichtweg eine Zumutung ist, wurde Nadine klar. Es wäre auch für Noah nicht gut, fuhr Eliane fort. Wenn sie Luzias Patin wäre, hätte man doch regelmäßigen Kontakt, und der Anblick des Kindes könnte Noah erschrecken, vielleicht traumatisieren, sein Frauenbild möglicherweise entscheidend und verheerend prägen. Wieder dieses Herzrasen. Eine Welle von Angst. Ich darf nicht ohnmächtig werden, dachte Nadine. Bald muss ich Lotte von der Spielgruppe abholen. Sie atmete tief durch. Eliane. Waren sie nicht Freundinnen? Sie hatten sich vor etwa zehn Jahren kennengelernt, waren in Winterthur Arbeitskolleginnen auf der Bank gewesen. Nach der Heirat war Nadine mit Stefan nach Zürich gezogen, und Eliane hatte es mit ihrem Mann in die Ostschweiz verschlagen. Sie sahen sich nicht oft, hatten kein ganz nahes, vertrautes Verhältnis, aber waren doch Freundinnen. Sie hatten sich drei-, viermal pro Jahr getroffen, zwischendurch miteinander telefoniert und sich immer bestens verstanden. Eliane war lebhaft und offen, Nadine ruhiger, zurückhaltender, sie hatten sich gut ergänzt. Und jetzt dieser Brief. Dieser Tonfall. Wie konnte das sein? Die Taktlosigkeit der dummen alten Frau Kösch. Die blöde Bemerkung von Melanies Mutter, die sie nicht persönlich kannte. Gut, damit musste man rechnen. Aber Eliane? Die unbekümmerte, herzliche Eliane?

Im Kinderzimmer begann Luzia zu schreien. Bitte nicht, dachte Nadine und blieb einfach am Küchentisch sitzen. Luzia wurde lauter. Nadine hielt sich die Ohren zu. Es nützte nichts. Sie sprang auf, eilte ins Bad und übergab sich. Es half ein wenig. Sie trank ein Glas Wasser und ging dann ins Kinderzimmer. Luzias Gesichtchen war verzerrt, sie war es nicht gewöhnt, warten zu müssen. »Armes Kind«, murmelte Nadine und nahm sie auf. Sie spürte die Wärme des Babys an ihrem Körper, sein Atmen, roch den Babyduft. Sie setzte sich, mit der Kleinen im Arm, wieder an den Küchentisch und brach in Schluchzen aus. Luzia wurde still.

»Selbstverständlich lassen wir sie taufen«, sagte Stefan fest. Es war Abend, Lotte war schon im Bett. »Wir finden schon jemanden. Ich könnte meine Cousine Silvia fragen.«

»Stimmt, sie ist Krankenschwester. Sie wird vor nichts zurückschrecken«, meinte Nadine.

»Sei nicht sarkastisch, Nadja.« Stefan strich ihr übers Haar.

»Mir ist gewiss nicht nach Sarkasmus zumute«, versicherte Nadine. »Ich glaube, es ist einfach so. Ich hätte das nie von Eliane gedacht.«

»Komm, wir vertagen das Thema. Es eilt ja nicht. Sag, wäre es dir lieber, wenn wir den Besuch meiner Mutter noch etwas hinausschieben?«

Nadine schüttelte den Kopf. »Nein, es muss ja mal sein. Von ihr erwarte ich ohnehin keine Unterstützung, gegen ihre Sticheleien kann ich mich wappnen. Ich kenne das ja schon.«

Stefan seufzte und verwünschte im Stillen seine Mutter. Warum konnte sie sich nicht benehmen? Wenigstens anständig sein zu Nadine? Ihre selbstgerechte Art, ihr Hochmut gingen ihm auf den Geist. Aber den Kontakt abbrechen zu ihr konnte er nicht, sie war doch seine Mutter. Und Lotte liebte die Großmutter. Zu Lotte war sie nett. Sie war ja auch ein Enkelkind, auf das man stolz sein konnte.

Die Wohnzimmertür, die nur angelehnt gewesen war, öffnete sich einen Spalt, und Lotte schlüpfte hinein. »Ich habe Durst, ich kann nicht einschlafen.« Dann: »Seid ihr traurig?«

»Nein, nein, Lotti, wir müssen nur über etwas Ernstes reden«, beruhigte sie der Vater.

»Über Luzia?«

»Nein, mit Luzia ist alles in Ordnung, sie schläft.«

»Ist es wegen Eliane?«

Hatte dieses Kind hellseherische Fähigkeiten? Nein, sie hatte wohl einfach gelauscht. Kinder hatten ein feines Gespür für das, was untergründig ablief. Sie verstanden die Dinge oft nicht richtig, aber sie merkten, wenn etwas nicht stimmte.

»Ist Eliane nicht mehr Mamas Freundin?«

»Ach, Lotti, das kann ich dir jetzt nicht erklären, das verstehst du nicht.«

»Melanie ist auch nicht mehr meine Freundin.«

»Komm«, griff Stefan ein, »ich gieße dir ein Glas Tee ein und bringe dich nochmals ins Bett.«

Er ging mit ihr hinaus.

Das Essen war vorüber, Nadine wagte es, sich ein bisschen zu entspannen. Greta schien in gnädiger Stimmung zu sein. Nadine hatte sich große Mühe gegeben. Sie hatte den Tisch schön gedeckt, nicht in der Küche, wo die Familie normalerweise aß, sondern im Wohnzimmer, darauf legte Stefans Mutter Wert, ihr Lieblingsessen gekocht, Zürcher Geschnetzeltes, das war gut angekommen, eine gute Flasche Wein geöffnet. Sie hatte Lotte hübsch angezogen und ihr eingeschärft, nicht vorlaut zu sein und nicht gleich nach Geschenken zu fragen. Sie hatte Luzias Gesicht und Hände rasiert und sie kurz vor dem Eintreffen der Großmutter gefüttert, gewickelt und frisch angezogen. Mehr kann ich nicht tun, hatte sie resigniert gedacht, während sie in ein lindgrünes Kleid schlüpfte und eine Brosche, die von Gretas Mutter stammte, feststeckte. Sie tuschte die Wimpern und legte ein wenig Lippenstift auf. Seit Ewigkeiten habe ich mich nicht mehr geschminkt, fiel ihr auf. Ich will wieder mehr auf mein Äußeres achten. Sie war sehr nervös gewesen, als Greta hereingekommen war, Greta, mit ihren fünfundsiebzig Jahren wie immer elegant, das graue Haar in Wellen gelegt, in einem teuren Kostüm, die Nägel dezent rosa lackiert. Nadine trug die schlafende Luzia auf dem Arm. Greta hatte nicht viel gesagt, aber wenigstens auch nichts Taktloses. Beim Essen hatten sie geplaudert, Lotte hatte die Großmutter mit Beschlag belegt, was Nadine ganz recht gewesen war, denn die Kleine war unbefangen und fröhlich und hatte viel zu erzählen.

Nun war sie in ihrem Zimmer, um mit den Handpuppen zu spielen, die die Großmama ihr mitgebracht hatte, und Nadine trug den Kaffee herein.

»Und was habt ihr jetzt vor?«, fragte Greta.

Nadine zuckte zusammen. Jetzt kommt es doch noch, dachte sie. Jetzt geht sie zum Angriff über. Stefan reagierte ganz unbefangen. »Im Sommer, meinst du? Allzu weit wegfahren wollen wir nicht mit der Kleinen. Wir werden vielleicht eine Ferienwohnung im Tessin mieten.«

Ach, Stefan, dachte Nadine.

»Das meinte ich nicht«, gab seine Mutter zurück. »Was habt ihr vor mit diesem Kind?«

Stefan, dem jetzt aufging, dass die Auseinandersetzung eröffnet war, blieb ganz ruhig. »Wir wickeln sie, wir füttern sie, in anderthalb Jahren wird sie zu laufen beginnen und in etwa zwei Jahren zu sprechen. In fünf

Jahren kommt sie in den Kindergarten und in sieben Jahren in die Schule.«

»Hör auf«, Greta machte eine gereizte Handbewegung, »ihr könnt nicht so tun, als ob es ein normales Kind wäre. Dieses Kind ist eine Abnormität, das wisst ihr genau.«

»Luzia ist gesund und entwickelt sich bis jetzt völlig normal«, sagte Stefan schneidend.

Wie konnte ich mir einbilden, dass dieser Tag nicht in einer Katastrophe enden würde, dachte Nadine.

»Normal? Mit diesem Kind könnt ihr nirgends hingehen. Die Leute werden mit dem Finger auf euch zeigen.«

»Andere Familien haben auch ein behindertes Kind, das sie nicht verstecken«, wagte sich Nadine vor.

Greta ignorierte sie. Sie wandte sich nur an ihren Sohn. »Ihr müsst das Kind in ein Heim geben. Ihr könnt es ja ab und zu besuchen. Alles andere ist Unsinn. Ihr könnt ein weiteres Kind haben, ein normales. Habt ihr schon mal an Lotte gedacht? Wie das für sie ist, mit einem solchen Geschwister aufzuwachsen?« Jetzt redete sie sich in Rage. Das hat sie alles vorbereitet, dachte Nadine.

»Habt ihr überhaupt abgeklärt, woher diese – diese Anomalie herrührt?« Jetzt traf Nadine ein eisiger Blick. »Vielleicht müsste deine Frau einmal einen Gentest machen, um zu wissen, was sie für Erbanlagen hat. Von dir, Stefan, kommt das sicher nicht.« Und wieder zu Nadine: »Hast du uns etwas verschwiegen? Gibt es noch weitere abnorme Leute in eurer Familie?«

Nadine war starr vor Entsetzen. Ihr Herz raste, wenn ihr die Knie nicht so gezittert hätten, wäre sie aufgesprungen und hinausgerannt.

»Stopp«, rief Stefan, »es reicht!« Nadine hatte ihn selten so aufgebracht gesehen. »Das ist meine Familie, Nadine, Lotte und Luzia. Wenn du sie nicht respektieren kannst, lass es bleiben. Wir kommen auch ohne dich zurecht.«

»Ist das ein Hinauswurf? Du weist deine eigene Mutter aus dem Haus?«

»Mutter«, sagte Stefan leiser, aber bestimmt, »ich werfe dich nicht aus dem Haus. Aber ich lasse nicht zu, dass du meine Frau und meine Tochter beleidigst. Wie Luzias Gendefekt entstanden ist, wissen wir nicht. Vermutlich hat er weder mit Nadine noch mit mir etwas zu tun. Aber wenn, kann es genauso gut von meiner Seite her gekommen sein. Das interessiert uns gar nicht. Luzia ist, wie sie ist, und sie ist unsere Tochter.«

Greta gab noch nicht auf. »Macht euch doch nichts vor. Ich habe mir im Internet Bilder von solchen Menschen angeschaut. Es sind Monster, sie sehen einfach abscheulich aus. Man kann sie weder heilen noch irgendwie herrichten. Wenn es wenigstens ein Junge wäre. Aber ein Mädchen –«

Stefan warf einen kurzen Blick auf Nadine und erschrak. Ihr Gesicht war grau und völlig zusammengefallen.

»Mutter«, sagte er, »ich glaube, es ist besser, du gehst jetzt.«

»Warum streitet ihr?« Das war Lotte. Ihr Gesicht wirkte verschreckt, vielleicht hatte sie schon eine ganze Weile zugehört.

»Wer ist ein Monster? Und warum muss Großmama schon gehen? Ich wollte doch noch spielen mit dir.«

Greta wandte sich zu ihr, strich ihr über die blonden Locken. »Armes Kind«, murmelte sie.

Stefan blieb unnachgiebig. »Wir können ein anderes Mal reden, aber für heute ist es besser, wenn du jetzt gehst.«

Lotte begann zu weinen.

Greta erhob sich, schwer atmend. »Gut, ich gehe. Man will hier offenbar die Stimme der Vernunft nicht hören.«

Stefan brachte sie eilends hinaus und suchte ihre Sachen zusammen. Auf seiner Stirn standen Schweißtropfen. Lotte weinte immer noch. Aus dem Kinderzimmer kam nun noch Luzias Stimme, ein hohes, quäkendes Babygreinen. Nadine saß noch immer am Wohnzimmertisch, wie gelähmt. Monster. Wechselbalg. Teufelskind. Ich bin das, dachte sie. Ich bin ein Monster, ein Wechselbalg, ein Teufelskind. Ich bin schuld. Sie hörte aufgeregte Stimmen, aber sie nahm nicht mehr auf, was gesagt wurde. Dann hörte sie die Wohnungstür ins Schloss fallen. Stefan, der mit beruhigender Stimme etwas zu Lotte sagte. Lotte, die schluchzend antwortete. Dann kam Stefan ins Wohnzimmer.

»Es tut mir leid«, sagte er.

»Es ist nicht deine Schuld«, flüsterte Nadine. Sie stand

auf, begann die Kaffeetassen zusammenzustellen und den Tisch abzuräumen.

»Ich mache rasch das Fläschchen für Luzia, okay?«

Nadine nickte. In der Küche füllte sie den Geschirrspüler, reinigte die Pfannen und Töpfe, sie nahm das weiße Tischtuch vom Esstisch, knüllte es zusammen und warf es zur schmutzigen Wäsche. Nicht denken, sagte sie sich, keinen Gedanken zulassen, keinen dieser schrecklichen Gedanken, die ganz nah sind und in mich eindringen wollen.

Stefan kam in die Küche. »Luzia hat getrunken. Aber sie sollte noch gewickelt werden. Ist es dir recht, wenn ich mit Lotte eine halbe Stunde hinausgehe, zum Spielplatz? Sie ist noch immer ganz verstört. Etwas Ablenkung würde ihr guttun. – Wir können abends reden, du und ich, in Ordnung?«

Nadine nickte. »Ja, ich kümmere mich um Luzia.«

Sie hörte, wie Vater und Tochter die Wohnung verließen. Eine schwere Stille senkte sich über die Wohnung. Nadine kam es vor, als wären sie ganz allein auf der Welt, im geschlossenen Raum dieser Wohnung, als gäbe es nur sie und das Baby im Zimmer nebenan. Es war schrecklich und zugleich erleichternd. Sie ging hinüber, legte Luzia auf den Wickeltisch und zog sie aus. Sie warf die schmutzige Windel in den Abfall und wusch mit warmem Wasser den Babypo, cremte und puderte ihn ein. Das Baby strampelte und fuchtelte mit den Ärmchen. Bevor Nadine nach einer frischen Windel griff, schaute sie das Kind eine Weile an. Seinen dunkel behaarten Körper. Ein Tierchen, ein menschliches Tierchen. Die Haare waren etwas länger geworden, schien es ihr. Und sie fühlten sich rauer an. Kätzchen. Äffchen. Wechselbalg. Monster. Ein Schauer überlief sie. Sie wickelte das Kind in eine neue Windel, zog es an und legte es in Bett.

Dann ging sie ins Wohnzimmer, wo auf einem kleinen Schreibtisch der Computer stand. Sie schaltete ihn ein, öffnete den Internet-Browser und gab in einer Suchmaschine den Begriff ›Ambras-Syndrom‹ ein. Das hatte sie noch nie getan. Sie besah sich die Bilder von diesen Wolfsmenschen, wie sie früher genannt wurden, die unheimlich aussehenden Männer, die Frauen, die auf Jahrmärkten herumgezeigt wurden. Sie stieß auf ein Buch, das die Geschichte einer solchen Frau nachzeichnete. Es hieß ›Die hässlichste Frau der Welt‹.

Die alte Frau hielt sich kerzengerade, ihr Schritt war fest. Toll, wie sich die Attinger hält, dachte Ernst Gemperli, ihr sechzigjähriger Nachbar, der ihr entgegenkam. Sie grüßte ihn knapp, ohne ein Lächeln. Na ja, besonders liebenswürdig war sie nie, das wusste Gemperli seit Langem, aber fit für ihr Alter, sie war doch bestimmt schon fast achtzig. Und gut angezogen. Sie ließ sich nicht gehen wie andere ältere Frauen, die an Gewicht zulegten, nichts gegen den dünn werdenden Haarwuchs unternahmen und ständig über irgendwelche Gebresten jammerten. Er schaute der Frau nach, die jetzt zu ihrem Haus einbog.

Greta Attinger hatte keine Ahnung von den Überlegungen ihres Nachbarn. Sie hatte ihn kaum wahrgenommen. Sie steckte den Schlüssel ins Türschloss. Ihre Hände zitterten, und sie brauchte drei Versuche, bis die Tür aufging. Auf der Treppe in den ersten Stock wurden ihre Schritte langsamer, und als – endlich – die Wohnungstür hinter ihr ins Schloss fiel, blieb sie stehen, lehnte sich eine Weile gegen die Tür. Ihre Züge verloren die Festigkeit, die Entschlossenheit und Strenge, es war nur noch das Gesicht einer alten, sehr erschöpften, gequälten Frau. Sie legte ihre Handtasche auf eine kleine Kommode. Mit langsamen Bewegungen streifte sie den hellen Sommermantel ab und warf ihn achtlos auf die Garderobe. Sie zog die Schuhe aus, schlüpfte in Hausschuhe. Was soll ich nur tun?, fragte sie sich. Sie ging in die geräumige, altmodische Wohnküche, eine Tasse Tee? Sie entschied sich dagegen, ging ins Wohnzimmer, ein schönes Zimmer, Teppiche, eine dezent gemusterte, schwere Polstergruppe, hohe Bücherregale aus dunklem Holz, in denen Bildbände und Fotoalben, Porzellanfigürchen und Kristallgläser standen, eine antike Kommode, eine Wanduhr. Sie ließ sich auf einen Sessel fallen. Was kann ich nur tun? Warum hört Stefan nicht auf mich? – Ach, er hörte ja schon lange nicht mehr auf sie. Zorn stieg in ihr hoch, aber er verrauchte rasch wieder. Sie erhob sich und ging ins Schlafzimmer hinüber, wo sie in dem hohen, breiten Doppelbett seit Jahrzehnten allein schlief, seit Paul gestorben war, wenige Jahre nach Stefans Geburt. Sie hatte Stefan allein aufgezogen, nicht als moderne alleinerziehende Mutter, sondern als

Witwe, die sich ihrer Verantwortung bewusst war. Sie hatte alles darangesetzt, dass aus ihrem einzigen Sohn, der ohne Vater aufwachsen musste, etwas wurde. Sie hatte alles für ihn getan, sie wusste, wie das Leben war, aber er, einst ein fügsamer, lieber Junge, war zunehmend widerspenstig geworden und hatte sich von ihr entfernt. Sie sei rechthaberisch, hatte er ihr einmal vorgeworfen, sie mische sich zu sehr in sein Leben ein. Das stimmte doch nicht. Sie hatte ihn letztlich immer machen lassen, was er wollte. »Was wollte ich überhaupt hier?«, murmelte sie vor sich hin und ging zurück ins Wohnzimmer. Ihre Gedanken liefen weiter. Jetzt, jetzt hätte Stefan auf sie hören müssen. Wie sollte sie ihm das begreiflich machen? Sie konnte es ihm nicht erzählen, er würde wütend werden, dass sie es ihm immer verschwiegen hatte. Sie wollte doch nur, dass er glücklich war, dass seine Familie glücklich war. Das war vielleicht nicht so einfach, wie er sich das vorstellte.

Sie erinnerte sich. Ungern, aber die Gedanken und Bilder ließen sich nicht verscheuchen. Anderthalb Jahre nach Stefan hatte sie einen zweiten Sohn zur Welt gebracht. Den kleinen Peter. Peter hatte nur einen Arm gehabt und eine Hasenscharte. Es war ein Schock gewesen. Greta hatte sich geschämt, vor ihrem Mann, vor der Familie, vor den Nachbarn. Freunde hatten sich zurückgezogen. Pauls Bruder, für seine Taktlosigkeiten bekannt, hatte bemerkt: »Das ist ja nur ein halbes Kind. Ist die andere Hälfte noch drin?« Und er hatte auf ihren Bauch gestarrt, der sich nach der Geburt noch nicht ganz zurückgebildet hatte. Ein halbes Kind. Nur ein halbes Kind. Das Gefühl, ausgestoßen zu sein, von einem Moment auf den anderen nicht mehr geschätzt und geliebt, sondern beargwöhnt, bemitleidet und belächelt zu sein, hatte sich ihr tief eingebrannt. Sie hatte die Demütigung niemals vergessen. Nur ein halbes Kind hatte sie zustande gebracht, sie, die hübsche, selbstbewusste, bewunderte Greta, die einen sehr gut situierten Mann geheiratet hatte. Nur ein halbes Kind.

Als Peter ein Jahr alt gewesen war, hatte er eines Nachts stark gefiebert und gehustet. Paul hatte geschlafen, es war ohnehin nicht seine Sache, sich nachts um die Kinder zu kümmern. Sie hatte dem Kleinen die Stirn mit einem Lappen gekühlt und ihm Tee eingeflößt, aber er hatte nichts bei sich behalten. Sein kleiner Körper hatte sich unter den heftigen Hustenanfällen gekrümmt, sein Gesicht war hochrot gewesen und er hatte geweint und geschrien. Vielleicht hat er eine Lungenentzündung, war es Greta durch den Kopf gefahren, ich müsste den Arzt rufen, ich müsste Peter ins Spital bringen. Sie hatte es nicht getan. Sie war beim Baby geblieben, das irgendwann zu erschöpft gewesen war, um zu schreien, und war in einen dünnen Schlaf gefallen. Am nächsten Morgen ging es Peter noch schlechter. Sie blieb bei ihm, hielt ihn, streichelte ihn, gab ihm zu trinken. Aber sie rief den Arzt nicht. Am Abend war Peter gestorben. Erst da ließ sie den Arzt kommen. Peter hatte tatsächlich eine Lungenentzündung gehabt. Niemand hatte Greta einen Vorwurf gemacht, niemand hatte Fragen gestellt. Sie hatten den Säugling in einer kleinen Zeremonie bestattet, nur die engsten Familienangehörigen. Dem zweieinhalbjährigen Stefan, der noch eine Weile nach seinem Brüderchen gefragt hatte, hatten sie gesagt, Peterchen sei jetzt im Himmel bei den Engeln. Sie hatten niemals wieder von Peter geredet, auch Greta und Paul nicht, und Stefan hatte seinen Bruder mit der Zeit vergessen. Sie waren niemals zu seinem Grab gegangen, und Stefan wuchs in dem Glauben auf, er sei immer ein Einzelkind gewesen. Er wird es erfahren, wenn ich tot bin und er meine Papiere durchsieht, dachte Greta, aber dann wird es mir gleichgültig sein. Greta hatte niemals Gewissensbisse verspürt, wenn ihr Peter in den Sinn kam. Sie war überzeugt, dass sie richtig gehandelt hatte. Er hätte kein glückliches Leben gehabt und er hätte sie alle in sein Unglück mit hineingezogen, auch Stefan, daran zweifelte sie nicht. Sie hatte die Familie gerettet. Drei Jahre nach Peters Tod war Paul gestorben, und sie war eine allseits respektierte Witwe mit einem kleinen, gut erzogenen Jungen, nicht eine ausgestoßene Frau, deren behindertes Kind das Spiegelbild ihres Ungenügens war. Das möchte ich euch ersparen, dachte Greta, das Schicksal, nirgends mehr dazuzugehören, stigmatisiert zu sein. Ihr wisst nichts davon. Aber sie würde alles tun, was in ihrer Macht stand, das Glück der Familie ihres Sohnes zu retten. Nadine war alles andere als ihre Traumschwiegertochter, aber Stefan hatte sich nun mal für sie entschieden, und sie, Greta, wollte, dass er glücklich war. Sie straffte sich. Vielleicht sollte ich einmal mit Nadine allein reden, dachte sie. Sie ist nicht stark, sie wird mir zuhören müssen. Greta ging in die Küche, um sich einen Tee aufzubrühen.

Nachts gegen zwei Uhr wurde Stefan von Luzias Schreien geweckt. Sie forderte ihr Fläschchen. Nadine schlief, sie hatte Wachspfropfen in den Ohren. Sie hatten nicht mehr viel geredet. Nadine hatte erklärt, sehr müde zu sein. So sah sie auch aus. Stefan hatte ihr versichert, dass seine Mutter erst wieder zu Besuch kommen könne, wenn sie sich entschuldigt hatte und bereit war, Luzia zu akzeptieren. »Da kannst du lange warten«, hatte Nadine gemeint. Stefan hatte die Schultern gezuckt. Nadine hatte eine leichte Schlaftablette genommen und war bald eingeschlafen.

Stefan stand auf, griff sich im Dunkeln den Morgenmantel und tappte hinaus. In der Küche bereitete er das Fläschchen zu und ging damit in Luzias Zimmer. Sie schaute ihm entgegen, hungrig, lebhaft, mit großen Augen. Er hob sie aus dem Bettchen, setzte sich mit ihr im Arm auf einen Stuhl und hielt ihr das Fläschchen hin, an dem sie sofort zu saugen begann. Die Worte seiner Mutter gingen ihm durch den Kopf. Plötzlich hätte er beinahe lachen müssen. Monster, hatte sie gesagt. So ein Unsinn. Wegen diesem Pelzchen. Luzia war ein winziger, sechs Wochen alter Mensch, ein kleines Mädchen mit Bedürfnissen, Gefühlen, Wahrnehmungen, mit einem Blick, der ihn erkannte. »Ich bin dein Papa«, flüsterte er, »und du hast auch eine Mama und eine große Schwester.

Und die kennst du alle, weil du zu uns gehörst.« Hatte nicht er selbst manches Mal vor Luzias Bettchen gestanden und sich dagegen zur Wehr setzen müssen, solche Wörter, wie sie seine Mutter gebraucht hatte, zu denken? Alien. Tierchen. Wechselbalg. Wie dumm ich war, dachte er, nicht zu erkennen, dass ich da ein Kind habe, das mir vertraut, das mich lieben wird, das eine kleine Persönlichkeit ist. Zum ersten Mal empfand er Zuneigung zu diesem kleinen Wesen. Er legte Luzia zurück, deckte sie zu und ging getröstet zu Bett.

Endlich stand Leon vor dem Gemälde. Er hatte es suchen müssen. Zuerst war er durch die Habsburger Porträtgalerie gestreift, ohne es zu finden.

Leon hatte am Vormittag in Buchs einen Kunden besucht, der ihm die umfangreiche Bibliothek seiner vor Kurzem verstorbenen Tante verkaufen wollte. Das Treffen hatte nicht lange gedauert, Leon hatte gleich gesehen, welche Bände ihn interessierten, und anstatt nach Zürich zurückzufahren, war er, einem spontanen Entschluss folgend, weiter nach Osten gefahren, über die österreichische Grenze, nach Innsbruck. Warum tue ich das?, hatte er sich gefragt. Egal, ich muss es sehen. Er folgte den Wegweisern nach Schloss Ambras, einem beeindruckenden weißen Gebäude auf einer Anhöhe oberhalb der Stadt. Ambras-Syndrom, das hatte er immer für einen streng medizinischen Begriff gehalten, und er war verblüfft gewesen, als er bei einer Internetrecherche herausgefunden hatte, dass der Name von Luzias Anomalie aus dem kulturellen Bereich stammte. Im Museum des Schlosses Ambras waren Bilder von sogenannten Haarmenschen ausgestellt, die im sechzehnten Jahrhundert gelebt hatten. Leon hatte nicht geplant hinzufahren – oder hatte es doch untergründig damit zu tun gehabt, dass er das Treffen in Buchs auf den Vormittag gelegt hatte? Er war normalerweise kein Frühaufsteher, sondern kam erst am frühen Nachmittag in die Gänge und arbeitete am liebsten in den Abend hinein. Jedenfalls war um elf Uhr, nach dem Termin, plötzlich der Gedanke da gewesen, nach Innsbruck zu fahren. In der Porträtgalerie eine Unmenge von Kaisern, Königen, Herzoginnen, Infanten, alle kostbar gekleidet, geschmückt und frisiert, alle mit hellen Gesichtern, unbehaart, mit rosigen Wangen und glatten Stirnen. Auch die Kinder waren in bestickte Mäntelchen mit Halskrause gezwängt, sicher furchtbar unbequem beim Spielen, aber, so las Leon in einer Bildunterschrift, die Kleinen lernten ein Instrument spielen, bevor sie sprechen konnten, mit drei Jahren wurde ihnen das Lesen beigebracht, und ab sieben Jahren wurden sie als erwachsen betrachtet. Immerhin hatte die einjährige Erzherzogin Katharina Renea eine Puppe mit aufs Bild nehmen dürfen. Und vermutlich hatte sie, während sie dem Maler Modell sitzen musste, nicht die ganze Zeit so brav und gelassen dreingeschaut wie auf dem Bild.

Die Bilder mit den Haarmenschen seien in der Kunst- und Wunderkammer, hatte ihm ein junger Mann, der als Aufsicht durch die Räume wanderte, erklärt. Und nun stand er davor. Vor dem fast lebensgroßen Porträt von Petrus Gonsalvus, einem aus Teneriffa gebürtigen Mann, der zuerst am Hof Heinrichs II. eine Ausbildung genossen hatte, dann an den Hof von Königin Margarete von Österreich gekommen und schließlich mit ihr nach Parma gegangen war. Er trug einen langen schwarzen Mantel, der rot eingefasst war. Über der weißen Halskrause ein bärtiges Gesicht, und der Haaransatz war gleich oberhalb der Augenbrauen. Er hatte vier Kinder gehabt, drei Töchter und einen Sohn, und alle waren ebenfalls behaart gewesen.

Neben ihm hing das Porträt seiner ältesten Tochter, Madleine Gonzalez. Sie mochte etwa fünf Jahre alt sein. Sie trug ein langes, grünliches, mit Edelsteinen besetztes Kleidchen, das ihr in weiten Falten um den Körper fiel. Um den Hals trug sie ein großes Kreuz, auf dem Kopf ein Diadem. Sie hatte ein rundes Gesicht, große Augen, einen kleinen Mund, ein Grübchen am Kinn. Sie schaute ernst, schien sich der Würde, gemalt zu werden, bewusst zu sein, aber ihr Blick war auch ein bisschen ängstlich oder traurig, so kam es Leon vor. Und ihr Gesichtchen war mit Haaren bedeckt. Wie ein Kätzchen, dachte Leon und er glaubte, Lottes Stimme zu hören. Die Hände waren schmal und unbehaart. Das Bild berührte ihn tief. Er las den Text zum Bild. Madleine war 1575 geboren worden. Sie heiratete 1593 den Hundeführer des Herzogs von Parma und hatte mit ihm eine Tochter, Caterina, die ebenfalls ein Haarmensch war. Leon trat zurück und betrachtete die Bilder aus etwas Distanz. Über Madleine hing ein Porträt ihres Bruders, jünger als sie, in einem roten Mäntelchen und Mützchen. Auch sein Gesicht war von Haaren bedeckt. Die Gemälde waren nicht sehr gut beleuchtet, nicht viele Leute blieben vor ihnen stehen. Leon ließ die Bilder ein paar Minuten auf sich wirken, dann ging er hinaus, ohne die anderen Exponate zu beachten. Im Souvenirshop kaufte er ein paar Ansichtskarten von Madleine und Petrus und setzte sich damit ins Gartenrestaurant des Schlosses.

Es war heiß, und er war durstig. Er bestellte sich ein Wasser und ein großes alkoholfreies Bier. Er legte die Karten vor sich hin. Wie hatte es in der Bildlegende geheißen? Die Haarmenschen hätten unter medizinischen, naturwissenschaftlichen und mythologischen Aspekten zu ihrer Zeit großes Interesse erregt. Waren sie untersucht worden, vermessen, getestet, bestaunt? Hatten sie darunter gelitten oder die Aufmerksamkeit, das Bewusstsein, etwas Besonderes zu sein, genossen? Sicher waren sie nicht auf Jahrmärkten ausgestellt worden, sie hatten ja zum Hof gehört. Petrus Gonsalvus wirkte würdevoll. Na ja, er hatte, zumindest in bekleidetem Zustand, nur etwas zu viel Bart, dachte Leon. Aber das kleine Mädchen? War es ausgelacht worden von den anderen Kindern? Hatten ihm die Erwachsenen über den Kopf gestreichelt oder waren sie zurückgeschreckt? Jedenfalls war sie nicht ausgestoßen, nicht versteckt worden. Nein, sie war gemalt worden, in einem kostbaren Kleidchen. Mit achtzehn Jahren hatte sie geheiratet wie jedes andere Mädchen auch, und sie hatte ein Kind gehabt. Leon wusste, dass sich in früheren Zeiten die Menschen weniger schwergetan hatten mit körperlichen Unvollkommenheiten. Man hatte ja auch nichts dagegen tun können. Da es keine Schönheitsoperationen gegeben hatte, waren vielleicht auch die Normen nicht so streng gewesen. Aus den spärlichen Informationen zu schließen, hatte Madleine ein ganz normales Frauenleben geführt. Was hatte sie empfunden, wenn sie in den Spiegel geschaut hatte? Hatte sie überhaupt einen gehabt? Was hatte ihr Mann für Gefühle gehabt, wenn sie neben ihm im Bett lag? Hatte er sie begehrt? Und wie war es für das Paar gewesen, als ihre Tochter ebenfalls behaart zur Welt gekommen war? Ach, das sind Fragen aus dem einundzwanzigsten Jahrhundert, die ich mir da stelle, sagte sich Leon, vielleicht völlig falsche Fragen. Was für eine Bedeutung hat es für Luzia, was für ein Leben Madleine, mehr als vierhundert Jahre früher, gehabt hat? Absolut keine.

Hätte es für Nadine eine Bedeutung, das Bild von Madleine zu sehen? Leon war unsicher. Er wusste nicht, ob er seiner Schwester und Stefan von seinem Besuch hier erzählen sollte. Gab es überhaupt Fotos von Luzia? Von Lotte gab es natürlich Dutzende. Im Bettchen. In der Badewanne. Im Kinderstühlchen. Lachend. Ernst. Weinend. Trotzig. Übermütig. Ihr viereinhalbjähriges Leben war minutiös dokumentiert, und sie liebte es, Babyfotos von sich anzusehen. Ich werde Luzia fotografieren, nahm sich Leon vor. Er bestellte sich ein Sandwich und aß es hastig. Zeit zurückzufahren, befand er. Im Büro gab es noch zwei, drei dringende Sachen zu erledigen. Und er musste einen Rundgang mit Benja machen. Hans, sein Geschäftspartner, passte zwar gern auf den Hund auf, aber er hatte natürlich keine Zeit, lange mit ihr spazierenzugehen. Auf der Rückfahrt war Leon in gedrückter Stimmung, er wusste selbst nicht, wieso. Normalerweise fuhr er gern schnell, er hatte einen schwarzen Alfa, aus dem er gern was herausholte, auch über die erlaubte Höchstgeschwindigkeit hinaus. Aber heute machte es ihm keinen Spaß. Der Kummer, den er in den Augen des Mädchens Madleine wahrzunehmen geglaubt hatte, ging ihm nicht aus dem Kopf.

»Frau Evren, wo sind die Krankengeschichten für heute?«

»Hier, Herr Doktor.« Sibel Evren kam mit einem Stapel Mäppchen aus dem Büro. Sie war eine zarte junge Frau, etwas über dreißig, mit kurzgeschnittenen braunen Haaren und dunklen Augen. »Frau Attinger kommt heute mit Luzia«, bemerkte sie.

»Ach ja, endlich, haben Sie sie angerufen und an den Termin erinnert? Das Kind ist schon fast drei Monate alt, sie hätte vor drei Wochen mit ihm kommen sollen.«

»Ja, ich habe gestern angerufen und ihr den Termin für heute gegeben.«

»Hat sie gesagt, warum sie nicht eher gekommen ist?«

»Sie sagte, sie habe es vergessen.«

»Vergessen?« Andrin Capeder war höchst erstaunt.

Seine Praxisassistentin zuckte ratlos die Schultern. »Ich weiß auch nicht, was das soll. Sie schien mir immer eine pflichtbewusste, liebevolle Mutter zu sein.«

»Um welche Zeit kommt sie?«

»Um halb zehn.«

»Messen und wiegen Sie das Kind, bevor es zu mir kommt. – Sie haben doch eine halbe Stunde Zeit reserviert?«

Sibel Evren nickte. Sie hatte vor einem halben Jahr ihre Ausbildung zur Medizinischen Praxisassistentin abgeschlossen. Der Job bei Doktor Capeder war ihre erste Stelle. Sie war schon recht gut eingearbeitet und liebte die Arbeit. Die Ausbildung hatte sie erst mit Anfang dreißig in Angriff genommen und war glücklich, nun nicht mehr kellnern oder putzen gehen zu müssen. Manchmal zweifelte sie im Geheimen ein wenig an den Qualitäten ihres Chefs. Er war bestimmt ein äußerst kompetenter und tüchtiger Kinderarzt, obwohl er erst wenig über vierzig war. Er war ein bisschen kühl, distanziert, manche Kinder waren in seiner Gegenwart schüchtern oder sogar ängstlich. Aber er war sehr engagiert. Etwas erschrocken war Sibel, als sie am dritten Tag in der Praxis Raffaela Zweifel begegnet war. Sie hatten sich vor ein paar Jahren kennengelernt, als in Valerie Guts Fahrradgeschäft, in dem Sibel putzte, ein Toter gefunden worden war. Raffaelas Großtante hatte im selben Haus gewohnt und war als Zeugin in den Fall verwickelt gewesen. Nun arbeitete Raffaela an zwei Tagen pro Woche als Sekretärin in Andrin Capeders Praxis. Sie tippte Berichte und wissenschaftliche Artikel. Sibel fühlte sich nicht recht wohl in der Gegenwart der oft spöttischen, sich überlegen gebenden Kollegin, und sie war froh, dass Raffaela jene zurückliegende Geschichte nie ansprach. Sie kann mir egal sein, sagte sie sich. Hauptsache, ich habe diese Stelle. Ihrem Freund Markus gegenüber, mit dem sie zusammenlebte und der damals im FahrGut als Mechaniker gearbeitet hatte, erwähnte sie Raffaela nie. Es geht aufwärts mit unserem Leben, dachte sie, und bei Doktor Capeder kann ich viel lernen. Sie war höflich zu Raffaela und hielt Distanz. Capeder merkte von der leicht angespannten Atmosphäre in seiner Praxis nichts.

Der Anblick der armen kleinen Luzia Attinger hatte ihn nicht im Geringsten schockiert, während sie, Sibel, zutiefst erschrocken war und sich abwenden musste, um sich wieder zu fassen.

»Das ist ja furchtbar«, hatte sie gestottert, als Frau Attinger wieder weg war.

»Wieso denn?«, hatte der Doktor verständnislos gefragt. »Dieses Kind ist ein sehr interessanter Fall. Ich werde seine Entwicklung genau mitverfolgen. Es gibt in der Wissenschaft nicht sehr viel Literatur über dieses Problem. Die anderen vier oder fünf Kinder mit Ambras-Syndrom, die es auf der Welt derzeit gibt, leben in Indien und auf den Philippinen. Ich werde darüber publizieren können.«

Sibel hatte beeindruckt geschwiegen. Aber sie hatte sich gefragt, ob Doktor Capeder denn kein Mitleid hatte mit diesem bedauernswerten Geschöpfchen, das nie würde ein normales Leben führen können. Nun gut, seine Aufgabe war es, über die Gesundheit des Kindes zu wachen. Und das tat er. Es war ihm sogar aufgefallen, dass die Mutter mit Luzia nicht zur Zweimonatsuntersuchung gekommen war, und jetzt würde er sich eine volle halbe Stunde für die Routineuntersuchung und die Impfungen Zeit nehmen.

Frau Attinger kam pünktlich. Auf dem einen Arm hatte sie Luzia, an der anderen Hand Lotte, die ihrerseits eine schwarze Plüschkatze fest an sich drückte. Sie schien Sibel Evren irgendwie verändert zu sein. Sie nahm ihr den Säugling ab, um ihn zu wiegen und zu messen. Alles war im normalen Bereich. Luzia war gewachsen und hatte tüchtig zugenommen, sie war sechzig Zentimeter lang und wog sechs Kilogramm. Auch der Kopfumfang war normal. Sie brachte das Kind der Mutter ins Wartezimmer. Lotte saß eng an die Mama geschmiegt.

»Magst du nicht spielen, Lotte?«, fragte Sibel und wies auf die Spielsachen. »Letztes Mal hat dir doch der Puppenwagen so gefallen.«

Aber Lotte schüttelte nur den Kopf. Irgendetwas ist anders, dachte Sibel. Lotte war doch früher nicht so schüchtern. Dann fiel ihr auf, wie die Mutter das Baby hielt: wie ein Paket, das man gleich über den Postschalter schieben wird. Sie schaute es nicht an, streichelte es nicht. Ihr Blick, der an die gegenüberliegende Wand ging, war, wie sollte sie es nennen, abwesend, stumpf. Sie kümmerte sich auch nicht um die ältere Tochter, die eine Hand des Babys hielt.

Zehn Minuten später bat Sibel Evren Frau Attinger mit den Kindern ins Sprechzimmer und wies sie an, Luzia auszuziehen, was sie mit unsicheren Bewegungen tat. Der Doktor trat ein und bat sie zum Besprechungstisch. Nadine Attinger ließ das nackte Baby auf dem Wickeltisch liegen. Sibel nahm es rasch hoch und brachte es ihr. »Es ist besser, Sie halten sie, nicht, dass sie noch herunterfällt.« Sie sagte es mit einem Lächeln, aber innerlich war sie beunruhigt. Es gab kleine Zeichen, an denen sie merkte, was für eine Beziehung eine Mutter zu ihrem Kleinkind hatte. Wie sie es anschaute. Wie sie es berührte, es im Arm hielt, zu ihm sprach. Dass eine Mutter ihr Baby einfach auf der Liege ließ, kam selten vor. Solche Dinge schien Doktor Capeder nicht wahrzunehmen.

Er befragte die Mutter jetzt ausführlich zum Verhalten des Kindes, zu seinem Schlaf-Wach-Rhythmus, zu den Trinkgewohnheiten. Sie gab mit leiser Stimme Antwort, und er machte sich genaue Notizen. Seine Publikation, dachte Sibel. Dann nahm er das Baby, prüfte seine Reflexe, seine Kopfkontrolle, beobachtete seine Bewegungen.

»Lächelt sie schon?«, wollte er wissen.

Nadine schüttelte den Kopf.

»Damit wird sie in nächster Zeit beginnen.«

Dann zog er die Impfspritze auf. Lotte schaute erschreckt weg. Beim Pieksen begann Luzia zu schreien, beruhigte sich aber rasch wieder.

»Es ist alles normal«, sagte Capeder dann zu Nadine.

»Wie kommen Sie zurecht mit der Behaarung? Rasieren Sie sie oft?«

»Nein«, sagte Nadine, »sie mag es nicht, sie beginnt zu weinen.«

»Sie brauchen sich keine Sorgen zu machen. Ich habe mich über das Ambras-Syndrom informiert. Es ist zu erwarten, dass sich das Kind körperlich und geistig normal entwickelt. Seine Intelligenz wird nicht beeinträchtigt sein.«

Sibel Evren ärgerte sich, merkte er nicht, dass sich diese Mutter sehr wohl Sorgen machte? Sie war ja völlig niedergedrückt. Dass das Baby aß und schlief und lernen würde zu gehen, zu lesen und zu rechnen, löste das Problem ja wohl nicht. Aber Capeder war zufrieden mit der Untersuchung.

»Vergessen Sie nicht wiederzukommen, wenn das Kind vier Monate alt ist«, ermahnte er Nadine. »Frau Evren kann Ihnen gleich einen Termin geben.«

Nadine nickte. Sie zog Luzia wieder an, mit langsamen Bewegungen, als ob sie ganz ungeübt wäre und Angst hätte, etwas falsch zu machen, und ging hinaus, um sich ein Kärtchen geben zu lassen.

Doktor Capeder saß am Schreibtisch und vervollständigte seine Notizen. Sibel fasste sich ein Herz. »Ich hatte den Eindruck, dass es Frau Attinger gar nicht gut geht«, begann sie.

Capeder schaute auf.

»Sie hat ihr Baby gehalten, als ob es ein Gegenstand

wäre«, fuhr sie fort. »Sie wirkt so niedergeschlagen. Vielleicht ist sie überfordert.« Sie hielt inne.

»Ich sehe keine Anzeichen, dass sie das Kind nicht gut versorgt«, wandte er ein. »Es ist gesund, gut ernährt, munter.«

»Ich habe trotzdem das Gefühl, dass etwas nicht stimmt. Auch das ältere Mädchen ist so verändert. Früher war sie lebhaft, spielte, plauderte. Heute war sie so still, fast verängstigt.«

»Auch Kinder haben manchmal Kummer«, sagte Capeder, »das vergeht schon wieder.«

Sibel war nervös, aber da sie nun einmal angefangen hatte, wollte sie sich nicht gleich abspeisen lassen. »Denken Sie doch, wie furchtbar es ist, ein solches Kind zu haben. Mir würde es das Herz abdrücken. Ich meine, dieses Baby wird nie ein glückliches, normales Leben führen können.«

»Man kann später wahrscheinlich mit Laserbehandlungen etwas machen.«

Aber Sibel hatte auch im Internet recherchiert. »Man kriegt die Haare nicht vollständig weg. Luzia wird nie einen Mann finden, der sie liebt. Was ist denn das für ein Leben. Und was für ein unerträglicher Gedanke für eine Mutter!«

»Einen Mann zu finden, ist wohl nicht das einzige lohnende Lebensziel«, sagte Capeder etwas sarkastisch. Er wollte einfach nicht begreifen, dachte Sibel.

»Ohne Liebe zu leben, so auszusehen, dass sich jeder von einem abwendet, das ist doch das Schlimmste, was einem geschehen kann! Warum muss ein solches Kind leben?«, fragte Sibel verzweifelt. »Es wird nur Unglück erleben. Warum kann es nicht sterben?«

»Schluss jetzt«, Capeders Stimme war deutlich ungehalten. »Wenn Sie bei mir arbeiten wollen, schminken Sie sich solche Ideen ein für alle Mal ab. Als Arzt setze ich alles daran, dass jedes Kind, das zu mir kommt, gesund wird oder bleibt und lebt. Für das Glück bin ich nicht zuständig.«

»Entschuldigung, ich hatte es nicht so gemeint«, murmelte Sibel und ging hinaus. Wie hatte sie sich nur so vergessen können? Und doch, ihr Eindruck blieb. Diese Mutter wurde ganz und gar niedergedrückt von der Last, ein solch abnormales Baby zu haben. Und nicht nur die Mutter war unglücklich und überfordert. Auch die kleine Lotte litt. Aber was konnte man dagegen tun? Nichts. Vielleicht psychologische Unterstützung. Aber das getraute sie sich Doktor Capeder nicht vorzuschlagen. Sie war nur die kleine Praxisassistentin, neu und unerfahren. Mir fehlt die professionelle Distanz, gestand sie sich ein. Sie zerfloss ja schon vor Mitleid, wenn ein grippekrankes Kind im Wartezimmer vor sich hin weinte. Sie seufzte. Ich kann nicht einmal mit Markus darüber reden, dachte sie, wegen der Schweigepflicht. Und ich kenne keinen Psychologen, den ich um Rat fragen könnte. Sie warf einen Blick aus dem Fenster zur Tramhaltestelle. Dort standen sie, die kleine traurige Familie, dicht beieinander, als ob eine unsichtbare Wand sie von den übrigen wartenden und vorübergehenden Passanten trennen würde.

Nadine drückte Lotte ein letztes Mal an sich. »Ciao, meine Kleine, hab ein schönes Wochenende, sei brav, morgen Abend kommen wir wieder.«

Leon lachte. »Haut jetzt ab, ihr beiden, lasst es euch gut gehen; das ist ein Befehl!«

Nadine und Stefan setzten sich ins Auto. »In der obersten Kommodenschublade ist ein Reserveschnuller für Luzia«, rief Nadine noch. Leon winkte ab. Schon gut, Schwesterchen, sagte seine Geste, mach dir keine Sorgen. Er ging ins Haus, auf dem einen Arm das Baby, an der anderen Hand die Große. Um das Grüppchen herum tänzelte Benja.

Stefan startete den Wagen, und sie bogen in die Straße ein, Richtung Autobahn.

Es war Leons Idee gewesen. »Ihr braucht doch wieder mal ein bisschen Zeit für euch«, hatte er eines Abends gemeint, als er bei ihnen gegessen hatte, die Kinder im Bett lagen und sie beim Kaffee saßen. »Ihr seht müde aus. Überlasst mir doch ein Wochenende die Kinder und fahrt weg.«

»Nein, das geht nicht«, hatte Nadine sofort erschrocken eingewandt. Der Gedanke machte ihr Angst. Aber ihr Bruder hatte nicht lockergelassen.

»Glaubst du, dass ich mit einem Baby nicht fertigwerde?«

»Doch, natürlich, aber –«

»Eben.« Leon war vorbereitet gewesen. Er hatte seine Agenda gezückt und ein paar Vorschläge gemacht.

»Aber bist du nicht besetzt an den Wochenenden?«

Er lachte. »Carla? Die wird halt einmal ohne mich auskommen müssen.«

»Warum denn nicht?«, hatte Stefan sich eingeschaltet. »Das würde dir doch guttun, Nadja.«

Ein Wochenende weg. Nur mit Stefan. Ohne die Kinder. Wie früher. Langsam hatte sich zaghafte Freude in ihre Bedenken gemischt. Aber wie würde es sein, allein mit Stefan? Würde er merken, was mit ihr los war? Oder würde sie sich vielleicht wirklich besser fühlen?

Was sie nicht wusste, war, dass sich die beiden Männer vorher schon abgesprochen hatten. »Nadine ist so gewissenhaft, sie gibt ihre ganze Fürsorge und Aufmerksamkeit den Kindern, und das erschöpft sie«, hatte Stefan zugegeben, als Leon ihm seinen Vorschlag gemacht hatte. Leon war nicht so sicher gewesen, ob es nur Fürsorglichkeit war, die Nadine so müde und gedrückt machte. Aber er hatte nichts gesagt. Stefan war seinem Schwager dankbar gewesen für sein Angebot. Nadine war in der letzten Zeit so verschlossen geworden. Er wusste nicht, was in ihr vorging. Und müde war sie. Es sei Eisenmangel, hatte sie ihm gesagt. Sie schluckte große hellblaue Dragées. Morgens blieb sie im Bett liegen, wenn er aufstand. »Schon okay«, hatte er gesagt. Er gewöhnte sich an, den Wecker früher zu stellen und, bevor er zur Arbeit ging, die Kinder zu versorgen. Eisenmangel. Das hatte sie nach Lottes Geburt auch gehabt, und nach ein, zwei Monaten war es ihr wieder gut gegangen. Es wäre sicher schön für sie, mal aus dem Alltagstrott herauszukommen.

»Also, am ersten Juniwochenende?«, hatte Leon gesagt. Und Nadine hatte genickt.

Jetzt fuhren sie Richtung Engadin, auf der Autobahn nach Chur. Es war morgens um halb zehn, sie würden noch vor dem Mittag dort sein. Mit etwas Herzklopfen dachte Nadine an den Inhalt ihres Koffers. Das tannengrüne Seidenkleid. Die goldene Kette, die ihr Stefan zum dreißigsten Geburtstag geschenkt hatte. Das Sommerparfum, ebenfalls von Stefan. Allmählich entspannte sie sich. Die Sonne schien, es war warm, und tatsächlich kam es ihr so vor, als rückten die Schatten und die Schwere der letzten Monate ein wenig in die Ferne. Sie sprachen wenig während des Fahrens. Stefan konzentrierte sich auf den Verkehr. Sie waren nicht die Einzigen, die an diesem Samstagmorgen zu einem Wochenendausflug aufgebrochen waren. Er fuhr gern schnell, hielt sich aber wegen seiner Frau zurück. Nadine hörte der Musik zu. Sie hatte eine Vorliebe für italienische Cantautori, für die Stefan sie ab und zu neckte. Aber jetzt hatte er eine Lieblings-CD von Nadine eingelegt, etwas Altes von Lucio Dalla.

Plötzlich fing sie an, nervös in der Handtasche zu kramen. »Was suchst du?«

»Ach, ich habe vergessen, Leon zu sagen, dass im Kühlschrank ein Auflauf steht, den ich vorbereitet habe und den er nur noch in den Ofen schieben kann. Ich will ihn rasch anrufen.«

Stefan legte einen Moment seine Hand auf die ihre. »Den wird er schon sehen. Oder Lotte sagt es ihm. Vielleicht geht er mit ihnen ja auch ins McDonald's essen.«

»Meinst du?«, fragte Nadine alarmiert.

Stefan lachte. »Und wenn schon. Mach dir jetzt keine Gedanken.«

Aber einen quälend langen Moment erstand das Bild vor Nadines Augen, wie Leon mit Lotte und Luzia im McDonald's saß, wie Lotte vergnügt in einen Hamburger biss, wie sich fremde Leute über Luzias Wagen beugten – und dann schockiert zurückwichen, sich eilig zurückzogen und zwei Tische weiter miteinander flüsterten und Blicke warfen. Die Angst wollte wieder in ihr aufsteigen, aber sie strengte sich an, sie wegzuschieben. Der Gedanke an Leon half ihr dabei. Leon würde die Situation im Griff haben, sie stellte sich sein unbekümmertes Gesicht vor, nein, sie musste sich wirklich keine Sorgen machen. Wenn ihr jemand für zwei Tage ihre Last abnehmen konnte, war es Leon. Sie steckte das Handy in die Handtasche zurück. Das war ja auch Teil der Abmachung: »Keine besorgten Kontrollanrufe«, hatte Leon sich ausbedungen. »Wenn was ist, melde ich mich.«

Sie fuhren jetzt über den Julierpass. Die karge Landschaft über der Baumgrenze mit kurzgemähten Bergwiesen und großen Steinblöcken gefiel Nadine. Bald würden sie in Silvaplana sein, und von dort aus in einer

Viertelstunde in Sils Maria. Weg von der Welt, dachte Nadine. Niemand außer Leon weiß, wo wir sind. Niemand kann uns behelligen, niemand kann uns Böses wollen.

Im Hotel Waldhaus, einem über hundertjährigen imposanten Hotelkasten auf einem bewaldeten Hügel, bezogen sie ihr Zimmer. Nadine packte ihre Sachen aus, hängte ihr Abendkleid in den Schrank und stellte ihre Pflegeutensilien ins Kästchen im Badezimmer. Ich richte mich ein, als ob ich hier bleiben würde, ging ihr durch den Kopf. Möchte ich das? Nie mehr zurückgehen? Aber das war ein Gedanke, den sie sich sofort verbieten musste. Sie öffnete die Balkontür, setzte sich für eine Minute auf einen der Stühle und schaute zum Silsersee, auf dem die Sonne glitzerte. Wie in einem Märchen, dachte sie. Sie sprang auf. »Komm, wir gehen spazieren.« Stefan war schon daran, in seine Turnschuhe zu schlüpfen. Er freute sich, Nadine lebhaft zu sehen. Sie lächelte ihn an. Wann hatte er sie zum letzten Mal lächeln sehen? Sie lachen hören? Er nahm sich vor, sie an diesem Wochenende wenigstens einmal zum Lachen zu bringen. Er atmete tief durch. Vielleicht brachte dieses Wochenende wirklich eine Wende. Nadine würde Sonne tanken, sich ausruhen, ihre Lebensgeister würden zurückkehren. Vielleicht würden sie nach den Sommerferien für einen Tag pro Woche einen Krippenplatz für Luzia suchen, damit Nadine wieder etwas Zeit für sich hatte. Er küsste sie aufs Haar. »Vergiss deine Sonnenbrille nicht.«

Sie gingen über die weite Ebene zum See, machten einen Rundgang über die lang gezogene Halbinsel Chastè, wo die Sonne durch die Bäume hindurch ein Schattenmuster auf den Weg zeichnete. »Es riecht hier wie in einem Wald in Italien«, sagte Nadine, »nach Pflanzen, die im Süden wachsen und deren Duft von der Sonnenwärme verstärkt wird.« Sie setzten sich auf eine Bank am Seeufer. Es war sehr ruhig. Ab und zu hörten sie Stimmen von Spaziergängern oder ein Hund kam herangerannt, umkreiste die Bank und sprang wieder weg. Stefan erzählte von seiner Arbeit, kleine, alltägliche Geschichten. Nadine hatte ihn danach gefragt, fast schüchtern. Zum ersten Mal seit Langem zeigte sie wieder ein wenig Interesse an etwas, was sich außerhalb des kleinen Kreises ihrer Familie abspielte. Ich war nicht fair, dachte Stefan, ich habe sie im Stich gelassen mit Luzia. Er erinnerte sich mit Dankbarkeit an den Moment, an dem er begonnen hatte, Luzia zu akzeptieren und liebzuhaben. Nadine hatte natürlich nichts von seinem Widerwillen gewusst, und sie durfte auch nie davon erfahren. Aber seit es in ihm drin anders aussah, konnte er ihr mehr Unterstützung geben. Sie würde sich erholen, und sie würden wieder eine glückliche Familie sein wie damals, als Lotte zur Welt gekommen war.

Nadine schloss die Augen. Die Wärme machte sie angenehm träge. Sie hörte Stefans vertraute Stimme, ohne ihm genau zuzuhören. Ob Leon den zweiten Schnuller gefunden hatte? Luzia wurde wütend, wenn sie keinen hatte, und die kleinen Dinger gingen so schnell verloren.

Nicht daran denken, sagte sie sich. Sie schlug die Augen auf. »Ich bin hungrig. Gehen wir was Kleines essen?«

Sie schlenderten über die Ebene zurück und setzten sich in ein Café. Neben ihnen ließ sich eine Familie mit zwei Kindern nieder. Das eine war ein vielleicht zehnjähriger lebhafter Junge, der andere Junge war etwa sechs. Er saß in einem Rollstuhl, ab und zu machte er mit den Armen unkoordinierte Bewegungen, und sein Gesicht verzerrte sich. Sprechen konnte er nicht. Die Eltern fragten ihn, was er trinken wolle, und bestellten ihm eine kalte Schokolade. Wahrscheinlich konnten sie die Zeichen deuten, die er von sich gab. »Guck mal, Oliver«, rief der ältere Junge, »dort kommt das Postauto.« Oliver schaute, und eine Art Lachen zog über sein Gesicht. Nadine schaute sich unauffällig um. Starrten die Leute? Oder sahen sie betont weg? Oder war alles ganz normal? Sie fühlte sich hilflos, nicht imstande, die Situation zu beurteilen. Beim Gedanken, Stefan und sie säßen hier mit Lotte und Luzia, einer vielleicht dreijährigen Luzia, die herumrannte und andere Kinder ansprach, begann ihr Herz wieder heftig zu klopfen und ihre Handflächen wurden feucht. Sie beobachtete die Mutter des behinderten Kindes. Sie schien völlig unbefangen zu sein.

»Was nimmst du?«, fragte Stefan.

Nadines Kopf war vollkommen leer, sie hatte keine Ahnung, was sie bestellen wollte. War sie hungrig, durstig? Sie spürte es nicht mehr.

»Ich nehme einen Eisbecher«, beschloss Stefan.

»Ja, ich auch«, sagte sie hastig. Sie drehte ihren Stuhl

Richtung Sonne, wandte sich von der Familie neben ihnen ab. Ihr Herz schlug ruhiger. Was war denn schon geschehen? Gar nichts.

Sie löffelte das Eis, spürte, dass es ihr schmeckte. Stefan hatte, ohne sie zu fragen, ihre Lieblingssorte bestellt. Vanilleeis mit Schokosauce.

»Ich werde nachher noch ein paar Längen schwimmen«, sagte Stefan. »Kommst du auch?«

»Nein, ich bin etwas schläfrig, ich werde mich hinlegen, vielleicht ein bisschen lesen.«

Stefan winkte dem Kellner. Als sie aufbrachen, vermied es Nadine, zu der Familie mit den zwei Kindern hinzusehen.

Sie schreckte aus einem tiefen Schlaf hoch, als Stefan das Zimmer betrat. Er war in einen weißen Hotelbademantel gehüllt, seine Haare waren nass. »Ein hübsches Bad hat es«, erzählte er. »Das Becken ist etwas kurz, aber man sieht beim Schwimmen in die Bäume.« Er wirkte kräftig und ausgeruht. Ich habe einen gut aussehenden Mann, dachte Nadine. Er kam zu ihr aufs Bett, und sie legte die Arme um ihn. Was habe ich vorhin geträumt, fragte sie sich einen kurzen Moment, aber dann spürte sie, dass Stefan sie küsste, und küsste ihn auch. Er spürte ihren Körper an seinem, er war warm und weich, nicht verspannt und abweisend wie meist in den letzten Monaten.

Nadine stand, in ein vorgewärmtes Badetuch eingewickelt, im Bad und betrachtete ihr Gesicht im Schminkspiegel. Ich bin nicht hässlich, dachte sie.

Sie legte ein leichtes Make-up auf, tuschte ihre Wimpern und malte dezente, braun-violette Schatten auf die Lider. Sie kämmte ihr dunkles Haar und begann es trocken zu föhnen. Sie schlüpfte in frische Wäsche und helle Strümpfe und ging dann ins Zimmer, um sich das Kleid anzuziehen. Stefan war schon fertig, er trug eine helle graue Hose und ein weißes Hemd und war daran, sich eine Krawatte umzubinden. Nadine stieg in ihr dunkelgrünes Kleid, und Stefan stieß einen anerkennenden Pfiff aus. Er zog sie zu sich vor den Spiegel. »Sind wir nicht ein schönes Paar?« Nadine lachte, halb verlegen, halb geschmeichelt. Sie nahm die eleganten Schuhe aus dem Schrank und schlüpfte hinein. Dann ging sie nochmals ins Bad, um sich die Lippen in einem dunklen Rot nachzuziehen. Bin ich das?, fragte sie sich. Ja, stellte sie verwundert fest. Das bin ich, das bin ja tatsächlich ich. Wo bin ich denn die ganze Zeit gewesen? Kurz streifte sie der Gedanke an zu Hause, aber es waren nicht Lottes ernstes Gesichtchen und nicht Luzias pelziges Körperchen, die sich vor ihr Spiegelbild schoben, sondern es war Leons heiteres Gesicht. Sie kämmte sich ein letztes Mal, griff nach ihrer Abendtasche und ging ins Zimmer, wo Stefan sie erwartete.

Im Speisesaal hatten sie einen Tisch am Fenster, Stefan hatte dem Oberkellner dafür ein Trinkgeld zugesteckt und auch gleich zwei Gläser Champagner bestellt.

»Es ist wie ein Märchen«, sagte Nadine etwas hilflos.

»Von jetzt an machen wir das ab und zu«, sagte Stefan, »bis es dir ganz wirklich vorkommt.«

»Nein, es gefällt mir, dass es so etwas – etwas Besonderes ist.«

Das Essen war ausgezeichnet, der Wein auch, und Nadine trank etwas mehr, als sie es gewöhnt war. Sie wurde lebhaft und fröhlich, sie erinnerten sich an frühere gemeinsame Ferienreisen, an den Tag, an dem sie sich kennengelernt hatten, an den Argwohn von Stefan, der anfänglich angenommen hatte, Leon sei Nadines Freund. »Du hast ihn so böse angeguckt«, lachte Nadine, und Stefan nickte heftig. »Den hätte ich schon in die Flucht geschlagen, wenn es nötig gewesen wäre.«

Nach dem Essen gingen sie in die Bar hinüber. Stefan bestellte sich einen Whisky und für Nadine noch ein Glas Champagner. Es spielte eine Bluesband aus Frankfurt, ›Bluesblend‹ nannten sie sich. Sie trugen hellgraue Kreidestreifenanzüge und schwarz-weiß gemusterte Schuhe, wie Nadine und Stefan amüsiert feststellten. Stefan mochte Blues, und auch Nadine wiegte sich zur Musik. Die Songs waren mal innig und melancholisch, dann wieder rockig und witzig. Einige Paare tanzten, und Stefan legte den Arm um Nadines Taille, um sie zum Tanz zu führen. Etwas übermütig drehte er sie im Kreis. Nadine überließ sich der Musik, Stefans Führung, dem Zauber ihrer leichten Trunkenheit. Plötzlich wurde ihr schwindlig. Einen Moment lang wusste sie nicht mehr, wo sie war, wo unten und wo oben war, wer Stefan war, ihr Herz begann zu rasen. »Angst«, sagte sie,

sie wusste nicht, ob Stefan sie verstand, aber jedenfalls merkte er, dass sie sich nicht gut fühlte. Er erschrak. Ich habe sie überfordert, dachte er. »Komm«, sagte er und führte sie hinaus, sie taumelte an seinem Arm, zitterte. Er schob sie in den Lift, sie fuhren nach oben und waren gleich darauf im Zimmer. Nadine ließ sich in einen Sessel fallen, schlug die Hände vors Gesicht und begann zu weinen. Stefan holte ihr ein Glas Wasser, er zog ihr die engen Schuhe aus, legte ihr ein Jäckchen um die Schultern. »Nadja, Nadja«, murmelte er, »so beruhige dich doch. Du hast ein bisschen viel getrunken, das macht doch nichts.« Sie weinte heftiger. »Du verstehst nichts«, stieß sie hervor.

»Was denn, was verstehe ich nicht? Sag doch«, drängte er. Aber sie sagte nichts. Sie bebte und schien ihr Schluchzen nicht mehr unter Kontrolle zu haben. Stefan wurde kalt. Ich habe mir alles nur eingebildet, dachte er. Wie konnte ich annehmen, dass sich von einem schönen, entspannten Tag alle Belastungen der letzten Monate verscheuchen lassen. Sie ist erschöpft, sie hat vielleicht ein Burnout, und ich denke, mit gutem Essen und Champagner würden sich alle Probleme in nichts auflösen. Er hob sie hoch und legte sie aufs Bett. Sie presste ihr Gesicht ins Kissen, ihr Weinen wurde immer verzweifelter. Stefan bekam Angst. Ob sie einen Arzt brauchte? Aus dem Bad holte er eine leichte Schlaftablette und Wasser. »Komm, schluck das«, flüsterte er. Sie nahm es. Sie ließ es zu, dass er sie auszog und ihr das Nachthemd überstreifte. Er deckte sie zu. Sie weinte noch immer.

Er blieb neben ihr sitzen, seine Hand auf ihrer Schulter. Du verstehst nichts. Was verstand er nicht? Er verstand doch, dass es hart war, ein Baby nicht nur zu lieben, sondern es mit ihrer Liebe beschützen zu müssen gegen schockierte Blicke, verächtliche Bemerkungen, kalte Ablehnung. Er würde ihr von jetzt an mehr dabei helfen. Langsam wurde sie ruhiger, die Tablette begann zu wirken. Als Nadine eingeschlafen war, setzte sich Stefan auf den Balkon. Es war jetzt sehr dunkel, Wolken hatten sich vor die Sterne geschoben. Er hatte Angst.

Als Nadine aufwachte, war es dunkel. Ein Blick auf die Uhr zeigte ihr, dass es vier Uhr morgens war. Stefan schlief neben ihr. Langsam erinnerte sie sich. Sie hatte zu viel getrunken, dann war ihr elend geworden, schwindlig, und dann hatte sie geweint. Vor Stefan. Wie konnte sie nur? Hatte sie auch etwas gesagt? Nein, sie hatte geschwiegen, sie wäre gar nicht imstande gewesen zu sprechen. Ich habe alles kaputt gemacht. Das ganze Wochenende. Bedrückung legte sich wie ein nasses Tuch auf sie. Ihre heitere Stimmung von gestern schien Lichtjahre entfernt. Was habe ich mir bloß eingebildet? Alles werde gut? Ich sei ein anderer Mensch? Stefan hat sich solche Mühe gegeben, und ich habe ihn enttäuscht. Was soll ich tun, wenn er aufwacht? Habe ich daran geglaubt, ausbrechen zu können? Ich habe mich gestern einfach treiben lassen, davontragen lassen, weg aus meinem Leben. Aber das geht nicht, natürlich geht es nicht. Wäre ich bloß vorsichtiger gewesen.

Ihre Gedanken gingen zurück zu jenem Sonntag, als

Stefans Mutter zu Besuch gewesen war. Das war das Ende gewesen, gestand sie sich ein. Das Ende ihrer Illusion, Luzia liebhaben und beschützen zu können. Das Ende ihrer Widerstandskraft gegen die Feindseligkeit, die ihnen entgegenschlug. Es war nicht nur, dass sie die Kränkungen, die Ausgrenzungen nicht mehr aushalten konnte, das wäre vielleicht verständlich gewesen, für Leon, für Stefan, für sie selbst, aber es war mehr. Gretas schroffe Ablehnung gegen Luzia war wie ein Gift in sie, Luzias Mutter, hineingeträufelt. Sie hatte nicht mehr die Kraft zur Gegenwehr, sie hatte Gretas Abscheu nichts mehr entgegenzusetzen gehabt. Sie hatte nachher, als Greta gegangen und Stefan mit Lotte draußen gewesen war, Luzia gewickelt. Sie hatte keine Zärtlichkeit für sie gespürt, keine Zuneigung, kein Mitleid. Du bist so hässlich, hatte sie gedacht, und ich werde dich nie loswerden. Wenn sie daran zurückdachte, wurde ihr fast übel vor Schuldgefühlen. Aber ihre Empfindungen Luzia gegenüber hatten sich seither nie mehr verändert. Sie pflegte das Baby pflichtbewusst, kämpfte den ärgsten Widerwillen nieder, aber sie liebte es nicht mehr. In ihr machte sich eine große Leere breit, als hätte sie mit der Zuneigung für Luzia auch die Gefühle für Lotte und Stefan verloren, als liebte sie das Leben nicht mehr. Lotte hatte sich verändert, das war ihr aufgefallen. Sie war still und schüchtern geworden, wollte ständig in ihrer Nähe sein, was sie manchmal schlecht aushielt. Aber sie wehrte sich nicht. Lotte suchte bei ihr etwas, worauf sie ein Recht hatte. Aber sie konnte es ihr nicht mehr geben.

Es war halb sechs Uhr geworden. Ich sollte noch etwas schlafen, dachte Nadine verzweifelt. Wie soll ich mich Stefan gegenüber verhalten, wenn wir aufstehen? Ich werde meinen Weinkrampf auf den Alkohol schieben, das wird er mir glauben. Ich werde mich heute besonders heiter geben, ich muss versuchen, den Tag zu genießen, damit ich es nachher wieder besser aushalte. Ich muss einfach, es gibt keinen Ausweg, dies ist mein Leben, und es gibt für mich kein anderes. Sie fiel in einen leichten, dämmrigen Schlaf.

Um acht Uhr stand sie auf, leise, Stefan schlief noch. Sie wusch sich das Gesicht mit viel kaltem Wasser, duschte, schminkte sich sorgfältig. Keine Spuren der vergangenen Nacht durften sichtbar sein, nicht der Schlafmangel, nicht die Verzweiflung, nicht die Tränen. Als sie angezogen ins Zimmer zurückkam, sah Stefan ihr entgegen. Unsicher. Bevor er etwas sagen konnte, ging sie auf ihn zu, kauerte sich am Bettrand nieder.

»Bitte, entschuldige«, flüsterte sie, »ich habe mich so furchtbar benommen gestern Nacht. Ich vertrage einfach keinen Alkohol.«

»Das war doch nicht nur der Alkohol«, wandte er ein. »Es geht dir nicht gut.«

»Doch, bestimmt. Ich bin nur müde, weil Luzia nie durchschläft und Lotte oft so quengelig ist.«

»Ich werde dir mehr helfen«, versprach Stefan. »Aber dich bedrückt doch noch etwas? Ist es, weil sich meine Mutter so unverschämt benommen hat? Oder weil Eliane sich zurückgezogen hat?«

»Ja, manchmal. Aber das ist nicht wichtig, wir müssen zusammenhalten.«

»Du bist so tapfer, vielleicht überforderst du dich. Vielleicht sollten wir doch einmal mit einer Familienpsychologin reden, die diese Probleme kennt?«

»Nein«, wehrte Nadine rasch ab, »das brauche ich nicht. Es geht schon. Bitte, denk nicht mehr an letzte Nacht. Lass uns heute einen schönen Tag haben.« Sie war tödlich erschrocken. Ein Gespräch mit einer Psychologin? Dann würde womöglich ihr furchtbares Geheimnis herauskommen. Nie.

Stefan stand unter der Dusche und ließ heißes Wasser über seinen Körper laufen. Er wurde nicht klug aus seiner Frau. Vorhin hatte sie wieder einen ganz normalen, vernünftigen Eindruck gemacht. Aber ihr nächtlicher Zusammenbruch, das konnten nicht nur die paar Gläser Wein und Champagner gewesen sein. Wahrscheinlich hatte ihr das Verhalten seiner Mutter mehr zugesetzt, als sie zugeben wollte. Sie hatte recht, sie mussten zusammenhalten, die Kinder in Schutz nehmen, dann würden sie es schon schaffen. Er dachte daran, dass Lotte jetzt wahrscheinlich mit Leon beim Frühstück saß und Luzia daneben auf dem Teppich auf der kleinen Matratze lag, und er hatte ein bisschen Heimweh nach seinen Töchtern. Aber seine Sorgen um Nadine ließen sich nicht verscheuchen. Meine Frau ist unglücklich, gestand er sich ein, und sie versucht es vor mir zu verheimlichen. Warum bloß? Wir stehen ja vor demselben Problem, warum stehen wir nicht zusammen?

Nach dem Frühstück gingen sie den See entlang nach Maloja, saßen in der Sonne, aneinandergelehnt, tranken einen zweiten Kaffee in einem Gartenlokal. Aber die gestrige Unbeschwertheit wollte sich nicht mehr einstellen. Im Laufe des Nachmittags machten sie sich auf die Heimfahrt. Sie redeten nicht viel. Stefan fuhr zügig, summte eine Melodie mit, die aus dem Radio klang. Er freute sich aufs Heimkommen, während Nadines Herz immer schwerer wurde, je mehr sie sich Zürich näherten.

Nachdem Nadine und Stefan abgefahren waren, war Leon mit den beiden Mädchen ins Haus zurückgegangen und hatte sich in der Küche einen Kaffee gemacht. Lotte war nicht von seiner Seite gewichen.

»Na, Prinzessin, was wollen wir spielen?«, fragte Leon.

Lotte zuckte die Schultern.

»Ich habe gehört, du hast neue Lego bekommen. Willst du mir die mal zeigen?«

Lotte nickte und zog ihn in ihr Zimmer. Leon legte Luzia auf ein Maträtzchen und setzte sich auf den Boden. »Die sind ja toll. Wollen wir etwas bauen? Was möchtest du bauen?«

»Ein Haus«, schlug Lotte zögernd vor. Was ist nur mit diesem Mädchen los, dachte Leon. Wo ist ihre Quirligkeit geblieben? Vor ein paar Monaten wären die Ideen nur so aus ihr herausgesprudelt. Wahrscheinlich hätte sie ein Schloss bauen wollen oder ein Hochhaus oder einen Pferdestall oder alles miteinander.

»Okay«, sagte er, »bauen wir ein Haus. Ein großes, ja? Eine Villa mit vielen Zimmern und Stockwerken?«

»Ja, eine Villa.«

Sie begannen ernsthaft, die Steine auszulegen, unterhielten sich über die Farben der Steine, sparten Fenster- und Türöffnungen aus. Lotte war nun mit Eifer dabei. Luzia gluckste auf ihrem Kissen und spielte mit ihren Händchen. Benja tappte heran, beschnupperte die Legoteile und legte sich dann in einer Ecke zu einem Nickerchen nieder.

Dann, sie waren schon beim Innenausbau des Erdgeschosses, sagte Lotte: »Kommen Mama und Papa wieder nach Hause?«

»Selbstverständlich. Morgen Abend. Einmal schlafen, und dann kommen sie wieder.«

»Bist du sicher?«

»Hast du Angst, sie könnten nicht zurückkehren? Warum denn?«

»Vielleicht kommen sie zu einem Schloss und wollen lieber dort bleiben.«

»Bestimmt nicht. Sie hätten doch furchtbar Heimweh nach dir und Luzia.«

»Aber warum sind sie denn weggegangen?«

Leon wurde verlegen. Gar nicht so einfach, einer Vierjährigen zu erklären, dass Mama und Papa einmal zu zweit sein wollten, ohne ihre Kinder.

»Ach, weißt du, sie gehen in ein Hotel. Und dort ist es langweilig für Kinder. Das würde dir und Luzia nicht gefallen.«

»Wir bauen ein Hotel«, sagte Lotte entschlossen. »Mit einem großen Zimmer für Mama und Papa. Dann müssen sie nicht mehr wegfahren. – Was gibt es alles in einem Hotel?«

Und so bauten sie ein Hotel mit einer Küche, einem Restaurant und einem großen Schlafzimmer.

»Und hier«, sagte Lotte, »hat es noch Platz für ein Kinderzimmer für mich und Luzia.«

Leon, der spontan eher an eine Bar gedacht hatte, stimmte sofort zu.

Luzia quietschte. Als Leon und Lotte zu ihr hinsahen, verzog sie den kleinen Mund zu einem Lächeln. Lotte war entzückt. »Das hat sie noch nie gemacht. Sie war immer ernst. Jetzt kann sie lächeln. Meinst du, das Hotel gefällt ihr? Will sie auch darin wohnen?«

Auch Leon war gerührt. »Das ist wirklich ihr erstes Lächeln? Das bedeutet sicher, dass ihr das Hotel prima gefällt.«

Lotte beugte sich zu ihr und streichelte ihr Gesichtchen. »Leon, kannst du ihr Gesicht rasieren? Dann sieht man besser, wenn sie lächelt.«

»Uff, das habe ich noch nie gemacht. Ich kann es versuchen. Aber Nadine sagt, dass sie es nicht so gern hat.«

»Findest du Luzia hübsch?«

»Selbstverständlich. Sie ist ein süßes kleines Mädchen.«

»Melanie hat gesagt, Luzia würde nie einen Mann finden, der sie heiratet.«

»Ach was. Melanie weiß gar nichts.«

Leon hob Luzia hoch, sie gingen in ihr Zimmer und Leon legte sie auf den Wickeltisch. Er nahm den Rasierapparat, enthaarte zuerst Luzias Hände und setzte das Gerät dann vorsichtig auf ihrem Gesicht an. Luzia ließ es geschehen. Lotte schaute aufmerksam zu.

»Bei Mama fängt sie immer an zu schreien«, bemerkte sie.

»Ha. Richtig rasieren kann eben nur ein Mann«, prahlte Leon fröhlich. »Ich rasiere mich seit Jahrzehnten jeden Morgen und ich fange nie an zu schreien. Na, wie gefällt sie dir? Hübsch, oder?«

»Ja, sie ist sehr hübsch«, bestätigte Lotte. »Jetzt habe ich Hunger.«

Leon schob den Auflauf in den Backofen und wärmte ein Fläschchen für das Baby, das nicht mehr lächeln wollte, sondern deutlich zu verstehen gab, dass es ebenfalls Appetit hatte.

Am frühen Nachmittag legte Leon Luzia zum Schlafen in den Wagen und stellte ihn draußen unter einen Baum. Er setzte sich mit einer Zeitung daneben. Ein paar Meter weiter spielten Lotte und ihre Freundin Sabrina, die im Nachbarhaus wohnte, im Sandkasten. Sie wollten eigentlich ein Hotel für ihre Puppen bauen, aber da der Sand zu bröcklig war, begnügten sie sich mit einer Strandlandschaft und Sandkeksen. Er hörte dem Geplauder der beiden kleinen Mädchen zu. Sabrina hatte eine etwas schrille Stimme. Sie war ein kräftiges, dunkelhaariges Kind, das gern versuchte, andere herumzukommandieren. Lotte war zarter, konnte aber auch energisch sein und lenkte das Spiel oft, indem sie fantasievolle Ideen hatte, die Sabrina gefielen. Manchmal ging es hart auf hart, und Leon hatte auch schon Schlägereien zwischen den beiden miterlebt. Heute dominierte Sabrina.

»Nein«, hörte Leon sie sagen, »hier sitzt meine Puppe, das ist ihr Strandtuch. Deine kann dort drüben liegen.« Lotte sagte nicht viel.

»Du bist langweilig«, beschwerte sich plötzlich Sabrina. Dann wurde ihre Stimme lauter. »He, was machst du da? Du sollst meine Esmeralda nicht wegschubsen.«

Und dann Lotte, ebenfalls laut, mit einem unterdrückten Weinen in der Stimme: »Deine blöde Esmeralda ist ein Wechselbalg. Sie ist hässlich, niemand hat sie lieb! Ihre Eltern sind in ein Hotel gefahren und haben sie zurückgelassen.«

Leon sah, dass Sabrina Lotte am Kragen packte. Lotte hielt die Hände vors Gesicht. Er beschloss einzugreifen. Er löste Sabrinas Finger von Lottes T-Shirt, wollte ihr schon Vorhaltungen machen, weil sie Sabrinas Puppe beleidigt hatte, aber Lotte umklammerte seine Beine und heulte.

»Für heute ist das Spiel fertig«, sagte er deshalb nur. »Komm, Lotte, wir gehen hinein. Zeit für ein Glas Tee und einen Apfel.« Gleichzeitig begann Luzia zu greinen und dann zu brüllen. Ein Windstoß wehte Leons Zeitung vom Tisch, über die Wiese, das Bord hinunter Richtung Katzenbach. Mist, aber das hatte jetzt die geringste Priorität. Er befreite sich aus Lottes Umklammerung, schickte sie hinein und kam mit dem Kinderwagen nach. Er drückte Lotte einen Apfel in die Hand und trug die stinkende Luzia auf den Wickeltisch.

»Mama sagt, die Äpfel muss man waschen vor dem Essen«, heulte Lotte trotzig.

»Der ist schon gewaschen«, gab Leon zurück und wickelte Luzia aus dem Windelpaket.

Lotte schmiss die Frucht auf den Boden.

»Lotte, bitte!« Leon wusch eilends Luzias Po und wickelte sie in eine frische Windel. Sie weinte immer noch. Ohne sie anzuziehen, legte er sie ins Bettchen und wandte sich der Größeren zu.

»Lotti«, sagte er freundlich, aber bestimmt, »heb den Apfel auf. Dann gehen wir zusammen in die Küche und waschen ihn nochmals, ja?«

Auf ihrem Gesicht spiegelten sich Zorn, Trotz, Unglück. Dann gab sie nach und hob die Frucht auf. Sie gingen zusammen in die Küche und wuschen den Apfel gründlich mit viel Wasser, bis er glänzte. Dann eilte Leon zurück und zog Luzia ein Hemdchen und einen Strampelanzug an.

»Krieg ich noch Tee?«, hörte er Lotte rufen.

Kein Wunder, dass Nadine erschöpft ist, dachte er. Vielleicht mache ich mir zu viele Gedanken über ihren Zustand, vielleicht braucht es wirklich nicht mehr als zwei ganz normale kleine Kinder, um einen an den Rand des Wahnsinns zu treiben. Luzia brüllte. Benja erhob sich, streckte sich und gähnte.

Leon ging in die Küche, goss Lotte ein Glas Tee ein und bereitete für das Baby ein Fläschchen vor. Endlich saß er in der Küche, auf dem Arm Luzia, die gierig saugte, neben sich sein Patenkind, das ruhig an seinem Apfel kaute und in einem Bilderbuch blätterte. Erst jetzt kam er dazu, darüber nachzudenken, was Lotte vorhin beim Sandkasten gesagt hatte. Wechselbalg hatte sie Sabrinas Puppe genannt und gesagt, die Eltern hätten sie verlassen, weil sie sie nicht liebten. Nadine hatte ihm erzählt, dass sie mit diesem Wort nach Hause gekommen war. Arme kleine Lotte, dachte er. Sie ist alt genug zu spüren, dass die Leute ein Problem haben mit Luzia, aber sie versteht es nicht, weil für sie Luzia ihr kleines, interessantes Schwesterchen ist. Sie ist verwirrt, sie weiß nicht, wie sie auf diese Ablehnung reagieren soll, ob sie sich auch auf sie bezieht, vielleicht auf die ganze Familie. Vielleicht ist sie deshalb so still und schüchtern geworden. Es läuft etwas schief, dachte er, bei Lotte, bei Nadine, vielleicht auch bei Stefan. Es müsste nicht sein, dass durch ein Kind wie Luzia eine ganze Familie unglücklich wird. Aber ich kann mit Nadine nicht darüber reden, sie blockt ab, sie tut alles, um eine Fassade aufrechtzuerhalten. Ob ihr wohl bewusst ist, dass sie nicht überzeugend wirkt? Dass sie sich damit selbst isoliert? Und ob ihr bewusst ist, dass man so etwas nicht jahrelang durchhalten kann? Er hoffte, dass Stefan und Nadine sich in diesen zwei Tagen ausgesprochen hatten und einander wieder näherkommen konnten. Stefan war ja ein guter Kerl, Leon mochte ihn. Aber er war nicht der Typ, der sich gerne in andere einfühlte. Das machte ihn unsicher, hilflos. Er war immer bereit, nachts aufzustehen und das Baby zu füttern, aber er war bestimmt zu zögerlich, um sich mit Behutsamkeit und Hartnäckigkeit Einlass zu verschaffen in Nadines innere Wirren und Ängste, um zu helfen, dort etwas Ordnung und Erleichterung zu schaffen. Er war beunruhigt, sicher, aber er ließ sich gern einlullen von Nadines ausweichenden Antworten und ihren Versicherungen, sie sei bloß etwas müde.

Wie kam überhaupt Stefan selbst mit der Situation zurecht? Wie das Männer halt gewohnt sind. Arbeitet viel. Bringt Geld nach Hause. Übernimmt ein paar Pflichten im Haushalt. Leon hatte es nicht gut gefunden, dass Nadine nach Lottes Geburt aufgehört hatte, berufstätig zu sein. Er hatte ihr zugeredet, wenigstens zwei Tage pro Woche außer Haus zu arbeiten. Aber Nadine hatte nicht gewollt. Mit dem Ergebnis, dass sie jetzt keinen anderen Lebensinhalt hatte als die Familie, die Kinder. Ja, es lief etwas schief mit dieser Familie.

Leon merkte, dass Lotte ihn vorwurfsvoll musterte. »Entschuldige, Spätzchen«, rief er, »ich bin ein ganz schlechter Gast. Ich bin doch dafür da, dich zu unterhalten, meine Prinzessin.«

»Wenn ich eine Prinzessin bin, darf ich mich dann verkleiden?«, bat sie.

»Klar!«

Natürlich hatte sie es auf Mamas Kleiderschrank abgesehen. Sei nicht böse, Nadine, dachte Leon, aber das muss jetzt sein. Lotte stellte enttäuscht fest, dass Mamas schönstes Kleid, das dunkelgrüne, weg war, aber Leon erlaubte ihr, eine lange schwarze Samtbluse und goldfarbene Ballerinas anzuziehen. So stolperte sie im Schlafzimmer herum, die Bluse, die ihr fast bis zu den Knöcheln reichte, elegant gerafft, mit einem glücklichen Lächeln, während Leon sie fragte, was Majestät befehle. Er blieb hart, als Majestät wünschte, im Ballkleid zum Sandkasten hinauszugehen, aber ließ sie dafür aus reichhaltigen Vorschlägen das Abendessen aussuchen. Sie wollte knusprig gebratene Hähnchenkeulen mit Pommes frites und Grießbrei mit Kirschenkompott. Also machte sich Leon ans Kochen.

»Papa kann nicht kochen«, bemerkte Lotte.

»Der wird halt von der Mama verwöhnt, die immer für ihn kocht.«

»Aber du musst immer selbst kochen?«

Leon nickte.

»Du könntest doch bei uns wohnen. Dann würde Mama auch für dich kochen.«

»Ich hätte doch gar keinen Platz bei euch.«

»Doch. Luzia könnte in meinem Zimmer schlafen, dann könntest du ihr Zimmer haben. Und wenn Mama und Papa ins Hotel gehen, wärst immer du da.«

»Aber ich bin ja jetzt da. Und ich bleibe, bis die beiden zurück sind.«

Nach dem Abendessen brachte Leon Lotte ins Bett

und erzählte ihr noch eine Geschichte. Er sagte ihr gute Nacht und wollte schon hinausgehen, aber sie sagte: »Leon?«

»Ja?«

»Mama ist immer traurig.«

Leon setzte sich nochmals auf den Bettrand. »Ist sie das?«

»Meinst du, es ist wegen mir?«

»Bestimmt nicht.«

»Weil ich mit Sabrina streite und wir uns verhauen? Sie sagt, das darf man nicht.«

»Ach, es ist normal, dass man sich auch mal streitet. Mama ist sicher nicht traurig deswegen.«

»Glaubst du, dass Mama mich liebhat?«

»Ja, meine Kleine, das weiß ich ganz bestimmt. Das hat sie mir gesagt.«

»Sie wird böse, wenn ich sage, dass Luzia ein Zauberkind ist. Aber das ist sie. Die anderen merken das nur nicht.«

»Warum denkst du, dass Luzia ein Zauberkind ist?«

Lotte zuckte die Schultern. »Es ist so.« Dann: »Hat Mama Luzia auch lieb?«

»Aber sicher.«

Lotte legte den Kopf aufs Kissen und schloss die Augen. Aber sie wirkte nicht getröstet. Leon strich ihr übers Haar, legte ihr Mischa, die Plüschkatze, in den Arm und ging hinaus. Ich muss doch mit Nadine und Stefan reden, beschloss er. Die Kleine gibt sich selbst die Schuld daran, dass sich alles verändert hat. Das ist nicht gut. Er schaltete den Fernseher ein und suchte zappenderweise einen Actionfilm. Bloß nicht mehr nachdenken. Schon gegen elf ging er, nach einem letzten Rundgang mit dem Hund, zu Bett. Er ließ die Tür zu Luzias Zimmer offen, sie würde sich sicher nachts einmal melden und ein Fläschchen brauchen. Und Lotte war eine Frühaufsteherin, Ausschlafen war morgen sicher nicht drin.

Tatsächlich weckte Lotte Leon um halb sieben. »Ich bin schon lange wach«, verkündete sie.

Leon nickte ergeben, Gegenwehr war sinnlos, das war ihm klar. Er stand auf und ging ins Bad.

»Was machen wir heute?«, fragte Lotte beim Frühstück.

»Ich dachte, wir könnten in den Zoo gehen«, schlug Leon vor.

»Ja, da war ich schon lange nicht mehr«, rief Lotte. Aber dann hielt sie erschrocken inne. »Aber was ist, wenn wir nicht zu Hause sind, wenn Mama und Papa zurückkommen?«

»Keine Sorge«, beruhigte sie Leon. »Sie kommen erst am späten Nachmittag. Wir haben alle Zeit der Welt.«

»Aber was ist, wenn sie früher kommen?«, fragte Lotte ängstlich. »Vielleicht gehen sie dann wieder weg.«

»Bestimmt nicht. Und wir können ihnen einen großen Zettel schreiben, wo wir hingehen und wann wir zurück sind.«

Das überzeugte Lotte. Während Leon Luzia das Fläschchen gab, malte sie eine Zeichnung, in die Leon anschließend einen Willkommensgruß schrieb. Als Luzia nackt auf dem Wickeltisch lag, hatte Leon eine Idee. Sie werden es mir sicher nicht übelnehmen, dachte er. Er holte den Rasierapparat und begann, die Kleine sorgfältig am ganzen Körper zu rasieren. Arme, Beine, Bauch. Er wusste selbst nicht genau, warum er das tat. Will ich ihnen zeigen, dass sie im Grunde genommen ein ganz normales Kind haben?, fragte er sich. Ist es nötig, dass ich das tue? Er legte das Baby auf den Bauch und rasierte auf Rücken und Po weiter. Lotte stand daneben und schaute zu. Sie sagte nichts. Dann cremte er den kleinen Körper ein und zog Luzia an. Ich kann in diese Familie nicht hineinsehen, dachte er. Da ist ein Gewirr von Trauer, Unsicherheiten, von Scham, Schuldgefühlen und Tapferkeit. Sie müssen da herausfinden, sonst gehen sie kaputt daran.

Obwohl sie früh aufgestanden waren, wurde es doch halb zehn, bis sie aufbrachen, denn Lotte hatte plötzlich die Idee, sie wolle etwas anderes anziehen, nicht die blaue Hose, sondern die rosarote und dazu das Jeansjäckchen. Leon tat ihr den Gefallen.

Im Zoo gefiel es Lotte, auch wenn sie ab und zu unruhig wurde und fragte, ob Papa und Mama wohl schon zu Hause angekommen wären. Sie gingen zu den Zicklein, die man streicheln durfte, zu den Fischottern, die man durch eine Glasscheibe beim Schwimmen unter Wasser beobachten konnte, zu den uralten, bedächtigen Riesenschildkröten, zum jungen Elefäntchen und schließlich zu den Ponys, auf denen man reiten durfte. Lotte ritt einige Runden, zuerst unsicher, dann zunehmend entzückt und stolz. »Luzia soll mich sehen«, rief sie, und Leon hob die Kleine aus dem Wagen. Tatsächlich, sie lächelte wieder. Sie aßen im Zoorestaurant, es hatte viele Leute, und Leon kämpfte sich mit den beiden Kindern in die Damentoilette vor, da es nur dort einen Wickeltisch gab, während Benja ergeben draußen wartete. Nachher wollte Lotte weder die Löwen noch die Bären sehen, sondern unbedingt die Dinosaurier.

»Das wird schwierig«, meinte Leon, und Lotte, schon etwas müde von all den Eindrücken, verzog das Gesicht und presste ein paar Tränen hervor. Glücklicherweise kam Leon der Souvenirshop in den Sinn. Er kaufte dem Mädchen einen Plastikdinosaurier, und dann machten sie sich auf den Heimweg. In der Tram wurde Lotte nervös. »Meinst du, sie sind schon da?«, fragte sie alle paar Minuten.

Zu Hause machte sie sich an eine große Zeichnung mit Schildkröten, Löwen und Dinosauriern, während Leon sich mit einem Kaffee auf das Sofa sinken ließ und schwor, sich frühestens in einer halben Stunde wieder zu erheben.

Gegen halb sechs kamen Nadine und Stefan. Lotte warf sich der Mama in die Arme und wollte sie gar nicht mehr loslassen. Stefan nahm Luzia auf, die, zum dritten Mal an diesem Wochenende, ein bezauberndes Lächeln aufsetzte. »Guck«, rief Stefan zu Nadine, »sie hat lächeln gelernt.«

Nadine kam zögernd zu den beiden. Stefan reichte ihr das Kind. »Leon gibt uns da ja ein richtiges Sonntagsbaby zurück.«

Leon beobachtete die beiden. Er hätte gern gewusst, wie ihr Wochenende verlaufen war. Wirklich glücklich wirkten sie nicht. Zufrieden, wieder daheim zu sein, aber auch etwas angespannt und müde. Aber jetzt war sicher nicht der Moment, um nachzuforschen. Er hatte auch keine Lust darauf, sondern sehnte sich nach seiner ruhigen Wohnung. Ein großes Bier, dachte er, und die Fernbedienung. Mehr brauche ich heute nicht mehr.

Später stand Nadine vor dem Wickeltisch, vor ihrer nackten kleinen Tochter und betrachtete ihr Körperchen. Leon, dachte sie, warum hat er das getan? Sie legte für einen Moment ihre Wange an Luzias Bäuchlein, fühlte die zarte, glatte Babyhaut. Stefan trat zu ihr. Er streichelte Luzias runde Schulter. Er sagte nichts.

Streiff hielt sich im Hintergrund, während Rechtsmedizinerin Katja Keller Stefan Attinger zur Liege führte, auf der das tote Baby lag. Er sah den Mann von hinten, sah, wie er beim Anblick des Kindes zusammenzuckte. Er blieb lange dort stehen. Was mag ihm durch den Kopf gehen?, sinnierte Streiff. Ein Kind zu verlieren, muss etwas vom Schlimmsten sein, was einem zustoßen kann. Auch bei einem solch missgestalteten Kind? Streiff ging hinaus und rief seine Mitarbeiterin Zita Elmer an.

»Komm ins IRM und schau dir das tote Kind ebenfalls an. Falls wir schon weg sind, fahr uns nach an die Katzenbachstrasse. Du kannst die erste Befragung der Mutter übernehmen. Ist vielleicht besser, wenn eine Frau das macht.«

Als Streiff sich wieder dem Obduktionssaal zuwandte, kam der Vater des Kindes ihm entgegen. Er weinte. »Ja, sie ist es«, murmelte er. Er grub in seiner Jackentasche nach einer Packung Papiertaschentücher, nestelte eines heraus und fuhr sich damit über die Augen.

»Dann fahren wir jetzt zu Ihnen nach Hause«, schlug Streiff vor. »Wir müssen Ihnen und Ihrer Frau einige Fragen stellen. Fühlen Sie sich in der Lage zu antworten?«

»Ja«, sagte Attinger zögernd. »Aber meine Frau, ich

weiß nicht, wie sie es aufnehmen wird. Ich habe ihr ja gesagt, das aufgefundene Baby sei im Spital.«

»Das war in dem Moment sicher richtig«, beruhigte ihn Streiff. »Soll ich einen Polizeipsychologen herbestellen?«

»Nein«, wehrte der Mann ab. »Ich glaube nicht, dass sie das möchte.«

Sie setzten sich ins Auto, Streiff startete den Motor, bog in die Zürichbergstrasse und dann in die Rämistrasse ein. Er sah noch, dass Zita Elmer auf den Parkplatz fuhr.

Die Polizistin betrat das Institut für Rechtsmedizin und meldete sich mit ihrem Anliegen bei Katja Keller. »Das ist eigentlich nicht üblich«, wandte diese ein.

Elmer zuckte die Schultern. »Streiff meinte, es wäre nötig.«

Keller nickte. »Mag sein. Also, kommen Sie.«

Dann stand Zita Elmer, vierunddreißig Jahre alt, ursprünglich Krankenschwester, jetzt Polizistin, verheiratet, Mutter eines zweijährigen Sohnes, vor der winzigen Babyleiche. Streiff hatte ihr das Aussehen des Kindes beschrieben. Trotzdem wich sie erschrocken zurück. »Ist das wirklich ein normales Kind?«, entfuhr es ihr. »Wie ist denn so etwas möglich?«

»Ambras-Syndrom«, erklärte Keller knapp. »Ist sehr selten. Aber solche Menschen sind, abgesehen von der dichten Behaarung am ganzen Körper, völlig normal.«

»Hat die Mutter das gewusst vor der Geburt?«, wollte Elmer wissen. »War sie darauf gefasst?«

Keller schüttelte den Kopf. Die Polizistin starrte sie entgeistert an. »Was muss das für ein Schock gewesen sein!«, rief sie aus. »Haben Sie Kinder?«

»Ja«, sagte die Rechtsmedizinerin.

Die beiden Frauen schauten sich einen Moment lang an. Sie dachten dasselbe, nämlich an den Augenblick nach der Geburt, in dem ihnen zum ersten Mal ihr Neugeborenes in den Arm gelegt worden war. »Das ist –«, stotterte Zita Elmer.

»Ja, es war bestimmt ein Schock«, bestätigte Katja Keller leise.

Auf der Fahrt nach Seebach hatte Zita Elmer noch immer das Bild des toten Babys vor Augen. Jemand hatte dieses Kind aus dem Kinderwagen genommen und in den Katzenbach geworfen. Es war die Mutter, dachte Elmer, es muss die Mutter gewesen sein. Sie wusste, dass ihr Chef sie für solch voreilige Schlüsse rügen würde. Man musste unvoreingenommen Beweise suchen, Fakten sammeln, sie auswerten und dann Schlüsse ziehen. Aber Streiff hatte ja keine Ahnung, er hatte keine Kinder, er hatte es nie erlebt, sein Kind zum ersten Mal zu sehen und zu halten. Was wäre gewesen, wenn Leo so entstellt auf die Welt gekommen wäre, fragte sich Zita. Wie hätte ich reagiert? Wie hätte es Linus aufgenommen? Wie würden wir es aushalten, mit einem solchen Kind zu leben? Es war eine unheimliche Vorstellung, und sie dachte mit Dankbarkeit an die zarte Haut ihres Jungen, an seine roten Wangen, an den stämmigen kleinen Körper, an den blonden Haarschopf; er geriet nach ihr.

Natürlich kamen immer wieder behinderte Kinder zur Welt. Das war für die Eltern bestimmt auch schlimm. Aber dann konnte man sagen, es hat Trisomie 21 oder es hat eine zerebrale Lähmung oder es ist taub. Das waren alles Dinge, die bekannt waren, einen Namen hatten, für die es Therapien gab. Aber das – eine Entstellung, von der niemand je gehört hatte, die so – sie fand kein anderes Wort – hässlich, abstoßend war. Zita Elmer war sicher, dass die Mutter diesen Anblick nicht mehr ausgehalten und das Baby ertränkt hatte. Sie tat ihr leid, obwohl sie die Vorstellung auch entsetzte, dass eine Mutter ihr Kind töten konnte.

Streiff und Attinger näherten sich dem Milchbuck. »Sie haben noch ein älteres Kind, nicht wahr?«, tastete Streiff sich vor.

»Ja, Lotte. Sie wird bald fünf.« Er schwieg. Dann sagte er: »Ich mache mir Sorgen um Lotte. Sie ist so still, so ängstlich.«

»War sie immer so?«

»Nein, eigentlich nicht. In den letzten paar Monaten …«

»Könnte das mit dem Geschwisterchen etwas zu tun haben?«

»Lotti war nicht eifersüchtig. Sie hat Luzia geliebt.« Das »sie« war ganz leicht betont, registrierte Streiff.

»Gab es in Ihrem Umfeld Menschen, die sich, äh,

schwertaten mit dem Baby?«, versuchte er eine vorsichtige Formulierung. Er blickte den Mann kurz von der Seite an. Attinger sah aus dem Fenster.

»Ja«, sagte er dann langsam, »es gab Leute, die sich« – Pause – »schwertaten mit Luzia.« Pause. »Meine Mutter zum Beispiel. Eine Freundin meiner Frau, die als Taufpatin vorgesehen war und sich dann zurückzog. Nachbarn. Fremde Leute auf der Straße, die einen Blick in den Kinderwagen warfen.« Pause. »Fragen Sie mich lieber, wer sich mit Luzia nicht schwertat.«

»Und, wer tat sich nicht schwer mit ihr?«

»Leon. Der Bruder meiner Frau und Pate von Lotte. Lotte natürlich. Kinder. Die Spielkameraden von Lotte. Jedenfalls so lange, bis sie zu Hause von Luzia erzählten und Lotti dann die Bemerkungen ihrer Eltern getreulich weitererzählten.«

»Ihre Frau?«, wagte sich Streiff vor, während er sich ganz auf den Verkehr konzentrierte.

»Nadine? Nadine war wunderbar. Sie liebte Luzia vom ersten Augenblick an. Sie ist ganz Mutter. Aber gerade deshalb hat es sie so zu Boden gedrückt, dass die Leute so entsetzt auf die Kleine reagierten. Ich glaube, es hat ihre Kraft mit der Zeit überfordert, dass Luzia überall auf Ablehnung stieß. Ich weiß nicht, ob sie vielleicht eine Depression – wir haben über so etwas nicht geredet. Nadine war mit der Zeit einfach immer müde. Eisenmangel, sagte sie.«

»Aber Sie glauben, dass es noch etwas anderes war?«

Attinger zuckte hilflos die Schultern. »Vielleicht.«

»Wie war Ihre Beziehung zu Ihrem Kind?«

»Ich liebte Luzia«, gab der Mann fest zurück. »Sie war meine Tochter, ich liebte sie.«

Er verbirgt etwas, dachte Streiff. Die ganze Wahrheit ist das sicher nicht.

Sie fuhren am Milchbuck vorbei Richtung Oerlikon. In weniger als zehn Minuten würden sie an der Katzenbachstrasse sein. Streiff bemerkte aus dem Augenwinkel, dass Attinger sich straffte.

»Eine Kollegin von mir wird auch zu Ihnen nach Hause kommen«, bereitete er den Mann vor. »Sie wird Ihrer Frau einige Fragen stellen. Und Beamte vom Kriminaltechnischen Dienst werden eintreffen und die Umgebung absuchen. Sie werden sich auch in Ihrer Wohnung umsehen müssen.«

Attinger schüttelte den Kopf, ohne zu verstehen. »Luzia wurde nicht aus der Wohnung geraubt, sondern draußen, aus dem Kinderwagen. Das habe ich doch schon gesagt.« Er achtete offensichtlich nur halb auf das, was Streiff sagte. Sein Gesicht zeigte nicht mehr den Ausdruck von unverstellter Trauer wie im Moment, da er aus dem Obduktionssaal getreten war. Nun wirkte der Mann müde, ängstlich, aber vor allem angespannt. Er fürchtet sich vor dem, was ihn zu Hause erwartet, dachte Streiff. Sein Telefon piepste. Elmer meldete, dass sie unterwegs war. Gut, dachte Streiff. Auf Elmers kompetente, robuste Art konnte man sich verlassen. Er schätzte seine Mitarbeiterin sehr. Vor zwei Jahren hatte er es ihr etwas übelgenommen, dass sie ein Kind bekommen und einen längeren Babyurlaub genommen hatte. Gerade damals hatte er sich mit einem besonders verzwickten Fall, dem Mord an einer Lokalpolitikerin, herumgeschlagen und nicht viel Unterstützung gehabt, da die Hälfte seiner Crew mit Schweinegrippe im Bett gelegen hatte. So hatte er Elmer trotzdem inoffiziell eingesetzt. Überall war sie mit Kinderwagen aufgetaucht, scheinbar verärgert, aber es hatte ihr im Grunde genommen Spaß gemacht. Nun arbeitete sie wieder zu achtzig Prozent, ihr kleiner Sohn Leo ging in die Krippe, und der Alltag hatte sich zufriedenstellend eingespielt.

Wie es wohl Valerie ging? Sie hatte heute Morgen ganz klein und verschreckt ausgesehen. Es musste furchtbar für sie gewesen sein, das tote Kind zu finden. Aber er hatte sich nicht groß um sie kümmern können; er würde sie heute Abend sehen. Schon vor sechs Jahren hatte sie ein Mordopfer aufgefunden, einen Kunden, der in ihrem Fahrradgeschäft erschlagen worden war. Das hatte sie damals sehr mitgenommen.

»Da vorn müssen Sie rechts abbiegen«, machte ihn Attinger aufmerksam. Er schluckte. »Ich – ich möchte – muss es ihr selbst sagen.«

Streiff nickte. Er stoppte. Sie stiegen aus. Attingers wohnten in einem älteren Mehrfamilienhaus, vom Katzenbach nur durch einen breiten Streifen Rasen und einen Spazierweg getrennt. Ihre Wohnung lag im Erdgeschoss, vom Wohnzimmer aus gelangte man durch eine Terrassentür direkt auf den Sitzplatz. Die Frau blickte ihnen ängstlich entgegen, als sie die Wohnung betraten. »Wie geht es Luzia?«, rief sie, bemerkte dann Streiff und schwieg verwirrt. Hinter ihr wurde die Gestalt eines etwa vierzigjährigen Mannes sichtbar.

»Nadine«, sagte Stefan, ging auf sie zu und nahm sie in den Arm. Sie begriff nicht. »Warum ist sie im Spital? Wie ist sie dort hingekommen? Wie geht es ihr?«, wiederholte sie.

»Nadine, Luzia ist gestorben«, sagte ihr Mann.

»Tot?«, fragte Nadine ungläubig. »Gestorben? Aber sie war doch nicht krank. Es ging ihr gut heute Morgen.« Dann, nach einer Pause: »Tot? Luzia ist tot?« Sie schlug die Hände vors Gesicht, Schluchzen schüttelte ihren Körper.

Stefan führte sie zum Sofa, setzte sich mit ihr hin. Der Mann, das musste wohl Leon, Frau Attingers Bruder, sein, stand noch immer im Türrahmen. Wo, fragte sich Streiff, war die ältere Tochter?

»Luzia ist im Katzenbach ertrunken«, flüsterte Stefan.

»Im Bach ertrunken?«, wiederholte Nadine. »Aber wie ist sie dorthin – wer hat sie –?« Sie brach ab.

Streiff schaltete sich ein. »Das wissen wir noch nicht. Aber wir werden es herausfinden.« Nadine schaute ihn an, als hätte sie ihn vorhin gar nicht bemerkt. »Streiff, Kriminalpolizei«, stellte er sich vor.

»Kriminalpolizei? Heißt das, dass jemand Luzia –?«

Streiff nickte. »Über die Umstände wissen wir noch gar nichts.«

Nun hatte die Frau begriffen. Entsetzen breitete sich auf ihrem Gesicht aus. Sie wurde weiß und begann heftig zu zittern. Streiff rechnete mit einem Zusammenbruch. Aber sie flüsterte nur: »Ich habe solche Angst.«

Der Mann, der im Türrahmen gelehnt hatte, verschwand und kam eine Minute später mit einer Tablette und einem Glas Wasser wieder. »Nimm das. Das hilft für den Moment ein wenig.« Sie schluckte die Tablette widerstandslos. »Solche Angst«, flüsterte sie nochmals.

Es klingelte. Das musste Zita Elmer sein. Streiff ging und öffnete. »Ich weiß nicht, ob man die Frau schon befragen kann, sie steht unter Schock«, informierte er sie. Elmer ging ins Wohnzimmer. Streiff blickte in ein Zimmer, dessen Tür offenstand. Ein Kinderzimmer. Zeichnungen waren an die Wand gepinnt, auf einem niedrigen Tischchen stand ein Puppenhaus, Bilderbücher lagen auf dem Boden und Farbstifte. Das musste das Zimmer des älteren Mädchens sein. Aber wo war die Kleine? Da regte sich etwas in der Nische zwischen Schrank und Wand. Da hockte ein kleines Mädchen mit blondem, zerzaustem Haar, den Daumen im Mund, der Blick scheu und verschreckt.

»Bist du Lotte?«, fragte Streiff.

Die Kleine schwieg.

»Ich heiße Beat Streiff«, sagte Streiff, »ich bin da wegen deinem Schwesterchen.«

»Bringst du Luzia zurück?«, flüsterte sie.

Er schüttelte den Kopf. »Das kann ich nicht.«

»Wo ist Luzia?«, fragte sie.

Was sagte man in einem solchen Moment zu einer Fünfjährigen? Im Himmel? Oder bei den Engeln? Beim lieben Gott?

»Hat sie eine neue Mama?«, flüsterte das Kind. »Vielleicht eine Katzenmama?«

»Vielleicht«, sagte Streiff hilflos.

»Ich bin schuld«, wisperte Lotte, »ich wollte so gern ein Kätzchen. Mama und Papa sagten, ich könne kein Kätzchen haben, aber ein Schwesterchen. Und dann ist Luzia gekommen.« Sie begann leise zu weinen.

Streiff verstand Lottes Gedankengänge nicht. »Du bist bestimmt nicht schuld«, versicherte er ihr.

Leon kam ins Zimmer. »Haben Sie es ihr gesagt?«

»Nein, aber sie muss etwas aufgeschnappt haben, was sie nicht richtig versteht. Besser, Sie reden mit ihr.«

Streiff ging ins Wohnzimmer. Die Tablette, die Nadine Attinger geschluckt hatte, wirkte offenbar. Sie sah erschöpft aus, beantwortete aber ruhig Zita Elmers Fragen nach dem Verlauf des Vormittags. Weiter musste man heute nicht gehen. Da es ja nicht darum ging, ein verschwundenes Kind wiederzufinden, konnte man auf die Angehörigen ein bisschen Rücksicht nehmen. Streiff schaute aus dem Fenster. Der Kriminaltechnische Dienst war am Werk. Er ging hinaus. Otto Saxer, der Leiter, gab sich nicht sehr optimistisch. »Es gibt hier jede Menge Fußabdrücke von Erwachsenen, Kindern, Hunden, jede Menge Fasern, Zigarettenstummel und so weiter. Kein Wunder, hier führt ein öffentlicher Spazierweg durch,

Leute gehen da vorbei, joggen, sie setzen sich aufs Wiesenbord, picknicken, Kinder spielen Fangen, verlieren Haargummis; alles, was du willst. Es wird schwierig bis unmöglich sein, hier etwas zu finden, was einem Täter zugeordnet werden kann.«

»Habt ihr vielleicht feine, dunkle Haare gefunden, etwa zwei Zentimeter lang?«

Saxer schüttelte den Kopf. »Bis jetzt nicht.«

»Fußabdrücke, die das Bord hinab zum Wasser führen?«

»Ja, mehrere, jede Schuhgröße.«

»Macht weiter. Vielleicht stoßt ihr auf irgendetwas, was euch ungereimt erscheint.«

Saxer zuckte die Schultern und wandte sich wieder seinen Mitarbeitern zu.

Streiff ging zurück. Nadine Attinger war gerade dabei, Zita Elmer zu zeigen, wo der Kinderwagen gestanden hatte. Plötzlich schwankte sie, ihr Mann fing sie auf. »Sie können ihr jetzt keine Fragen mehr stellen«, sagte er fest. »Sie muss jetzt ruhen, das ist alles zu viel für sie.«

Nadine weinte wieder, sie bebte. »Wollen Sie vielleicht Ihren Hausarzt anrufen?«, schlug Streiff vor.

»Wir werden sehen«, erwiderte Attinger abwehrend. »Bitte, lassen Sie uns jetzt allein.«

Streiff und Elmer verabschiedeten sich. »Wir treffen uns im Büro«, sagte Streiff, »ich fahre noch rasch bei der Rechtsmedizin vorbei.«

Katja Keller hatte Luzia untersucht. Sie hatte noch

gelebt, als sie ins Wasser gelangt war. Sie war ertrunken und sie hatte nicht sehr lange im Bach getrieben. Die Angaben von Nadine Attinger stimmten mit den Untersuchungsergebnissen überein. Der Gesundheitszustand des Kindes war gut gewesen; es hatte auch keine Verletzungen aufgewiesen. Ungefähr anderthalb Stunden vor seinem Tod hatte es Milch getrunken.

Es ist, als ob ein Tsunami über die Familie hinweggefegt wäre, ging es Leon durch den Kopf, ein Tsunami, der alle Ordnung, alle Strukturen zerstört und die Menschen ganz nackt zurückgelassen hat. Eine Familie, die schon vorher nicht auf festem Boden gestanden hatte. Nadine hatte nach dem Weggang der beiden Polizisten einen Weinkrampf erlitten, aber keinesfalls gewollt, dass man einen Arzt rief. Stefan hatte ihr ein zweites Seresta verabreicht und sie ins Bett gebracht. Nun schlief sie. Leon hatte Lotte aus der Nische zwischen Schrank und Wand hervorgeholt und ihr in behutsamen Worten erklärt, dass Luzia nicht mehr bei ihnen war, nie mehr da sein würde und dass es ihr dort gut ging, wo sie jetzt war. »Im Katzenhimmel?«, hatte die Kleine geflüstert. Sonst sagte sie kein einziges Wort. Sie weinte nicht, sie fragte nichts, sie lehnte sich nur auf dem Sofa an ihren Vater, saß ganz erstarrt da, ohne sich zu rühren, die Beine angewinkelt, die Arme um die Knie geschlungen. Plötzlich fiel Leon ein, dass schon Nachmittag war. Sie alle hatten das Mittagessen völlig vergessen.

»Lotte, magst du Spaghetti essen?«, fragte er.

Sie schaute ihn an, dann weg, schüttelte nicht einmal den Kopf.

Leon rief im Geschäft an und bat seinen Partner, einen Nachmittagstermin entweder zu verschieben oder selbst zu übernehmen. Stefan meldete seinem Chef, dass er heute nicht mehr komme. Er saß auf dem Sofa, den Arm um Lotte gelegt, der Blick stumpf, ein Mann, dessen Leben zerstört war und der nicht mehr weiterwusste. Aber es würde weitergehen. Es würde der morgige Tag kommen, die nächste Woche und so weiter, und die Familie musste sie überstehen können. Leon kam sich brutal vor, aber er wusste, dass man jetzt praktisch denken musste.

»Kannst du die nächsten Tage freinehmen?«, fragte er seinen Schwager.

»Ja«, sagte Stefan, »ich habe mich für die ganze Woche abgemeldet.«

Nun wechselte Leon ins Französische, weil Lotte bei ihnen saß. »Wir müssen etwas für Nadine tun, sie hat einen Schock, sie kommt nicht allein über die nächsten Tage.«

»Sie wollte nie psychologische Hilfe«, murmelte Stefan, »man darf sie jetzt einfach nicht allein lassen.«

»Befürchtest du, sie könnte sich etwas antun?«

Lotte kletterte vom Sofa und verschwand in ihr Zimmer.

»Ich habe keine Ahnung, ob sie so weit gehen könnte.«

»Wir rufen jetzt bei eurem Hausarzt an«, beschloss Leon. »Er soll sie sich anschauen.«

Stefan hob den Kopf. »Was meinst du, wer könnte das getan haben?«

»Falsche Frage«, sagte Leon, »darum muss sich die Polizei kümmern. Unsere Aufgabe ist es, uns zu fragen, wie wir Nadine und Lotte über die nächste Zeit bringen können.« Und dich, fügte er in Gedanken hinzu. Stefan gab sich zwar ruhig, aber, dachte Leon, auch er hat doch überhaupt keine Kraftreserven mehr, auch er ist zermürbt von den letzten Monaten. Selbstverständlich stellte er die Frage nach dem Täter. Das tat auch er, Leon. War es ein Außenstehender, irgendein Verrückter, eine gestörte Nachbarin, wer auch immer – oder war es jemand, der mit der Familie zu tun hatte, jemand, der womöglich zur Familie gehörte? Könnte es Nadine in ihrer Verzweiflung und Überforderung getan haben? Oder Stefan, der ihr auf eine verwirrte, entsetzliche Art helfen wollte? Greta, die diese Schrecklichkeit einfach aus dem Weg haben wollte? Leon würde sich hüten, diese Gedanken vor Stefan oder sonst jemandem auszusprechen, aber verdrängen ließen sie sich nicht. Es war ihm klar, dass er auch Stefan nicht verbieten konnte, darüber nachzudenken, auch wenn er ihn abgeklemmt hatte. Wen würde Stefan verdächtigen? Hatte er einen Verdacht? Wie viel sollte man, musste man der Polizei sagen? Was verschwieg man besser? Wollte er wirklich die Wahrheit wissen, wie auch immer sie aussah? Doch, das wollte er, ging ihm plötzlich auf, und zwar wenigstens Lotte zuliebe. Lotte würde älter werden, sie würde diese Katastrophe, die über die Familie hereingebrochen war, als sie noch zu jung war, um sie wirklich zu verstehen, nie vergessen. Sie musste wissen, wer ihre kleine Schwester in den Bach geworfen hatte.

»Ich bestelle ein paar Pizzas«, sagte er und stand auf. Stefan nickte.

Als Valerie gegen fünf vom Einkaufen kam, begegnete sie vor der Haustür ihrem Nachbarn Leon. Meist war er gutgelaunt und energiegeladen, deshalb fiel es Valerie sofort auf, dass er schlecht aussah. Bevor sie ihn fragen konnte, ob ihn eine Sommergrippe erwischt habe, wandte er sich an sie: »Was ist denn mit dir los?« Sie waren schon seit über zehn Jahren Nachbarn und kannten sich recht gut, aßen ab und zu zusammen oder machten einen Spaziergang mit den Hunden. Valerie war bewusst, dass sie nicht gerade fröhlich wirkte.

»Ja, ich habe was Schlimmes erlebt heute«, begann sie, »aber du siehst auch nicht gut aus. Bist du krank?«

Er schüttelte den Kopf.

»Magst du bei mir auf dem Balkon ein Bier trinken?«, fragte Valerie. Sie gingen hinauf. Valerie packte rasch ihre Einkäufe aus, stellte Seppli frisches Wasser hin und ging dann mit zwei Gläsern Bier auf den Balkon, wo Leon sich niedergelassen hatte.

Sie stellte ihm sein Bier hin, setzte sich, seufzte und sagte: »Ich habe heute Morgen am Katzenbach in Seebach ein totes Baby gefunden.«

Er starrte sie an. »Was, das warst du?«

»Ja, woher weißt du denn – kennst du die Leute etwa?«

»Das Baby ist meine Nichte«, sagte Leon.

»Deine Nichte?« Valerie verstand gar nichts. Sie kannte nur Lotte, die ab und zu bei Leon auf Besuch war.

»Ja. Lottes Schwesterchen. Vier Monate alt ist sie geworden.«

Warum sieht es so schrecklich aus?, wollte Valerie fragen, was ist mit ihm los? Sie konnte sich gerade noch zurückhalten.

»Ich komme gerade von Nadine und Stefan«, fuhr Leon fort. »Die Polizei war natürlich dort. Haben nach Spuren gesucht. Stefan und Nadine befragt. Nadine ist völlig zusammengebrochen.«

»Wie, wie ist denn das Kleine …«, stotterte Valerie, »in den Bach … gelangt?«

Leon zuckte die Schultern. »Die Polizei weiß noch nichts. Jemand muss Luzia hineingeworfen haben.«

Luzia. So hatte das Baby also geheißen. Es hatte einen Namen gehabt. Eine Familie. Ein Bettchen, das noch nach ihm duftete. Kleine Strampelanzüge. Vielleicht ein Lieblingsplüschtier.

»Das tut mir schrecklich leid«, flüsterte Valerie. Leons Schwester und seinen Schwager kannte sie nur ganz flüchtig. Sie wusste, dass ihn eine enge und sehr herzliche Beziehung mit seiner Schwester verband. »Es muss furchtbar sein für die Familie.«

»Ja, das ist es«, nickte Leon und biss sich auf die Lippe.

Valerie wagte sich vor. »Hatte es denn eine Krankheit? Ich meine, wegen der Härchen.«

Leon erklärte es ihr.

»War das nicht schwierig für die Eltern?«, fragte Valerie vorsichtig, sich an ihren Schock beim Anblick des Säuglings erinnernd.

»Sie haben Luzia geliebt«, sagte Leon kurz. »Andere Kinder haben auch eine Behinderung oder sonst irgendetwas. Daran gewöhnt man sich.« Es war offensichtlich, dass er darüber nicht sprechen wollte. »Sie war ein süßes kleines Kind.«

Valerie zweifelte insgeheim daran, dass es so einfach gewesen war, aber sie sagte nichts.

»Wer kann das nur getan haben«, murmelte sie, mehr zu sich selbst als zu Leon.

»Ja, das frage ich mich auch«, sagte er, »das fragen wir uns alle.« Er stand auf. »Ich muss. Benja ist allein im Garten, schon den ganzen Nachmittag. Muss mich ein wenig um das alte Hundetier kümmern.« Er ging.

Valerie blieb auf dem Balkon sitzen. Daran gewöhnt man sich, hatte Leon gesagt. Oder auch nicht, dachte sie. Er als Onkel der Kleinen hatte sich offenbar rasch daran gewöhnt. Wobei, er hatte ihr nichts von dem Baby erzählt. Sie hatte nicht gewusst, dass er eine zweite Nichte bekommen hatte. Gut, sie waren nicht eng befreundet, sahen sich manchmal wochenlang nicht. Und doch, es kam ihr seltsam vor. Vor drei Wochen erst hatten sie zusammen gegessen, unten in seinem Garten. Ein friedlicher, gemütlicher Abend mit Steaks vom Grill und Rotwein. Kein Wort von dem süßen kleinen Kind. Ob er es vielleicht doch nicht so niedlich gefunden hatte, wie er vorgab?

Leon. Valeries Gedanken wanderten Jahre zurück. Zu einem anderen Gespräch. Damals war es Frühling gewesen, ein kühler Abend, und sie hatten in seiner Wohnküche gesessen. Zwei Tage vorher war in ihrem Fahrradgeschäft ein Toter gefunden worden. Sie war völlig fertig gewesen, und Leon hatte für sie gekocht. Sie war sehr dankbar gewesen, aber dann hatte sich das Gespräch auf eine merkwürdige Art entwickelt. Leon hatte eine Theorie entwickelt über Gut und Böse, was Valerie in ihrer damaligen Verfassung nicht im Geringsten interessiert hatte, und er hatte – ja, er hatte den Täter einen armen Teufel genannt, was sie empört hatte. Die Polizei könne keine Gerechtigkeit herbeizaubern, hatte er gesagt. Valerie war damals sehr verärgert und verletzt gewesen und hatte sich eine Weile von Leon zurückgezogen. Inzwischen waren sie längst wieder gute Freunde, aber jetzt berührte Valerie diese Erinnerung seltsam. Er hatte damals ein Tötungsdelikt verharmlost, einen Täter fast in Schutz genommen.

Valeries Gedanken wanderten weiter zu Leons Schwester. Keine Sekunde glaubte sie, dass eine Mutter problemlos damit fertig wurde, ein so verunstaltetes Kind zu haben. Ob Leon wirklich so naiv war? Er liebte seine Schwester, fühlte sich für sie verantwortlich, auch jetzt noch, wo sie längst erwachsen war. Bestimmt hatte er ihr beigestanden nach der Geburt von Luzia. Wie weit würde er gehen, ihr zu helfen, ihr eine schwere Last abzunehmen? – Ich darf das nicht denken, schalt sie sich gleich darauf. Und ich werde Beat nichts davon erzählen. Sie schaute auf die Uhr. Bald sechs. Hoffentlich rief er bald an, hoffentlich konnten sie sich heute noch sehen.

Zita Elmer und Beat Streiff saßen sich in seinem Büro am Sitzungstisch gegenüber.

»Wir müssen morgen die Familie genauer befragen«, stellte Streiff fest. »Mit wem haben sie Kontakt? Wer könnte ihr Kind töten wollen? Attinger hat seine Mutter erwähnt, die das Baby ablehnte.«

»Und wir müssen alle Nachbarn abarbeiten«, ergänzte Elmer. »Vielleicht hat jemand etwas bemerkt, eine Person wahrgenommen.«

»Wir brauchen auch Informationen über die Familie. Wie ist sie fertig geworden mit einem Baby, das mit einer solchen Anomalie auf die Welt kam? Und ich möchte wissen, was diese Krankheit oder Behinderung oder was es ist, genau bedeutet. Ich werde mich vom Kinderarzt der Familie informieren lassen. Der hat ja die Mutter gekannt, hatte sicher seine Eindrücke von ihr.«

Zita Elmer konnte sich nicht mehr beherrschen: »Es muss doch jemand aus dem nächsten Umfeld der

Familie der Täter sein!«, rief sie. »Welche unbeteiligte Person könnte denn auf die Idee kommen, irgendein Baby aus einem Kinderwagen zu stehlen und zu ertränken?«

»Du bringst mich auf eine Idee«, sagte Streiff. »Erinnerst du dich nicht mehr an den Fall – nein, das war vor deiner Zeit. Das muss jetzt mehr als zehn Jahre her sein.«

»Was für ein Fall denn?«

»Lieselotte Bär.« Er griff zum Telefon und bestellte die Akte.

»Lieselotte Bär?«

»Vor etwa einem Dutzend Jahren verschwand im Seefeld ein Baby aus einem Kinderwagen, den die Mutter in den Garten geschoben hatte. Man fand keine Leiche, es wurden keine Geldforderungen gestellt. Aber nach ein paar Tagen kam ein Hinweis von einer Frau, die in der Nachbarwohnung seit Kurzem ab und zu ein Babyweinen hörte, obwohl die Nachbarin gar nicht schwanger gewesen war. Es war die Wohnung von Lieselotte Bär, einer psychisch angeschlagenen Frau von etwa dreißig Jahren, die von der IV lebte. Sie konnte selbst keine Kinder bekommen, war aber völlig fixiert auf ihren Wunsch nach einem Baby. Bei ihr fand die Polizei das vermisste Kleinkind. Es ging ihm gut, die Bär fütterte, wickelte, badete es. Als die Polizei in ihre Wohnung kam, drohte sie im ersten Moment, den Säugling zu töten, ließ ihn sich dann aber widerstandslos aus dem Arm nehmen. Sie wurde angeklagt, aber nicht ins Gefängnis, sondern in eine psychiatrische Klinik geschickt. Nimmt mich wunder, ob sie noch dort ist.«

Zita Elmer hatte kritisch zugehört. »Aber diese Frau möchte doch sicher ein niedliches Kind, eines mit blonden Locken und blauen Augen oder so. Sie würde doch nicht so ein Verunstaltetes rauben.«

»Eben«, gab Streiff zurück, »es ist ja auch im Katzenbach gelandet.«

Zita zuckte zusammen. »Du meinst …«

»Ja. Sie sieht einen unbewachten Kinderwagen. Sie muss schnell handeln, greift hinein, ohne genau hinzusehen, glaubt im ersten Moment vielleicht, das Baby trage dunkle Kleider, eilt mit ihm weg – und bemerkt dann, wie es aussieht. Sie erschrickt zu Tode, wirft es in den Bach und läuft davon.«

Es klopfte. Ein Beamter brachte die Akte Bär. Streiff überflog sie. »Sie wurde damals ins Burghölzli eingeliefert.« Er griff zum Telefon. Nach ein paar Minuten hatte er die Auskunft, dass Lieselotte Bär vor drei Jahren aus der Klinik entlassen worden war, in einer eigenen Wohnung lebte und regelmäßigen Kontakt mit einer Sozialarbeiterin habe.

»Komm, Zita, wir statten Frau Bär einen Besuch ab. Sie wohnt an der Fabrikstrasse.«

Auf ihr Klingeln meldete sich niemand. »Vielleicht ist sie am See«, meinte Elmer.

»Vielleicht«, brummte Streiff ungeduldig. Er griff nach dem Handy und rief Lieselotte Bärs Sozialarbeiterin an. »Ja, es ist wichtig«, hörte Elmer ihn sagen. Ein bisschen mehr Liebenswürdigkeit könnte auch nicht schaden, dachte sie. Streiff legte auf.

»Komm«, sagte er, »sie ist noch im Büro und widerwillig bereit, ihren Feierabend eine halbe Stunde zu verschieben.«

Antonia Heiniger war jung. Fast zu jung für eine Sozialarbeiterin, fand Streiff. Sie wirkte müde, vielleicht auch nur missmutig, weil sie den Sommerabend lieber in einem netten Gartenlokal verbringen wollte statt am Schreibtisch im heißen Büro. Viel weiterhelfen konnte sie nicht. Sie traf sich ungefähr alle drei Wochen auf einen Kaffee mit Lieselotte Bär. Es schien ihr so weit gutzugehen. Viel wusste sie eigentlich nicht von ihr.

»Sie sind doch zuständig für die Frau«, warf Streiff ein.

»Ja, wissen Sie, für wie viele Klienten ich zuständig bin?«, fuhr Antonia Heiniger auf. »Ich kann nicht alle selbst ins Bett bringen.«

Streiff nahm sich zusammen. »Hat Frau Bär in der letzten Zeit wieder davon gesprochen, dass sie gern ein Kind hätte?«

Heiniger schüttelte den Kopf. »Nein, hat sie nicht.«

»Worüber reden Sie, wenn Sie sich treffen?«

»Ich frage sie nach ihrem Alltag. Ob sie klarkommt. Wie sie ihre Zeit verbringt. Sie arbeitet ja nicht.«

»Und wie kommt sie klar? Wie verbringt sie ihre Zeit?«

»Sie sagt, sie gehe gern spazieren, sitze am See, schaue

den Leuten zu. Abends sieht sie fern. Löst Kreuzworträtsel.«

»Hat sie Familie, Freunde, Bekannte?«

»Wenige. Es gibt einen Bruder, der im Ausland lebt, und eine Tante in Basel. Und sie hat eine Bekannte, die sie aus der Klinik kennt. Mit der trifft sie sich ab und zu. Aber ich glaube nicht, dass das eine nahe Freundin ist. Frau Bär ist sehr verschlossen. Sie vertraut niemandem.«

»Ihnen auch nicht?«

»Ich glaube, sie mag mich ganz gern. Aber vertrauen? Nein. Es braucht jeweils viel Überredungskunst, wenn ich einen Blick in ihre Wohnung werfen will. Das sollte ich so alle halbe Jahre tun. Um sicherzugehen, dass die Leute nicht verwahrlosen. Aber das ist bei Frau Bär eigentlich kein Problem. Sie hält die Wohnung sauber, und sie häuft auch nicht Dinge an. Ein Messie ist sie nicht.«

»Wo würden Sie nach ihr Ausschau halten, wenn sie verschwunden wäre?«, fragte Streiff.

»Sie ist doch nicht verschwunden. Vermutlich kommt sie einfach später nach Hause.«

»Heute ist ein Baby in den Katzenbach geworfen worden und ertrunken. Und ich will mit Frau Bär darüber sprechen«, sagte Streiff langsam und deutlich. »Also, wo könnte die Frau sein, falls sie nicht nach Hause kommt?«

»Keine Ahnung. Ein Ferienhaus hat sie jedenfalls nicht. Und Geld für eine Sommerreise ebenfalls nicht.«

Streiff stand auf. »Denken Sie darüber nach und melden Sie sich, wenn Ihnen noch etwas einfällt.« Er schob ihr seine Karte hin.

»Ich glaube nicht, dass Frau Bär das Baby ins Wasser geworfen hat, sie ist nicht gewalttätig. War es nie«, merkte Antonia Heiniger an, während sie ihre Sachen zusammenpackte.

Streiff zuckte die Schultern.

Draußen sah er auf die Uhr. »Sechs Uhr. Machen wir Schluss für heute. Morgen fangen wir mit der Befragung der Nachbarn an und gehen dann nochmals zu Attingers hinüber. Als Erstes fahre ich nochmals bei Lieselotte Bär vorbei.«

»Ja, ich muss eh los, Leo von der Krippe abholen. Linus hat heute Spätdienst.« Zita Elmers Mann war auch bei der Polizei, auf der Regionalwache Höngg.

Beat Streiff rief Valerie an. Sie hatte sich ein wenig gefasst. Sie trafen sich bei der Allmend, gingen in Richtung Leimbach, der Hund immer ein paar Hundert Meter voraus. Valerie hatte Picknick mitgebracht, das sie, am Flussufer sitzend, aßen. Sie erzählte ihm von ihrer Begegnung mit Leon, allerdings ohne zu erwähnen, was sie sich über ihn für Gedanken gemacht hatte.

»Habt ihr schon etwas herausgefunden?«, wollte Valerie wissen.

»Nicht viel«, sagte Streiff. Details aus laufenden Ermittlungen durfte er seiner Freundin natürlich nicht weitererzählen.

»Mir tut dieses kleine Kind so leid«, meinte Valerie. »Es hatte keine Chance. Aber ich habe mir überlegt, wenn man es so sieht, denkt man doch, es sei getötet worden, weil es so schrecklich aussah. Aber vielleicht hat sein Tod mit dieser Anomalie ja gar nichts zu tun. Vielleicht wurde es aus ganz anderen Gründen umgebracht?«

Das hatte sich Beat noch nicht überlegt. Ein kluger Gedanke; obwohl er sich nicht denken konnte, aus welchem Grund überhaupt ein Baby getötet wurde. War es ein Kind mit Dreimonatskoliken gewesen, das seine Eltern mit unablässigem Schreien an den Rand der Verzweiflung getrieben hatte? War es ein ungeplantes Kind gewesen, und die Eltern hatten keine Lust, nochmals von vorn zu beginnen, wo doch die ältere Tochter schon fünf Jahre alt war? Das war natürlich absurd, aber Valerie hatte schon recht: Man durfte nichts als gegeben hinnehmen, musste alles hinterfragen.

»Schläfst du bei mir heute Nacht?«, fragte Valerie.

Beat nickte. Sie wohnte im Kreis 2, viel zentraler als er. Er war vor einem Jahr nach Seebach umgezogen, in eine moderne, geräumige Wohnung, die alle Vorteile hatte, aber den Nachteil, dass sein Arbeitsweg viel länger geworden war. Deshalb übernachtete er unter der Woche oft bei Valerie, während sie die freien Tage bei ihm verbrachten.

»Ich bin froh, heute nicht allein zu sein«, gestand Valerie. »Die Geschichte mit diesem armen kleinen Baby hat mich ganz traurig gemacht.«

Beat drückte sie kurz an sich. Er war glücklich mit ihr, sie tat ihm gut. Wie bei fast allen Polizisten bestand auch sein Freundes- und Bekanntenkreis größtenteils aus anderen Polizisten. Es ergab sich einfach so. Es hat mit unserem Blick auf die Gesellschaft zu tun, dachte er. Wir sind ständig konfrontiert mit den Schattenseiten der Menschen, mit Gewalt, Feindseligkeit, Erbarmungslosigkeit. Das prägt. Sogar wenn er an einem freien Tag durch die Bahnhofstrasse schlenderte, konnte es vorkommen, dass ihm eine Person auffiel und er sofort wusste: Das ist ein Taschendieb. Er schaute dann weg, aber mit schlechtem Gewissen; Polizist war man eben nicht nur während der Dienstzeiten. Deshalb war er froh, dass Valerie nicht Polizistin war. Sie holte ihn immer wieder raus aus seiner düsteren Polizistenperspektive, ihr fielen auf der Straße ganz andere Dinge auf, die Art, wie eine Mutter sich mit ihrem Kind unterhielt beispielsweise, oder spezielle Fahrräder oder eine merkwürdige Schaufenstergestaltung. »Wenn ich einen alten Mann sehe, der seine Frau küsst, ist das genauso die Realität, wie wenn du einen Typen wahrnimmst, dem du den Drogenhändler ansiehst«, hatte sie einmal gesagt. Da hatte sie natürlich recht, und er gab sich Mühe, auch die erfreulichen Dinge zu bemerken, die sich rund um ihn abspielten. Und doch, sein Blick war anders geschult.

Lieselotte Bär war auch am nächsten Morgen nicht zu Hause. Keiner der Nachbarn hatte sie heimkommen sehen. Der Mann, der unter ihr wohnte, hatte auch ihren

Fernseher nicht gehört. Höchstwahrscheinlich war sie nicht zu Hause gewesen. »Wir müssen herauskriegen, wo sie sich aufhalten könnte«, beschloss Streiff.

Elmer und er teilten sich die Befragungen von Attingers Nachbarn auf. Elmer übernahm das Haus, in dem Attingers wohnten, während Streiff sich das daneben vornahm. Es war wieder schönes Sommerwetter, schon am Morgen angenehm warm. Die Umgebung wirkte friedlich und ruhig. Nichts deutete darauf hin, dass einen Tag zuvor jemand ein Baby aus seinem Wagen gehoben und in den Bach geworfen hatte.

Zita Elmer klingelte bei Kösch. Eine ältere Frau in einer Haushaltsschürze öffnete ihr. »Ach, die Polizei«, rief sie. »Ist es nicht schrecklich, was da gestern passiert ist?« Ihr Gesicht drückte eine Mischung von Mitleid und Faszination aus. Sie warf einen Blick das Treppenhaus hinunter. »Kommen Sie doch am besten herein.« Sie öffnete die Tür weit. Das wird seine Zeit dauern, dachte Zita. Hoffentlich weiß sie wenigstens etwas. Sie war der Typ alte Frau, die immer Bescheid wusste über das, was in der Nachbarschaft geschah. Auch Frau Kösch war offenbar ganz auf einen längeren Besuch eingestellt. Sie bot Kaffee, Tee, Kekse an, was Elmer alles höflich ablehnte. Schließlich saß sie der Frau bei einem Glas Wasser gegenüber.

Bevor sie zur ersten Frage ansetzen konnte, redete Frau Kösch schon los. Dass sie schon seit dreißig Jahren in diesem Haus wohnte. Dass ihr Mann seit, »warten Sie«, zwölf Jahren tot war. Dass sie in diesem Haus viele Nachbarn hatte kommen und gehen sehen. Was für eine nette Familie die Attingers doch gewesen seien. Elmer öffnete den Mund, um einzuhaken, blieb aber chancenlos. Wie herzig das kleine Mädchen, das Lotti, sei. Aber jetzt …, Frau Kösch wiegte bedauernd den grauen Kopf.

Elmer nutzte die Gelegenheit. »Haben Sie gestern etwas gesehen, Frau Kösch, was uns weiterhelfen könnte? War vielleicht ein Fremder am Vormittag im Garten?«

Aber Frau Kösch war noch nicht so weit. Sie lehnte sich behaglich in ihrem Sessel zurück. »Es war ja so traurig mit diesem zweiten Kindlein«, erzählte sie. »So ein missgestaltetes. Das haben die Attingers also nicht verdient. Obwohl«, sie machte eine kleine Pause, »der Herrgott wird schon wissen, warum er ihnen eine solche Prüfung auferlegt hat, meinen Sie nicht? Man weiß ja nie alles von den Leuten. Jedenfalls war es vorbei mit dem Glück. Die kleine Lotti hat man nicht mehr lachen gehört. Und die Frau war immer so ernst, fast unfreundlich. Dabei habe ich ihnen ja nichts zuleide getan. Ob sie vielleicht erleichtert sind, dass es gestorben ist?«

Nun reichte es Elmer, sie wiederholte ihre Frage. »Ist Ihnen gestern Vormittag irgendetwas aufgefallen?

»Eigentlich nicht«, musste Frau Kösch zugeben, obwohl man ihr ansah, dass sie fürs Leben gern mit etwas Interessantem aufgewartet hätte. »Außer dass Frau Attinger Besuch hatte.«

»Besuch?«, hakte Zita nach.

»Na ja, die alte Frau Attinger war doch da, die Mutter vom Herrn Attinger.«

Das war Elmer neu. »Sie haben sie mit Frau Attinger gesehen?«

»Nein, ich sah sie bloß weggehen, da vorn in die Straße einbiegen, die zur Tramhaltestelle führt.«

»Und Sie haben sie eindeutig erkannt?«

»Na ja, schon, oft war sie nicht da, aber ich habe sie gekannt. Sie ist groß und geht sehr aufrecht und sicher, obwohl sie recht alt ist. Sie ist immer gut angezogen und frisiert, richtig vornehm. Wahrscheinlich ist sie reich. – Seit das zweite Kind da war, war sie nur ein einziges Mal hier«, fügte sie hinzu, »und ich hörte damals zufällig, wie Herr Attinger sie hinauswarf.«

Nadine Attinger hatte nichts erwähnt von einem Besuch ihrer Schwiegermutter. Zita Elmer stellte noch ein, zwei weitere Fragen, aber sie war nicht mehr ganz bei der Sache. Sie gab der Frau ihre Karte und verabschiedete sich. Das Glas Wasser stand unberührt auf dem Tischchen.

Zur selben Zeit saß Streiff in der Küche von Frau Kugler, einer Frau von etwa Mitte vierzig. Auch sie war gestern Morgen zu Hause gewesen. Sie arbeitete in einem Lebensmittelgeschäft im Quartier und hatte diese Woche Nachmittagsschicht.

»Vorne auf dem Weg kommen natürlich immer Leute vorbei. Manche kenne ich, Mütter mit ihren Kindern, die in der Umgebung wohnen, oder Leute mit ihrem

Hund. Aber es hat auch viele, die ich nicht kenne, ich achte nicht darauf.«

Aber direkt beim Haus hatte sie keine fremde Person bemerkt. Der Briefträger war gekommen, und ungefähr um halb zehn hatte sie Stefan Attingers Auto an der Straße vorn gesehen. Sie hatte sich nichts dabei gedacht. »Wahrscheinlich hatte er etwas vergessen.« Aber Streiff hielt kurz den Atem an. Attinger war gestern Morgen zu Hause gewesen? Kurze Zeit, bevor das Baby verschwunden war? Warum hatte er das nicht gesagt? Was hatte er gewollt? Streiff ließ sich nichts anmerken. Er fragte die Frau nach ihrem Eindruck von der Familie.

»Eine ganz normale Familie«, sagte sie, »eher traditionell. Sie hat ja nicht gearbeitet, war nur zu Hause beim Kind. Das muss man sich halt leisten können. Ich bringe meine beiden allein durch, ich kann nicht nur spazierengehen. Jedenfalls, eine normale Familie, bis eben das zweite Kind so missgebildet zur Welt kam. Seither haben sie sich ganz zurückgezogen. Ich habe mich schon gefragt, ob die Frau eine Depression hat. Das Baby habe ich nur einmal kurz gesehen, es sah schon schlimm aus. Vielleicht ist es besser, dass es sterben konnte.«

Als Streiff aus dem Haus trat, kam Elmer ihm entgegen. »Greta Attinger war gestern Vormittag da, die Mutter von Stefan Attinger«, meldete sie. »Und er selbst auch«, ergänzte Streiff. »Komm, das müssen wir klären.« Sie klingelten bei den Attingers. Stefan öffnete. Er wirkte übernächtigt, war unrasiert, barfuß. Er bat sie in die Küche. »Meine Frau hat sich nochmals hingelegt«, sagte er. »Ich versuche, Lotte ein bisschen abzulenken. Sie spricht nicht, sie hat seit gestern kein Wort gesagt. Ich habe mit ihr ein Bilderbuch angeschaut und die Geschichte erzählt. Aber ich weiß nicht, ob sie zugehört hat.« Lotte erschien in der Küchentür, eine Plüschkatze an sich gedrückt. »Ich muss ein bisschen mit den Polizisten reden«, erklärte ihr der Vater. »Ich komme nachher wieder zu dir.« Die Kleine verschwand, und Stefan schloss die Küchentür.

»Wie geht es Ihrer Frau?«, fragte Zita Elmer.

»Schlecht. Der Hausarzt war gestern da und hat ihr Beruhigungs- und Schlafmittel verschrieben. Aber das ist doch keine Lösung.« Stefan wirkte hilflos. »Ich weiß nicht, wie sie das überstehen kann. Zu einer Psychologin will sie keinesfalls.«

Streiff kam zur Sache. »Sie waren gestern Vormittag hier, nicht wahr? Warum?«

»Ja«, gab Attinger zu. »Aber ich bin nicht ins Haus gegangen. Ich war im Büro und ich habe mir Sorgen gemacht, ich war einfach unruhig, ich wusste selbst nicht, warum. Da bin ich hergefahren, ich wollte sehen, ob alles in Ordnung ist. Aber als ich hier war, kam ich mir plötzlich so dumm vor. Überbesorgt. Wie hätte ich es Nadine erklären sollen? Es hätte so gewirkt, als vertraute ich ihr nicht, als zweifelte ich an ihr.«

»Vertrauten Sie ihr denn, oder haben Sie an ihr gezweifelt?«

Der Mann schloss einen Moment die Augen. »Ich

weiß es nicht. Ich habe sie bewundert dafür, wie sie mit der Situation umgehen konnte, wie vorbehaltlos sie Luzia liebte. Ich – ich hatte Luzia auch lieb, aber anfangs hatte ich Mühe mit ihr, mit ihrem Aussehen. Nadine nicht. Und doch war Nadine unglücklich, das habe ich gespürt.«

»Haben Sie denn miteinander darüber geredet?«, fragte Elmer.

Attinger schüttelte den Kopf. »Nein. Ich wollte nicht, dass sie merkte, dass ich die Kleine zuerst nicht akzeptieren konnte. Ich hätte mich vor ihr geschämt.«

»Und Ihre Frau? Hat sie Ihnen vielleicht auch nicht alles erzählt, weil sie sich vor Ihnen geschämt hätte?«

»Wenn ich das bloß wüsste. Vielleicht haben wir einander gegenseitig etwas vorgespielt. Jetzt ist es zu spät für alles.«

»Sind Sie gestern Morgen aus dem Auto gestiegen?« Das war wieder Streiff.

»Nein.«

»Sie sind nicht zu Luzias Kinderwagen gegangen?«

»Nein. Warum fragen Sie mich das? Sie nehmen doch nicht etwa an, dass ich mein eigenes Kind …«, Attinger brach ab.

»Wir wissen nur, dass Sie hier waren, kurz bevor Luzia verschwand«, sagte Streiff.

Der Mann wurde blass, er sagte nichts, schüttelte nur den Kopf.

»Sind Sie vielleicht hergekommen«, fuhr Streiff ruhig fort, »weil sie fürchteten, Ihre Frau könnte dem Kind etwas antun? Dass sie die Situation nicht mehr aushielt?«

»Haben Sie wirklich nichts anderes zu tun, als uns zu verdächtigen, die Eltern, die ihr Kind verloren haben? Wäre das die einfachste Lösung für Sie?«

»Wir suchen keine einfache Lösung, wir wollen herausfinden, wer das Mädchen getötet hat. Und wir stellen nicht nur Ihnen Fragen, aber Ihnen auch. – Haben Sie übrigens Ihre Mutter gestern Vormittag hier gesehen?«

»Meine Mutter? Was hat denn sie damit zu tun? Sie war nicht hier, schon länger nicht.«

»Eine Nachbarin will sie gesehen haben. Wir würden das gern noch Ihre Frau fragen.«

»Warten Sie einen Moment.« Der Mann ging hinaus.

Nach einigen Minuten kamen sie beide. Nadine Attinger war angezogen, flüchtig gekämmt, sehr bleich. Ihre Augen waren verschwollen und gerötet.

»Nein, Greta war gestern nicht hier«, sagte sie. »Sie war – es gab bei ihrem letzten Besuch einen Streit. Wir haben nichts mehr von ihr gehört seitdem.«

»Worum ging es bei dem Streit?«

Stefan schaltete sich ein. »Es ging um Luzia. Sie wollte, dass wir sie in ein Heim geben.«

»Und sie meinte, dass ich ihr diese Krankheit vererbt habe«, fügte Nadine bei. Sie sagte es müde, ohne Empörung, ohne Zorn.

»Darauf habe ich sie gebeten zu gehen«, ergänzte Stefan. »Es kann nicht sein, dass sie gestern einen Überraschungsbesuch machen wollte. So waren die Verhältnisse nicht.«

Elmer beschrieb die alte Frau Attinger so, wie sie es von Frau Kösch gehört hatte.

»Ja, so sieht sie aus«, sagte Stefan. »Aber ich kann es mir nicht vorstellen, dass sie hergekommen ist.«

»Weiß sie schon von dem Unglück?«, fragte Zita Elmer. Sie brachte es nicht über sich, das Wort ›Tötungsdelikt‹ in den Mund zu nehmen.

»Ich werde sie heute anrufen«, sagte Attinger.

Streiff ließ sich ihre Adresse geben. Dann verließen sie die unglückliche Familie.

»Was steht heute Nachmittag an?«, fragte Elmer.

»Sprich du nochmals mit der Sozialarbeiterin von Lieselotte Bär«, sagte Streiff. »Die Frau muss doch irgendwo sein. Vielleicht hat Heiniger doch noch eine Idee. Und sonst wende dich an die Heimatgemeinde der Frau. Die werden dir die Adresse der Verwandten geben. Vielleicht hat diese Tante eine Idee, wo sich ihre Nichte aufhalten könnte. Ich habe mich beim Kinderarzt von Attingers angemeldet. Ich will etwas mehr wissen über diese Krankheit, oder was es ist, und darüber, was die Mutter für einen Eindruck auf den Arzt gemacht hat. Kurz vor fünf treffen wir uns zur Medienkonferenz.« Es war nicht üblich, vor Abschluss eines Falls eine Medienkonferenz durchzuführen. Aber auf die dürre Pressemitteilung hin, ein toter Säugling sei in einem Bach in

Zürich-Nord gefunden worden und die Polizei suche Zeugen, war die Pressestelle von Anfragen überflutet worden. Ein getötetes Baby – das versprach süffige Geschichten und Schlagzeilen. Deshalb war beschlossen worden, eine Medienorientierung durchzuführen und einige Informationen herauszugeben.

»Wollen wir sagen, dass das Baby unter dieser Anomalie gelitten hat?«, fragte Zita.

»Keinesfalls. Wenn wir es tun, sind die Zeitungen morgen voll mit irgendwelchen Monsterzeichnungen. Das widert mich jetzt schon an.«

»Ja«, stimmte Elmer zu. »Nötig wäre es nur, wenn das Kind vermisst wäre.«

Streiff nickte. »Mal schauen, was wir ihnen zum Fraß vorwerfen müssen.«

Streiff schätzte die Medien nicht besonders. Es war ihm zwar durchaus bewusst, dass es nützlich wäre, sich mit ihnen gutzustellen, und es gab auch einige Journalisten, die er akzeptierte, weil sie sachlich berichteten, auf reißerische Übertreibungen und mediale Hetzjagden verzichteten. Aber die wurden immer seltener. Die Gratiszeitungen lebten von fetten Schlagzeilen, hochgekochten Sensationen und unscharfen Fotos, und die anderen Zeitungen mussten nachziehen, um nicht unterzugehen. Streiff war bei den Medienleuten zwar respektiert, aber nicht sonderlich beliebt. Er wusste vor einer Medienkonferenz genau, wie viel er sagen würde, und es gelang auch dem findigsten Pressevertreter mit den geschicktesten Fragen nicht, mehr aus ihm herauszuholen. Auf dumme Fragen antwortete er mit beißendem Sarkasmus, was ihm den Ruf eingetragen hatte, arrogant zu sein. Es gab auch ein, zwei Journalisten, die er prinzipiell nie grüßte.

Das allerdings hatte einen besonderen Grund, den zu verbergen Streiff alles getan hätte. Es war ihm weit lieber, arrogant zu erscheinen. Beat Streiff litt nämlich unter einer zum Glück nur milden Form von Prosopagnosie. Da hieß, er konnte sich manche Gesichter nicht merken. Auch wenn er sie mehrmals gesehen hatte, waren sie ihm das nächste Mal wieder völlig unbekannt. Diese Schwäche war sein sorgsam gehütetes Geheimnis. Er trickste sich durch, indem er sich Gang, Bewegungen, Stimme und Kleidungsstil der Leute einprägte. Einzig Valerie hatte er sich vor zwei Jahren anvertraut, weil ihm damals beinahe ein Mörder entschlüpft war, da er den Mann nicht wiedererkannt hatte. Damals hatte ihm Valerie mit einer zufälligen Bemerkung auf die Sprünge geholfen. Es war eine Zeit gewesen, in der ihre Beziehung in einer Krise gesteckt hatte, und sein Geständnis hatte dazu beigetragen, das Vertrauen und die Nähe zwischen ihnen wiederherzustellen. Aber wenn die Medienleute erfahren hätten, dass in Streiffs Hirn eine kleine Schaltstelle nur ungenügend funktionierte, hätten sie ihn vermutlich in der Luft zerrissen. Nichts fürchtete Streiff mehr als das. Obwohl er wusste, dass er ein ausgezeichneter Ermittler war, nagten doch immer wieder Selbstzweifel an ihm, etwa wenn er spätabends an seinem Küchentisch saß und ein letztes Bier trank oder wenn er vor dem Badezimmerspiegel stand, sich über den jetzt fast mehr grauen als roten Schopf strich und sich fragte, ob er wieder ein, zwei Kilo zugenommen hatte. Obwohl es schon Jahrzehnte zurücklag, quälte ihn die Erinnerung an den peinlichsten Vorfall, den ihm seine Gesichtsblindheit beschert hatte, wann immer er ihm in den Sinn kam. An einem Fest war er auf eine hübsche Frau zugegangen und hatte sich ihr vorgestellt. »Ich weiß«, hatte sie spöttisch erwidert, und ihm war aufgegangen, dass er sie von der Uni her kannte. Hätte die Party nicht auf einem Schiff stattgefunden, das eben vom Ufer ablegte, wäre er sofort weggegangen. Jedenfalls fühlte er sich in seiner bärbeißigen Rolle, die er in der Öffentlichkeit gern spielte, geschützt.

Die Frau ging durchs Dorf. Ihre blonden Haare waren gekraust, auf der Nase hatte sie eine große Sonnenbrille. Sie trug eine türkisfarbene Hose, die ihr etwas zu eng war. Die gelbgrün gemusterte Bluse passte nicht dazu. Sie schien kein Ziel zu haben, schaute rechts und links in Schaufenster, blieb ab und zu stehen, beschleunigte dann wieder ihren Schritt. Die will wohl zum Kloster, dachte eine junge Frau mit Kinderwagen und Hund, die am Einkaufen war. Sie hat vielleicht einen Kummer und will um etwas bitten. Oder einen neuen Rosenkranz kaufen. Aber die Frau bog vor dem Kloster rechts in die Grünanlage ein. Die Souvenirstände mit den dicken bemalten Kerzen, den Schlüsselanhängern und Kugelschreibern, die mit Heiligenbildchen bedruckt waren, interessierten sie nicht. Sie setzte sich auf dem Spielplatz auf eine Bank und schaute den spielenden Kindern zu, die Fangen spielten, miteinander stritten oder von der Schaukel herab ihren Müttern zuwinkten. Die Frau wurde von niemandem beachtet. Es war sehr warm. Sie kramte in ihrer großen, unmodischen Stofftasche nach einer Tube und rieb sich Gesicht und Arme mit Sonnencreme ein. Dann zog sie eine bunte Zeitschrift hervor und blätterte darin. Dazu rauchte sie eine Zigarette, sog den Rauch tief in die Lunge. Sie legte die Zeitschrift weg. Wegen der Sonnenbrille hätte man nicht sagen können, wohin sie schaute. Etwas später nahm sie eine Flasche Cola und ein Salamisandwich aus der Tasche. Sie aß langsam und rauchte nachher eine weitere Zigarette. Es war eine gute Idee hierherzukommen, dachte sie. Hier ist es ruhig und friedlich. Vielleicht sollte ich von Zürich weggehen und hier leben. Hier gibt es sicher günstige Wohnungen, und ich müsste nicht mehr alle drei Wochen mit dieser neugierigen Frau Heiniger Kaffee trinken gehen. Sie will immer wissen, wie es mir geht, was ich tue. Was soll ich denn sagen? Es geht sie nichts an. In meine Wohnung werde ich sie nie mehr lassen, sie darf es nicht sehen. Wenn ich hier leben würde, hätte ich meine Ruhe. Ich würde mit meinem Kind zum Spielplatz kommen. Bei diesem Gedanken erschrak sie. Unruhe erfasste sie. Ich darf das nicht denken, das wusste sie. Ich darf das nicht mehr tun, ich hätte es nicht tun dürfen. Aber, lehnte sie sich auf, warum soll ich kein Baby haben dürfen? All diese Frauen hier haben auch eins oder sogar zwei.

Ich würde gut für das Kleine sorgen. Eine Erinnerung stieg in ihr auf, bedrückend, quälend. Ja, es war ein Fehler gewesen, sie hätte es anders anstellen müssen. Es war so schnell gegangen, der unbewachte Kinderwagen, das plötzlich übermächtige Gefühl, das Baby haben zu wollen. Ich würde es nicht allein im Garten lassen, das Kleine hätte es bei mir viel besser, blitzschnell war dieser Gedanke durch sie gefahren. Sie hatte das Baby aus dem Wagen genommen. Aber nachher war alles so schrecklich gewesen, sie durfte nicht daran denken. Frau Heiniger wäre böse auf sie. Sie stand auf und verließ den Spielplatz, überquerte den Platz und setzte sich auf die Terrasse des Café Tulipan, wo sie einen Kaffee trank. Aber ihre friedvolle Stimmung war weg, sie fühlte sich angespannt und ängstlich. Ich muss es tun, dachte sie, deshalb bin ich doch hergekommen. Sie bezahlte und machte sich auf den Weg zum Bahnhof. Dort studierte sie den Ortsplan und ging dann langsam in Richtung Spital. Da war es, das große weiße Gebäude. Sie ging zögernd darauf zu. Hier war es schon, das Schild mit einem Pfeil: Babyfenster. Sie ging über den Kiesweg, an Pflanzenkübeln vorbei. Dann stand sie davor. Es war ein Fenster, das man von außen öffnen und herunterkippen konnte. Dahinter stand ein Babybettchen, die gelbblaue Bettwäsche war mit Löwen, Zebras, Pfotenabdrücken bedruckt. Darüber hatte sie gelesen. Hier kamen Mütter vorbei und legten ihr Neugeborenes, das sie nicht behalten wollten, hinein und gingen wieder. Das wäre kein Diebstahl, keine Entführung, wie man es ihr beim kleinen Michael vorgeworfen hatte. Das wäre ein Baby, das niemandem gehörte, das niemand haben wollte. Sie ging zurück und setzte sich auf eine Bank. Sie hatte keine Ahnung, wie oft hier eine Mutter vorbeikam und ihr Kind abgab. Aber vielleicht würde es heute Nachmittag geschehen. Oder morgen. Sie zündete sich noch eine Zigarette an. Sie würde eine solche Frau gleich erkennen. Sie wäre sehr jung, viel zu jung, um ein Kind aufzuziehen. Sie würde das Baby in einem Tragtuch halten. Sie würde mit raschen Schritten kommen, ängstlich, dass sie jemand beobachten könnte. Sie würde das Fenster herunterklappen, das Kind hineinlegen und schnell, ohne sich noch einmal umzusehen, weggehen. Und dann werde ich von der Bank aufstehen, dachte sie, zum Babyfenster gehen, es wieder öffnen und das Kleine herausheben. Niemand würde es merken, niemand würde überhaupt je wissen, dass ein Baby in dieses Bettchen gelegt worden war. Dann würde sie mit ihm zum Bahnhof gehen und nach Zürich zurückfahren. Ihr weniges Gepäck würde sie in der Pension zurücklassen und es sich nachschicken lassen. Sie hatte sich die Szene so intensiv ausgemalt, dass sie jetzt ganz aufgeregt zur Straße hinüberstarrte, die vom Bahnhof herführte. Gleich musste sie doch kommen, die junge Mutter mit ihrem Neugeborenen. Es kamen zwei ältere Frauen, die sich lebhaft im einheimischen Dialekt unterhielten, dann ein junger Mann in blauen Latzhosen und einem weißen T-Shirt, der zu Baustelle ging, etwas später zwei Kinder mit Schultaschen am Rücken. Sie nestelte wieder die Zeitschrift hervor und tat so, als würde sie lesen. Nach zwei Stunden war sie ermattet von der Hitze und ein wenig entmutigt. Heute würde die Frau wohl nicht mehr kommen. Sie trank den Rest ihrer Cola, erhob sich und trottete die Straße hinunter. Ich werde mich vor dem Nachtessen ein wenig hinlegen, beschloss sie, ich werde morgen wiederkommen.

Streiff schaute auf die Uhr. Gleich Mittag. Er beschloss, Valerie zu einem kurzen Essen abzuholen. Im Sommer war zwar ihr Fahrradgeschäft FahrGut auch über Mittag offen, aber vielleicht konnte sie den Laden für eine Dreiviertelstunde ihren Angestellten überlassen. Sie beschäftigte eine tüchtige Mechanikerin und einen Lehrling, der allerdings, wie sie manchmal seufzte, mehr Flausen als anderes im Kopf hatte.

Sie ließ sich überreden, und bald saßen sie sich an einem der Holztische vor dem ›Plüsch‹, einem kleinen Lokal in der Nähe, gegenüber und gabelten einen großen Salat, der mit Siedfleisch garniert war, in sich hinein. Es war zwar etwas laut, Autos und der 31-er Bus fuhren ständig vorbei, aber das war eben Summer in the City. Valerie hatte etwas schwarze Finger und einen kleinen Fleck Karrenschmiere über der rechten Augenbraue, aber Beat machte sie nicht darauf aufmerksam, er mochte sie so. Ihre braunen Locken waren während der Arbeit streng am Hinterkopf zusammengebunden und hochgesteckt. Beat hätte ihr gern den Haarknoten gelöst, aber das war natürlich erst am Feierabend erlaubt. Es war heiß, sie unterhielten sich über Alltägliches, Valerie erzählte, was im Geschäft gelaufen war, Beat berichtete vom Termin beim Kinderarzt, der vor ihm lag.

»Capeder?«, lachte Valerie. »Da wirst du alte Bekannte antreffen. Sibel arbeitet bei ihm, und auch Raffaela Zweifel ist an zwei Tagen pro Woche dort und tippt Berichte.«

»Wer weiß«, meinte Beat träge, »vielleicht können mir die auch weiterhelfen.«

»Ja, Sibel hat eine gute Beobachtungsgabe und grübelt viel«, bestätigte Valerie, »sie kann dir sicher etwas über das kleine Baby erzählen.« Sibel Evren hatte vor Jahren im FahrGut geputzt und war mit einem Mordfall, der sich im Fahrradgeschäft zugetragen hatte, in Berührung gekommen.

Sibel Evren begrüßte Streiff schüchtern. Sie bat ihn ins Wartezimmer, da der Herr Doktor noch besetzt sei. Streiff sah sich um. Für die Einrichtung des kleinen Raums hatte Andrin Capeder offensichtlich weder viel Aufmerksamkeit noch Geld aufgewendet. Die Wände entlang standen billige Stühle, in der Mitte ein niedriger hässlicher Tisch, auf dem ein paar Zeitschriften lagen. In der einen Ecke gab's ein Kindertischchen mit zwei Stühlchen. Ein etwa dreijähriges Mädchen malte eine Zeichnung in einem Malbüchlein aus, ein Junge kniete auf dem Boden und bemühte sich, eine einäugige, verstrubbelte Puppe auf einer Lokomotive zu platzieren. Die beiden Mütter unterhielten sich leise. Sie hatten dem kinderlos auftretenden Streiff einen verwunderten Blick zugeworfen und beachteten ihn dann nicht mehr. »Doktor Capeder hat mir geraten, ein Bauchwehtagebuch zu führen, also immer aufzuschreiben, wann, in welchen Situationen, nach welchem Essen Elisa über Bauchschmerzen klagte. Erstaunlicherweise hat das dazu geführt, dass Elisa immer seltener Bauchweh hat.«

»Hat er denn nicht zuerst gründlich abgeklärt, woher die Schmerzen rühren könnten?«, warf die andere skeptisch ein.

»Doch, natürlich, aber er hat eben nichts gefunden. Und jetzt geht's meiner Kleinen wieder gut.«

»Komm, Sven, stör den Herrn nicht«, ermahnte die Mutter des Jungen ihren Sohn, der nun seine Lokomotive auf Streiff zusteuerte.

»Kein Problem«, versicherte Streiff.

Sibel Evren erschien. Sie warf ihm einen entschuldigenden Blick zu und holte die Frau, die mit ihrer kleinen Tochter da war. Keine Vorzugsbehandlung für die Polizei, dachte Streiff. Er erhob sich und ging hinaus.

»Doktor Capeder ist ein wenig in Verzug, weil er einen Notfall dazwischenschieben musste«, erklärte Sibel Evren. »Frau Hilfiger mit Elisa hat deswegen schon ziemlich lange gewartet.«

»Haben Sie die Attingers gekannt?«, fragte Streiff.

Sibel nickte. »Ja. Das ist eine so traurige Geschichte. Mir hat das kleine Mädchen so leidgetan.«

»Was hatten Sie für einen Eindruck von der Mutter? Wie war sie zu dem Kind?«

Die junge Frau dachte nach. »Sie hat sich verändert. Auch das ältere Mädchen, Lotte. Am Anfang schien es gut zu laufen. Frau Attinger war liebevoll zu Luzia. Und Lotte war fröhlich und lebhaft, interessierte sich für ihr Schwesterchen. Aber dann, als sie das letzte Mal gekommen sind, vor einigen Wochen, da war Frau Attinger so in sich gekehrt, sie hielt Luzia, aber es schien ihr gar nicht bewusst zu sein, dass sie ein lebendiges Kindchen im Arm hatte. Und Lotte war ganz still und traurig. Ich dachte noch, ob Frau Attinger eine Depression hat.«

»Was dachten Sie über Luzia?«

»Ach, ich weiß nicht, ob ich es sagen darf. Doktor Capeder hat mich zurechtgewiesen. Aber ich denke, es ist gut, dass das kleine Mädchen sterben durfte. Es hätte ein einsames, unglückliches Leben gehabt. Wissen Sie, es sah doch fast aus wie ein Tierchen. Die Kinder in der Schule hätten es ausgelacht. Und später, nein, es hätte kein schönes Leben gehabt.«

Im Türrahmen tauchte Raffaela Zweifel auf. »Tja, Sibel, vielleicht hast du ein wenig nachgeholfen?«

»Wie kannst du so etwas sagen!«, wehrte sich Sibel.

»Na ja, du warst gestern nicht hier, du warst krank gemeldet. Gerade an dem Tag, als die Kleine im Bach landete.« Raffaela lächelte spöttisch. »Das gibt es doch beim Pflegepersonal immer wieder, die sogenannten Todesengel, die Patienten erlösen wollen.«

Sibel Evren wurde dunkelrot. Sie sah Streiff in die Augen und schüttelte nur langsam den Kopf.

»Und Sie?«, wandte sich Streiff an Raffaela, die perfekt geschminkt, mit modischem Haarschnitt und gut angezogen dastand. »Sie sind doch sicher auch der Meinung, dass gutes Aussehen für eine Frau wichtig ist. Was dachten Sie über dieses Baby?«

»Mir ist das egal«, versicherte die junge Frau, »ich schreibe hier meine Berichte und dann gehe ich wieder. Wie andere aussehen, kümmert mich nicht.« Sie warf einen kurzen Seitenblick auf Sibel Evren.

Weiber, dachte Streiff genervt. Aber die Worte der jungen Praxisassistentin gaben ihm zu denken. Es ist gut, dass das Baby sterben durfte, hatte sie gesagt. Sterben durfte. Dabei war es umgebracht worden. War sie sich der unterschwelligen Brutalität ihrer Formulierung bewusst? Und sie war gestern krank gemeldet gewesen. Wohnte sie nicht in Oerlikon? Gar nicht weit von Seebach entfernt. Raffaela Zweifel verschwand wieder.

Sibel Evren ließ den Kopf hängen. »Ich würde nie so etwas tun«, versicherte sie. »Gestern hatte ich heftige Kopfschmerzen, das habe ich manchmal. Ich war den ganzen Tag zu Hause.«

»Hat Ihr Freund Sie gepflegt?«, erkundigte sich Streiff.

Der Doppelsinn seiner Frage entging ihr nicht. »Nein, Markus musste arbeiten. Er hat seit Kurzem wieder eine Stelle.« Sie lächelte.

Streiff nickte. Er hatte Markus Stüssi vor ein paar Jahren im Zusammenhang mit dem Mordfall kennengelernt, damals hatte er im FahrGut gearbeitet.

Nun ging die Tür des Sprechzimmers auf, Elisa und

ihre Mutter kamen heraus, begleitet vom Kinderarzt. »Tsüss, Doktor«, rief Elisa und eilte zur Kindergarderobe, um ihre rosa Jacke zu holen.

»Auf Wiedersehen, Herr Doktor Capeder, heißt das«, rief die Mutter ihr nach.

»Nein, ich sage tsau, Capedel«, beharrte die Kleine und grinste frech, während sie sich in ihr Sommerjäckchen kämpfte. Die Mutter verdrehte die Augen.

»Gehen wir jetzt swimmen, wenn ich kein Bauchweh mehr habe?«

»Ja, aber du musst höflich sein, Elisa.« Die beiden gingen hinaus.

Der Kinderarzt bat Streiff ins Sprechzimmer. In der nächsten Viertelstunde bombardierte Capeder ihn mit einer geballten Ladung von Informationen über das Ambras-Syndrom. Streiff wurde langsam klar, was ein Leben mit dieser Anomalie bedeutet hätte. Einfach wäre es sicher nicht gewesen, weder für das Mädchen noch für seine Familie. Aber das Kind deswegen umbringen?

»Hatten Sie den Eindruck, dass die Mutter überfordert war von der Situation?«, fragte er.

»Das Kind war keineswegs vernachlässigt«, erwiderte Capeder. »Es war gesund, gut ernährt, sein Entwicklungsstand, auch sein Verhalten entsprachen genau seinem Alter.«

»Ihre Praxisassistentin deutete an, dass Frau Attinger einen depressiven Eindruck machte«, warf Streiff ein.

Capeder wirkte etwas genervt. »Ich bin kein Psychologe«, sagte er. »Wenn die Mutter Hilfe gebraucht hätte, hätte sie sich an eine geeignete Stelle wenden müssen. Ich habe festgestellt, dass sie sich gut um das Baby gekümmert hat.«

»Halten Sie es für möglich, dass sie ihr Kind selbst getötet hat?«

»Fragen Sie mich etwas Leichteres«, seufzte Capeder. Das erste Mal bröckelte seine Fassade des kühlen, kompetenten Arztes ein bisschen. »Sie dürfen nicht glauben, dass mich dieser Fall kaltlässt. Ich kann dazu nichts sagen. Ich glaube es eigentlich nicht. Frauen, die ihr Kind töten, handeln immer aus einer tiefen Not und Verzweiflung. Sie halten in einer unerträglichen Situation durch, solange es irgendwie geht, vertrauen sich niemandem an – bis es dann zur Explosion, zur Katastrophe kommt. Aber in diesem Fall, die Frau war ja nicht allein mit dem Kind, zur ersten Untersuchung ist auch der Vater mitgekommen, sie schienen eine intakte Familie zu sein, in guten Verhältnissen, sozial abgestützt, alles ganz normal.«

Streiff schwieg.

»Auch andere Familien haben ein Kind mit einer Behinderung oder Krankheit, die auffällt«, fügte Capeder hinzu. »Auch denen schlägt gelegentlich Ablehnung entgegen. Aber oft lieben Eltern ein solches Kind ganz besonders tief und tun alles, um ihm ein gutes Leben zu ermöglichen. Es gab für mich keinen Grund anzunehmen, dass Frau Attinger diese Situation nicht bewältigen würde.«

Er wirkte nun etwas ungeduldig, fast als hätte Streiff

ihm vorgeworfen, zu wenig getan zu haben. Machte er sich insgeheim Vorwürfe? War er innerlich doch nicht so überzeugt davon, dass es kein Problem war, ein Kind mit einer solch auffallenden und seltenen Anomalie wie dem Ambras-Syndrom aufzuziehen?

»Haben Sie selbst Kinder?« Die Frage entfuhr ihm ganz unvermittelt.

Capeder schüttelte den Kopf. »Ich lebe in einer registrierten Partnerschaft. Wenn es erlaubt wäre, würden mein Mann und ich wohl welche adoptieren. Aber so weit ist unsere Gesellschaft noch nicht.«

Er rollte in seinem Stuhl etwas zurück. »Nun–«, Streiff verstand. Er war entlassen. Er bedankte sich für die Auskünfte und verließ die Praxis.

Die Journalisten waren natürlich in Scharen gekommen, das hatte Streiff auch nicht anders erwartet. Die Vertreter der Lokalradios hatten ihre Mikrofone vor seinem Tisch befestigt, die Videojournalisten der kleinen Fernsehstationen hatten sich günstig platziert und die Vertreter der Presse balancierten kleine Laptops oder Notizbücher auf den Knien. Streiff gab einen knappen Abriss der Ereignisse, dann prasselten Fragen auf ihn ein, die er ebenso knapp beantwortete. Ja, es gab Personen, die unter Verdacht standen. Nein, er konnte nichts dazu sagen, ob auch ein Familienmitglied verdächtig war. Nein, über die Familie konnte er nichts Näheres sagen.

»Diese Familie hat ein Kind verloren«, schnauzte er

eine Journalistin an, »das Letzte, was sie jetzt brauchen kann, ist eine Interviewanfrage.«

»Finden Sie nicht, dass die Öffentlichkeit ein Recht hat, Details zu erfahren?«

»Nein. Der Schutz dieser Familie geht vor.«

Ein bisschen mehr Diplomatie, dachte Zita Elmer. Sie wusste, dass sie selbst auch nicht unbedingt ein Ausbund an Charme war, dennoch schien es ihr ab und zu, das mit den Medienkonferenzen könnte sie besser durchziehen als ihr Chef.

»Was sagen Sie zu dem Gerücht, dass das Baby schwerbehindert war?«

Auf diese Frage war Streiff nicht vorbereitet gewesen. Wie hatte der das bloß herausgekriegt? Wer hatte da geplappert?

»Kein Kommentar. Das spielt für die Ermittlungen keine Rolle.«

»Aber gewiss spielt das eine Rolle«, widersprach der Journalist, ein junger Schnösel, der für eine Gratiszeitung arbeitete. »Das verändert doch den möglichen Täterkreis.«

»Sie können überzeugt sein, dass wir in alle Richtungen ermitteln«, schnitt ihm Streiff das Wort ab. »Noch Fragen? Nein? Dann ist die Konferenz geschlossen.«

Zita Elmer war nicht wohl bei der Sache. Jetzt haben sie Blut geleckt, dachte sie. Wenn sie mehr herausfinden, und das werden sie zweifellos, wenn nötig, werden sie sich vor den Kindergärten in Seebach herumtreiben und Sechsjährige ausfragen, dann werden sie kein

Erbarmen kennen. Sie hätte es besser gefunden, etwas mehr preiszugeben und im Gegenzug um Diskretion zu bitten. Aber Streiff war der Chef, und er hatte einen harten Schädel.

Sie unterließ es, ihn zu kritisieren. Er ließ sich zwar durchaus ab und zu etwas sagen von ihr, aber bei diesem Thema wäre er brummig geworden. Außerdem hatte sie ihm Wichtigeres mitzuteilen.

»Ich habe mit Lieselotte Bärs Tante telefoniert.«

»Ja?« Er war sofort interessiert.

»Sie hat zwar seit Längerem nichts von ihr gehört. Aber sie meinte, es wäre möglich, dass ihre Nichte nach Einsiedeln gefahren sei. Die Familie habe dort früher ab und zu Ferien gemacht, Lieselotte habe diesen Ort immer geliebt und sei auch manchmal hingefahren. Dann habe ich die Polizei Einsiedeln angerufen und sie gebeten abzuklären, ob irgendwo, wahrscheinlich in einer günstigen Pension oder in einem Bed-and-Breakfast, eine Lieselotte Bär abgestiegen sei. Sie haben versprochen, morgen Bescheid zu geben.«

»Sehr gut, danke, dann schauen wir morgen weiter.« Elmer freute sich, mit Lob war Streiff eher sparsam.

Zita freute sich auf den Abend. Es war halb sechs, in einer halben Stunde würde sie zu Hause sein. Ein heller, lauer Sommerabend, sie würden im Garten essen. Linus hatte heute früh Feierabend, er hatte gesagt, er würde den Grill vorbereiten und Würste kaufen. Leo liebte Bratwurst über alles. Sie würde einen Kartoffelsalat machen, die Kartoffeln hatte sie schon am Vortag gekocht.

Als sie in den Garten kam, war Linus daran, die Holzkohle zu entzünden. Leo stand begeistert daneben, die blonden Haare verwuschelt, und rief: »Feuer machen!« Er lief ihr entgegen und warf sich in ihre Arme. »Mama, Wurst essen!«

Sie hob ihn hoch. »Aber sicher, mein Kleiner, heute essen wir Wurst.«

Nach einem Kontrollblick auf den Grill kam Linus zu ihr und küsste sie. »Na, strengen Tag hinter dir?«

Linus war ein dunkelhaariger, muskulöser, gut aussehender Mann. So gut aussehend, dass Kolleginnen von Zita, die ebenfalls ein Auge auf ihn geworfen hatten, hinter ihrem Rücken gelästert hatten, wie er ausgerechnet auf sie hatte verfallen können, die mit ihrer mollig-kräftigen Figur und ihrem eher grob geschnittenen Gesicht ja nun wirklich keine Schönheit war. Zita hatte das eine oder andere aufgeschnappt, aber es war ihr egal gewesen. Linus wusste schon, was er an ihr hatte. Er wollte eine Frau, die verlässlich war, den Karren mitzog und nicht die halbe Zeit rechts und links mit hübschen Kollegen herumflirtete. Und Zita wollte Linus, der unkompliziert war, den sie zu Hause nicht bedienen musste, sondern der selbst wusste, wo der Flaschenöffner und das Brotmesser waren. Sie hatten sich länger überlegt, ob sie Kinder wollten, denn für Zita war es klar, dass sie auch mit Kindern im Beruf nicht zurückstecken würde. Nun hatten sie seit zwei Jahren Leo, und es ging mithilfe von Krippe und Großmutter Margrit sehr gut. Leo war zwar nicht von Anfang an ein pflegeleichtes Kind gewesen, als Baby hatte er stundenlang schreien können, warum, wusste kein Mensch. Die ersten Monate waren hart gewesen, Zita hatte den Babyurlaub nicht in allerbester Erinnerung. Sie hatte das Gefühl gehabt, in einem Chaos von Übermüdung, Babygeschrei, Windeln und zunehmend vernachlässigtem Haushalt zu versinken, trotz Linus' Unterstützung. Zum Glück hatte Streiff sie ab und zu rausgeholt und sie gezwungen, ihm bei einem Fall zu helfen. Einmal hatte er sogar ihre Küche geputzt, daran musste Zita manchmal halb beschämt, halb belustigt denken. Aber mittlerweile war Leo ein munteres Kind geworden, er aß und schlief problemlos und ging gern in die Krippe. In den letzten Wochen waren die ersten Trotzanfälle aufgetreten, aber damit kam Zita zurecht, letztlich war sie dann doch noch stärker als ein wutentbrannter Zweijähriger.

»Ja«, sagte sie nun auf Linus' Frage, »aber wir haben auch schon erste Fortschritte gemacht. Leute gefunden, die am Tatort waren und so. Nun brauche ich erst mal ein Bier. Und dann mache ich den Kartoffelsalat.«

»Schon fertig«, triumphierte Linus, »Leo hat mir geholfen.«

»Toll, aber in was für einem Zustand ist die Küche?«

»Halb so schlimm.«

Zita ging hinauf. Ihre Wohnung lag im ersten Stock, aber sie durften den Garten mitbenützen. Sie zog Jeans und ein T-Shirt an und schlüpfte in flache Sommerschuhe. In der Küche nahm sie ein Bier aus dem Kühlschrank. Auf dem Tisch stand tatsächlich schon der Kartoffelsalat. Sie stellte Geschirr, Besteck, die Salatschüssel und ihr Bier auf ein Tablett und balancierte es in den Garten hinunter. Linus stocherte in den Holzkohlen herum. Zita eilte nochmals hinauf, um Brot zu holen, einen Becher für Leo und einen Lappen, um den Tisch abzuwischen. Leo stoffelte im Garten herum. Besonders interessierten ihn die Himbeerbüsche, denn er liebte die süßen Beeren, konnte aber ziemlich wütend werden, wenn er sich an den Dornen kratzte. Linus ging hinauf, um das Fleisch zu holen.

»Bring noch Leos Tee und sein Lätzchen«, rief Zita ihm nach, aber er hörte sie nicht mehr. Deshalb eilte sie ihm nach. Als sie beide wieder beladen herunterkamen, war die Kohle zu weißer, rotglühender Glut geworden.

»Prima«, sagte Linus, »jetzt lege ich die Würste drauf. Leo, willst du mir helfen?«

Aber der Kleine erschien nicht. »Ich hole ihn«, sagte Zita und ging in Richtung der Himbeerbüsche. Kein Leo mit rot verschmiertem Mäulchen und klebrigen Händen. »Leo!« Zita ging um die Hausecke. Jener Teil des Gartens gehörte den Nachbarn aus dem Erdgeschoss, aber Leo kümmerten derlei Finessen natürlich nicht. Bänzigers saßen an ihrem Sitzplatz. Nein, Leo sei hier nicht aufgetaucht. Zita ging zurück und auf die andere Seite, wo der Komposthaufen war, den der

Junge ebenfalls interessant fand. Kein Leo. »Wo ist das Kind nur?«

»Ich schau mal nach, ob er die Treppe hinaufgeklettert ist.« Linus verschwand im Haus, kam aber gleich wieder. Nein, Leo war nicht in der Wohnung.

»Im Keller?«

»Nein, die Tür ist abgeschlossen. Außerdem hätte er Angst, allein hinunterzugehen.«

»Aber wo ist er denn?«

Linus öffnete das Gartentörchen und schaute auf die Straße. Kein kleiner Junge.

Plötzlich überfiel Zita Angst. »Wie kann das sein? Er muss doch hier irgendwo sein? Er kann nicht weit gekommen sein.«

Sie hatte das Gefühl, nicht mehr atmen zu können, nicht mehr denken zu können. Leo war weg.

»Er war höchstens zwei Minuten allein, und er läuft sicher nicht weg, wenn es gleich Bratwurst zu essen gibt.« Auch Linus wirkte beunruhigt.

Tu etwas, wollte Zita ihn anschreien, aber sie besann sich. »Wir müssen ihn suchen«, sagte sie. »Geh du auf die Straße, ich schaue nochmals im Haus.«

Linus ging zum Nachbarhaus, auch dort saß die Familie im Garten und hatte den Kleinen nicht gesehen. Und auch im Haus gegenüber war er nicht. Leo ist verschwunden, hämmerte es in Zitas Kopf, mein Junge, unser Junge, mein Kleiner. Er war nicht in der Wohnung, nicht im Keller, nicht in Bänzigers Wohnung. Er ist entführt worden, dachte Zita, er wird missbraucht, er wird getötet, das überlebe ich nicht. Getötet. Das tote Baby vom Katzenbach fiel ihr wieder ein, und ihr wurde übel. Da ist ein Verrückter in der Stadt, der kleine Kinder umbringt, zuerst Luzia – und jetzt Leo. Wir waren auf einer völlig falschen Fährte, es war weder Luzias Mutter noch ihr Vater oder die Großmutter. Da läuft einer herum, der es auf Kinder abgesehen hat. Wir müssen eine Großfahndung auslösen. Wahrscheinlich hat er Leo in ein Auto gezerrt und ist jetzt schon weiß Gott wo mit ihm. Zita lief auf die Straße, Linus kam ihr entgegen. »Nichts.«

Sie schrie ihm ihre Befürchtungen entgegen. »Ja«, sagte er, »wir müssen auf der Regionalwache anrufen, aber beruhig dich erst mal.«

»Beruhigen?« In diesem Augenblick hasste Zita ihren Mann.

Da hörten sie ein fröhliches Stimmchen. »Mama, Papa, da!«

Zita glaubte, in Ohnmacht fallen zu müssen. Da kam ein junger Mann mit Leo an der Hand um die Ecke. »Gehört der Kleine Ihnen?«

Zita flog auf ihn zu und riss Leo in ihre Arme. Dem Mann war der kleine Streuner aufgefallen und er hatte sich gedacht, der sei wohl noch etwas zu jung, um sich allein herumzutreiben. Seine Adresse konnte Leo noch nicht sagen, nur seinen Namen. Aber er hatte ihn mitgezogen, als er ihn gefragt hatte, wo denn seine Mama und sein Papa seien. Offenbar war der Junge in der kurzen Zeit recht weit gekommen, der junge Mann hatte ihn am Marie-Heim-Vögtlin-Weg aufgegriffen. Linus dankte ihm und wollte ihn auf ein Bier einladen, aber der lehnte ab, er sei noch verabredet. Zita war völlig erschöpft. Leo merkte, dass etwas nicht in Ordnung war, und begann zu weinen. Linus lenkte ihn ab und nahm ihn mit zum Grill, wo er die Würste auf den Gitterrost legte. Aber die Grillzange zitterte in seiner Hand. Zita holte nochmals Bier, ein Gefühl nie gekannter Erleichterung breitete sich in ihr aus.

Eine halbe Stunde später saßen sie um den Tisch, Leo in seinem Kinderstühlchen, und aßen. Seine Bratwurst hatte ihm Linus in kleine Stücke geschnitten und er stopfte sich vergnügt einen Bissen nach dem anderen in den Mund. Zita hatte zuerst geglaubt, keinesfalls etwas essen zu können, aber nun biss sie doch in einen knusprig gegrillten Cervelat.

»Das darf nie mehr passieren«, sagte sie.

»Ich werde das Gartentor ölen«, versprach Linus, »damit es immer zufällt.«

»Hörst du, Leo«, sie sah ihn eindringlich an, »du darfst nicht allein auf die Straße gehen, nie mehr.«

»Nie«, wiederholte er ernsthaft und schüttelte heftig den Kopf.

»Er ist noch zu klein, um das zu begreifen«, seufzte Linus, »wir müssen einfach besser auf ihn aufpassen.«

Besser aufpassen auf ein abenteuerlustiges kleines Kind, das begierig darauf ist, die Welt zu entdecken. Man konnte keine Käseglocke über ihn stülpen.

»Wenn er so weitermacht, wird er mit achtzehn zu einer Weltreise aufbrechen«, prophezeite Zita dumpf.

Linus lachte. »Wir werden uns schreckliche Sorgen machen und ihm besorgte SMS hinterherschicken, die ihm auf die Nerven gehen. Aber nach einem Jahr wird er fröhlich und kräftig zurückkehren und uns für unsere Fürsorglichkeit necken.«

Nun lachte Zita auch ein wenig. »Aber jetzt ist er zwei. Und er wird keine Minute mehr allein im Garten sein.«

»Wurst«, meldete sich Leo. Er guckte hungrig auf den halb aufgegessenen Cervelat seiner Mutter und verzog das runde Gesicht zu einem bezaubernden Lächeln.

Zita schob sie ihm auf den Teller und nahm sich stattdessen Kartoffelsalat.

Sie dachte an Nadine Attinger. Natürlich hatte sie nie daran gezweifelt, dass es furchtbar war, ein Kind zu verlieren. Aber erst jetzt konnte sie sich vorstellen, welche Qualen diese Mutter durchmachte nach dem Tod ihrer Tochter. Falls sie nicht doch die Täterin war. Ach, Elmer, schalt sie sich, du bist und bleibst Polizistin.

»Ist was?«, brummte Markus. Er saß am kleinen Küchentisch und blätterte eine Gratiszeitung durch. Sibel hatte ihm den Rücken zugedreht, sie zerschnitt Cervelats und Käse in kleine Stücke und gab sie in eine Schüssel. Wurst-Käse-Salat, garniert mit Gürkchen und Zwiebeln, war ein Lieblingsessen von Markus, gerade richtig für einen Sommerabend. Sibel war im Allgemeinen eher ruhig, aber heute erschien sie ihm auffallend schweigsam. »Hast du immer noch Kopfschmerzen?«

»Nein, ist wieder gut«, sagte sie.

»Ist sonst was?«

»Nein, alles in Ordnung.«

»Viel zu tun gehabt? Bist du müde?«

»Es geht. Und du?«

»Ja, wir haben Stress. Hauptsaison. Die Räder stapeln sich bei uns.« Markus Stüssi war Fahrradmechaniker. Nach einem halben Jahr Arbeitslosigkeit hatte er eben wieder eine Stelle gefunden, in einem kleinen Geschäft, nicht besonders gut bezahlt, aber er legte sich ins Zeug. Er hatte Schulden, die er abbezahlen musste, und er wollte die Probezeit unbedingt bestehen. Finanziell kamen sie mit seinem und ihrem Lohn ganz gut durch. Sie hatten eine kleine, günstige Wohnung. Nur zwei Zimmer, nicht sehr hell, einfach eingerichtet mit IKEA-Sachen; ihm gefiel es. Markus war wieder zufrieden mit seinem Leben. Er war kein überschwänglicher Typ, aber er liebte Sibel sehr. Mit ihr hatte er seine erste längere Beziehung. Er sah nicht besonders gut aus, wirkte oft unbeholfen und war bei Frauen nie sehr gut angekommen. Aber mit Sibel hatte es geklappt. Sie war zart und ernsthaft, hatte es im Leben auch nicht immer leicht gehabt. Sie verstand ihn. Vor einigen Jahren hatte er sich von ihr abgewendet, weil er sich von ihr verraten gefühlt hatte. Aber sie hatte nicht lockergelassen, und irgendwann hatte er begriffen, dass sie damals nicht anders hatte handeln können. Dann war sie in einer schweren Zeit unverbrüchlich zu ihm gestanden, und jetzt, seit einem halben Jahr, lebten sie zusammen. Sibel hatte ihre Ausbildung abgeschlossen und eine Stelle, und er, ja, er hatte jetzt auch einen Job. Vielleicht, hatte Markus schon sinniert, könnten wir heiraten, vielleicht Kinder haben. Aber von dieser Idee hatte er noch nichts verlauten lassen.

»Die Polizei war heute bei uns«, sagte Sibel plötzlich.

»Die Polizei? Warum denn?«

»Wegen dem Baby, das im Katzenbach ertrunken ist. Es war bei Doktor Capeder in Behandlung.«

»Ach, dieses Baby hast du gekannt? Du hast gar nichts davon gesagt.«

»Das wusste ich ja erst gar nicht. Es stand ja nicht in der Zeitungsmeldung, dass es …« Sie brach ab.

»Dass es was?«

»Ich darf das eigentlich nicht sagen, ich stehe ja unter Schweigepflicht. Es hat etwas, eine Art Gendefekt.«

»Gendefekt? Was ist das?«

»Ach, ist ja egal. Es sieht einfach entstellt aus.«

»Aber warum war denn die Polizei bei euch?«

»Der Polizist hat mit Doktor Capeder gesprochen. Und ich, Markus, ich habe vielleicht etwas Dummes gesagt.«

Die ganze Zeit hatte sie ihn nicht angeschaut, hatte weitergearbeitet, Zwiebeln klein geschnitten und in die Schüssel gegeben. Nun drehte sie sich zu ihm um. »Ich habe gesagt, dass es gut war, dass das Kleine sterben durfte, weil, ach, Markus, du kannst dir nicht vorstellen, wie es ausgesehen hat, einfach schrecklich, fast nicht wie ein menschliches Baby.«

Er runzelte die Stirn.

»Ja, und dann ist die Sekretärin gekommen, das habe ich dir nicht gesagt, es ist Raffaela Zweifel, die du doch damals auch gekannt hast, ich mag sie gar nicht, und sie hat so eine blöde Bemerkung gemacht, von wegen, dass ich gestern, am Tag, an dem das Baby getötet wurde, nicht zur Arbeit kam. Und sie hat angedeutet, ich könnte es in den Katzenbach geworfen haben.«

Sie schwieg, die Tränen standen ihr jetzt zuvorderst.

»Quatsch«, brummte Markus.

»Herr Streiff, der gleiche Polizist wie damals, hat ihr sehr gut zugehört, und dann hat er mich gefragt, ob du mich gepflegt hast. Aber du warst ja an der Arbeit. Verstehst du, Markus, ich stehe unter Verdacht, das Baby getötet zu haben.«

Nun schlug sie die Hände vors Gesicht und weinte. Markus fühlte sich hilflos und überfordert. Was tut man mit einer weinenden Frau?

»Du glaubst mir doch, dass ich es nicht war, oder?«, schluchzte sie.

»Ja, klar glaube ich dir. Die können nicht einfach behaupten, dass du es getan hast. Das müssten sie erst noch beweisen. Wenn du sagst, dass das Baby so hässlich war, hat es vielleicht die Mutter getötet.«

»Ich weiß nicht. Jedenfalls ging es ihr nicht gut.« Sie

wandte sich wieder dem Abendessen zu. Sie rührte eine Salatsauce an, die sie über Wurst und Käse gab. Dann deckte sie den Tisch und schnitt Brot ab. »Magst du noch ein Bier?« Er nickte, und sie stellte ihm eine neue Flasche hin. Sich selber schenkte sie ein Glas Cola ein.

Nach dem Essen ging Markus ins Wohnzimmer hinüber, ließ sich aufs Sofa fallen, schaltete den Fernseher ein und schaute sich ein Fussballmatch an. Sibel wusch das Geschirr ab und brachte die Küche in Ordnung. Sie hatte Angst. Jeden Moment erwartete sie, dass es an der Tür klingelte, dass Polizisten kommen und sie mitnehmen würden. Warum habe ich das bloß gesagt?, quälte sie sich. Wie konnte ich so unvorsichtig sein? Oder hat mich vielleicht doch jemand gesehen? Sie würde es auch Markus nicht sagen, dass sie an jenem Tag tatsächlich am Katzenbach spazierengegangen war, weil sie gehofft hatte, etwas frische Luft würde ihr guttun. Sie ging hinüber zu Markus und kuschelte sich an ihn. Er legte, ohne den Blick vom Bildschirm zu nehmen, den Arm um sie.

Leon ließ die Tür hinter sich ins Schloss fallen und legte die Mappe ab. Es war im Geschäft wieder einmal spät geworden, fast halb neun. Benja trabte in die Küche, und er hörte sie geräuschvoll trinken. Er gähnte. Seine Wohnung war in einem alten Jugendstilhaus, das schon länger nicht renoviert worden war. Die Räume waren groß und hoch und die Wände hätten einen neuen Anstrich vertragen können. Aber das kümmerte ihn nicht. Besonders hell war die Wohnung nicht, da sie im Erdgeschoss lag, auf zwei Seiten umgeben von einem Garten mit Büschen und Bäumen. Leon war kein besonders ordentlicher Mensch. Stapel von Fachzeitschriften, Büchern und DVDs lagen herum, eine vernachlässigte Zimmerpflanze verstreute ihre vertrockneten Blätter auf dem Parkettboden, auf dem Couchtisch standen vom Vorabend eine halbleere Flasche Wein und zwei Gläser. Leon ging in die geräumige Küche, schaute in den Kühlschrank, der fast leer war, und fischte dann aus der Gefrierschublade eine Packung Lasagne, die er in den Ofen schob. Im Wohnzimmer schenkte er sich ein Glas Wein ein und setzte sich draußen auf dem Sitzplatz auf die Bank. Das Telefon klingelte. Er kramte das Handy aus der Hosentasche, warf einen Blick auf das Display und entschied, nicht abzuheben. Carla, seine momentane Freundin. Seit ein paar Monaten waren sie zusammen. Gestern Abend war sie hier gewesen, der Abend war schön gewesen, die Nacht toll, aber warum rief sie schon wieder an? Ihre Bemerkung gestern, seine Wohnung wäre auch geräumig genug für zwei, hatte ihm nicht gefallen. Frauen. Sie wollten einfach nicht einsehen, dass er ein Junggeselle war. Es würde mich glatt verrückt machen, wenn da jeden Abend eine Frau nach Hause käme oder, noch schlimmer, auf mich warten und womöglich hinter mir herräumen würde, dachte er. Seine Wohnung war sein Reich, hier wollte er seine Ruhe haben nach einem anstrengenden Arbeitstag. Er wollte lesen, Musik hören, fernsehen, wie es ihm passte.

Er konnte mit Bügeleisen, Staubsauger und Kochherd umgehen – was brauchte es mehr? Diskussionen über Zahnpastareste im Waschbecken oder Staubflocken zwischen den Bücherstapeln? Sicher nicht. Carla war lieb und sah gut aus, aber vielleicht war es langsam Zeit, sich ein bisschen zurückzuziehen. Das Telefon klingelte wieder. Diesmal war es die Nummer eines Kunden. Nein, mein Lieber, dachte Leon, morgen bin ich wieder für dich da. Er holte sich in der Küche die Lasagne, die kräftig nach Italien duftete, und begann zu essen. Er überlegte sich, das Telefon auf lautlos zu stellen, unterließ es aber für den Fall, dass Nadine anrufen würde. Nadine, Stefan, Lotte. Sie waren ihm den ganzen Tag im Kopf herumgegangen. Ich werde nachher noch anrufen, nahm er sich vor. Nadine war nie besonders kräftig gewesen, weder körperlich noch seelisch. Ein zartes, ängstliches Mädchen war sie gewesen. Er hatte sie gegen die Nachbarsjungen beschützt, versucht, ihr Fußball beizubringen, großzügig den Papa für ihre Puppen gespielt. In der Schule hatte sie mittelmäßige Noten gehabt. Sie war sicher nicht dumm, aber leicht entmutigt, sie traute sich nicht viel zu. Die Banklehre hatte ihr gefallen, aber sie hatte nicht versucht, beruflich weiterzukommen. Leon hatte sich gefreut, als sie Stefan geheiratet hatte. Er war ein verlässlicher Mann, bei dem sie sich aufgehoben fühlte. Trotzdem hatte Leon es falsch gefunden, dass sie nach Lottes Geburt ihre Erwerbstätigkeit aufgegeben hatte. Es war nicht anzunehmen, dass Stefan irgendwann aus dieser Ehe aussteigen würde, aber dennoch, eine Ehe war keine Lebensversicherung. Doch Nadine hatte es so gewollt. »Lass mich, Leon«, hatte sie gesagt, »ich habe genug zu tun mit Lotte, ich bin glücklich so. Und wir möchten ja noch ein zweites Kind.« Eines hatte sie verloren, und dann war Luzia gekommen. Leon kannte seine Schwester, ihm war nicht verborgen geblieben, dass es ihr in den letzten vier Monaten immer schlechter gegangen war, auch wenn sie nicht hatte darüber reden wollen. Und jetzt das. Luzia tot. Getötet worden. Leon machte sich ernsthaft Sorgen um Nadine. Wie würde sie das verkraften? Würde sie darüber hinwegkommen? Was konnte er für sie tun? Und, verdammt noch mal, wer hatte das getan? Wer hatte das der Familie angetan? Der Teller war leer, Leon hatte die Lasagne in sich hineingeschaufelt, ohne zu merken, was er aß. Er holte aus dem Wohnzimmer die Rotweinflasche und schenkte sich nochmals ein. Und Spätzchen Lotte. Sie sprach nicht mehr seit Luzias Tod, hatte Nadine ihm berichtet. Luzia. Was wäre aus ihr geworden? Leon zweifelte nicht daran, dass sie ihr Leben gemeistert hätte. Sein Handy piepste, ein SMS war eingetroffen. Von Carla. Was er heute Abend vorhabe? Ich brauche meine Ruhe, schrieb er unfreundlich zurück und schaltete dann das Gerät aus. Er ging ins Wohnzimmer, ohne den Gartentisch abzuräumen, legte eine DVD ein, einen Bergsteigerfilm, und ließ sich die nächsten anderthalb Stunden fesseln von waghalsigen Kletterszenen, Schneestürmen und Abseilaktionen.

Am nächsten Morgen machten sich Streiff und Elmer auf zu Greta Attinger. Sie wohnte in St. Gallen. Streiff lenkte den Wagen, fuhr die ganze Zeit am oberen Tempolimit. Er fluchte leise über einen Lastwagen, der sich hartnäckig auf der Überholspur hielt. Ansonsten schwieg er. Auch Zita Elmer hing ihren Gedanken nach. Die Großmutter des Kindes hatte gewollt, dass man es in ein Heim gab. Warum? Das ging sie doch gar nichts an. Was war sie für ein Mensch? Nadine Attinger hatte erwähnt, dass sie ihr unterstellt hatte, sie sei schuld an Luzias Anomalie. Lag da ein klassischer Konflikt zwischen Schwiegermutter und Schwiegertochter vor? War sie eine Mutter, die die Frau, die ihr Sohn gewählt hatte, nicht akzeptieren konnte? Es war ein harter Vorwurf, den sie ihr offenbar gemacht hatte. Herzlos. Zita dachte an ihre eigene Schwiegermutter, während die Landschaft an ihr vorüberzog. Margrit. Auch ihr Verhältnis war nicht das allerbeste. Linus war das jüngste ihrer Kinder, der einzige Junge nach zwei Mädchen. Die Mutter liebte ihn sehr und war stolz auf ihn. Sie war eine fürsorgliche Frau und bereit gewesen, auch Linus' Frau in ihr Herz zu schließen. Hatte ihr sogar vorgeschlagen, sie Mama zu nennen. Aber das war nicht Zitas Ding. Sie hatte die überschwänglichen Umarmungen nie geschätzt, mit denen Margrit sie zu begrüßen pflegte, und war etwas auf Distanz gegangen, was Margrit kränkte. Ich weiß, ich bin ein bisschen ein Raubein, gestand Zita sich ein, aber sie tat es ohne Schuldgefühle. Sie neigte nicht zum Grübeln. Ihre Beziehung hatte sich verbessert, seit Leo da war. Margrit hatte sich sehnlichst einen Enkel gewünscht,und, dachte Zita, sie hat ihn bekommen. Margrit war immer bereit, Leo zu hüten, das war ganz praktisch. Natürlich verwöhnte sie ihn, aber das konnte man hinnehmen. Wie hätte Margrit reagiert, wenn Leo behindert wäre? Zita war sich nicht sicher. Zweifellos wäre sie enttäuscht gewesen. Hätte sie auch ihr, der Mutter, im Geheimen die Schuld zugeschoben? Vielleicht. Und wie wäre es für sie selbst gewesen? Nein, darüber wollte sie sich nicht den Kopf zerbrechen. Sie hatte ein gesundes Kind, wie es sein sollte, und wahrscheinlich würde es auch das Einzige bleiben. Mit einem Kind konnte man noch Karriere machen, mit zweien würde es schwierig.

»Warum schüttelst du so energisch den Kopf?«, fragte Streiff.

Zita fühlte sich ertappt. Sie lachte verlegen. »Ach, nichts. Man macht sich halt so seine Gedanken bei einem solchen Fall.«

Er nickte. Er bog in die Autobahnausfahrt St. Gallen Kreuzbleiche ein. Greta Attingers Adresse hatte er ins Navi-Gerät eingegeben. »Nach 300 Metern links abbiegen«, meldete die metallische Frauenstimme.

»Warum hast du eigentlich keine Kinder?«, fragte Zita unvermittelt.

»Ach, ich bin nicht so der Typ dafür«, gab Streiff leichthin zurück. Das stimmte. Er hatte sich nie Kinder gewünscht. Vielleicht hätte er welche gehabt, wenn er mit Anikó, seiner ersten längeren Beziehung, zusammengeblieben wäre. Sie hatte Kinder gewollt und hatte jetzt auch zwei. Aber sie hatte es nicht akzeptieren können, dass er nach einem abgebrochenen Jurastudium zur Polizei gegangen war. Mit Liliane, seiner Frau, die er auf der Polizeischule kennengelernt hatte, hatte sich die Frage nicht gestellt, sie waren auseinandergegangen, bevor das Thema aktuell geworden war. Sie war wieder verheiratet, und soviel er wusste, hatte sie keine Kinder. Valerie war nicht mehr in dem Alter, in dem man Kinder haben konnte, und Streiff bedauerte es nicht.

»Meinst du, Frau Attinger weiß schon, was geschehen ist?«, fragte Elmer.

»Gut möglich, dass ihr Sohn sie inzwischen informiert hat oder dass sie es in der Zeitung gelesen hat. Falls nicht, wäre es natürlich besser, dann hat sie sich keinen Grund zurechtlegen können, warum sie vorgestern Vormittag in der Nähe des Hauses der Attingers gewesen war.«

Sie fuhren in die Stadt St. Gallen hinein. Weder Streiff noch Elmer kannten sich aus, wurden aber vom Navi zuverlässig durch die Straßen ins gutbürgerliche Rosenberg-Quartier geleitet. »Nach 50 Metern rechts abbiegen, dann haben Sie Ihr Ziel erreicht«, vermerkte die Stimme. Streiff parkierte den Wagen am Straßenrand, Elmer und er stiegen aus und sahen sich um. Es war eines der besseren Wohnviertel der Stadt. Eine ruhige Quartierstraße ohne Durchgangsverkehr, ältere Mehrfamilienhäuser, zum Teil Jugendstil, darum herum Gärten mit alten Bäumen und gepflegtem Rasen.

Sie klingelten. Die alte Frau, die ihnen öffnete, passte

zum Ambiente. Das graublaue Haar in Wellen gelegt, ein Kostüm, das sicher einiges gekostet hatte, wie Zita sofort feststellte, das Gesicht dezent geschminkt, so sah ihnen Greta Attinger entgegen. »Bitte?«, sagte sie höflich.

Entweder hat sie wirklich keine Ahnung, warum wir kommen, oder sie verstellt sich ausgezeichnet, ging es Streiff durch den Kopf.

»Kriminalpolizei Zürich«, stellte er sich und Elmer vor.

»Ist etwas passiert?« Sie wurden hereingebeten ins großzügige Entrée, aber nicht ins Wohnzimmer. Greta Attinger schien das Gespräch im Stehen abwickeln zu wollen. Wahrscheinlich sind wir für sie eine Art Lieferanten oder Bedienstete, dachte Streiff. Bitte, wie Sie wollen, Madame. Dann rief er sich zur Ordnung. Immerhin musste er eine alte Frau vom Tod ihrer Enkelin unterrichten. Die Frau stand vor ihnen, hoch aufgerichtet, höflich, aber ohne ein Lächeln. »Vornehm«, hatte die Nachbarin, Frau Kösch, sie beschrieben. Das trifft es, dachte Elmer, sie wirkt ein wenig wie aus einer anderen Zeit. Auch wenn uns kein Dienstmädchen mit weißer Schürze und Häubchen die Tür aufgemacht hat.

»Ich fürchte, Sie haben noch nichts davon gehört, was der Familie Ihres Sohnes zugestoßen ist?«, begann Streiff.

»Etwas zugestoßen? Stefan?«, die Frau hielt einen Augenblick den Atem an. Nun wirkte sie plötzlich zittrig.

»Vielleicht können wir uns setzen?«, schlug Elmer vor.

Greta Attinger bat sie ins Wohnzimmer, und sie nahmen auf einer ausladenden Polstergruppe in dezentem Pastellton Platz.

»Was ist mit Stefan?«, stieß sie hervor. »Sagen Sie es mir endlich.«

Stefan, dachte Streiff, ihre einzige Sorge gilt ihrem Sohn.

»Ihrem Sohn ist nichts passiert. Aber Ihrer Enkelin.«

»Lotte? Was ist mit Lotte? Ist sie unter ein Auto gekommen? Nadine passt nicht richtig auf sie auf.«

Streiff gab es auf, behutsam vorgehen zu wollen.

»Ihre jüngere Enkelin Luzia ist tot«, sagte er brutal.

»Luzia?« Einen Augenblick lang schien sie nicht zu wissen, von wem die Rede war. »Luzia, ja. Sie war nicht gesund, sie war schwer behindert. Sie ist also gestorben? Aber warum kommen Sie her, um mir das zu sagen? Warum hat nicht Stefan mich angerufen? Wann ist sie denn gestorben?«

Elmer schaltete sich ein. »Ihre Enkelin Luzia wurde vorgestern Mittag ertrunken aufgefunden. Jemand hat sie in den Katzenbach geworfen. Sie wurde getötet.«

»Getötet«, wiederholte die alte Frau langsam. »Hat Nadine sie getötet? Hat man sie verhaftet?«

Elmer und Streiff wechselten einen Blick. Elmer zog einen kleinen Laptop aus der Tasche, schaltete ihn ein und begann, das Gespräch mitzuschreiben.

»Wir haben noch keine Ahnung, wer sie getötet hat. Wie kommen Sie darauf, dass ihre Mutter es getan hat?«

»Wer denn sonst?«, murmelte Greta Attinger. »Vielleicht ist es das Beste so.«

»Sie waren doch vorgestern Vormittag in der Nähe des Hauses, in dem Ihr Sohn mit Familie wohnt«, sagte Streiff. »Was wollten Sie dort?«

»Ich? Dort?« Die Frau riss die Augen auf.

»Eine Nachbarin hat Sie gesehen und erkannt.«

Nach einer Pause antwortete die alte Frau zögernd: »Ja, ich war dort. Aber ich bin nicht zu Nadine gegangen, ich bin wieder umgekehrt. Ich wollte – ich wollte mit Nadine reden. Aber dann sah ich sie mit Lotte zum Nachbarhaus eilen. Sie schien sehr aufgeregt zu sein.«

»Worüber wollten Sie mit ihr reden?«

»Über dieses Kind. Sie verstehen das nicht. Haben Sie es überhaupt gesehen? Wissen Sie, wie es aussieht?«

Streiff und Elmer nickten.

»Das war kein normales Kind. Das einzig Richtige wäre gewesen, es in ein Heim zu geben. Dort sorgt man für solche …, solche Geschöpfe. Sie sind dort unter ihresgleichen, da geht es ihnen am besten. Stefan und Nadine hätten ein weiteres Baby haben können. Man hätte dieses Kind vergessen können. Mit Stefan konnte ich darüber nicht reden. Er wollte nichts davon hören. Er hat mir sogar die Tür gewiesen, mein eigener, einziger Sohn.« Sie schnaufte empört.

»Aber Nadine habe ich angesehen, dass sie mit diesem

Baby unglücklich war. Nadine ist nicht stark. Ich verstehe ohnehin nicht, wie Stefan auf diese Frau verfallen konnte. Sie kommt aus ganz gewöhnlichem Haus, ist nicht einmal besonders hübsch. Ein Hausmütterchen, ein Mauerblümchen. Eine einfache Bankangestellte. Ich dachte, ich könnte sie überzeugen, wenn Stefan nicht da war.«

»Nadine Attinger ist sehr verzweifelt über den Tod ihrer Tochter«, sagte Zita Elmer ganz ruhig. »Sie wollte Luzia nicht weghaben. Sie, Frau Attinger, haben sich an ihr gestört. Sie wollten sie, wie Sie ja zugeben, am liebsten wegsperren. Haben Sie das Baby aus dem Kinderwagen genommen und in den Bach geworfen?«

»Was fällt Ihnen ein?«, rief die Frau.

»Sie waren dort, Sie hatten die Gelegenheit und Sie hatten ein Motiv«, doppelte Streiff erbarmungslos nach. »Haben Sie Ihre Enkelin Luzia umgebracht?«

»Nein! Ich habe Ihnen doch gesagt, dass es Nadine war. Es kann gar nicht anders gewesen sein. Stellen Sie meiner Schwiegertochter diese Fragen! Und jetzt gehen Sie, gehen Sie!«

Sie stand auf, atmete heftig, wurde rot und blass und ließ sich wieder in den Fauteuil sinken. »Mein Herz, ich muss aufpassen«, murmelte sie.

Wieder sahen sich Streiff und Elmer kurz an. Sie blufft, hieß dieser Blick.

»Auch Ihr Sohn war zur fraglichen Zeit beim Tatort«, legte Streiff nach. »Könnte Ihrer Meinung nach er es gewesen sein? Haben Sie ihn vielleicht beobachtet?«

Sie starrte ihn an. »Mein Sohn bestimmt nicht. Hören Sie auf mit Ihren unverschämten Verdächtigungen. Lassen Sie mich endlich allein.«

»Einen Moment noch.« Elmer packte einen kleinen Drucker aus, schloss ihn an den Laptop an und druckte das Protokoll aus. »Ich möchte Sie bitten, Ihre Aussagen zu unterschreiben.«

Die alte Frau überflog die Seiten unwillig und kritzelte dann ihre Unterschrift hin. Streiff und Elmer standen auf. »Sie werden wieder von uns hören. Wenn Ihnen noch etwas in den Sinn kommt, rufen Sie mich an.« Streiff legte seine Karte auf den polierten Couchtisch. »Wir finden allein hinaus.«

»Was meinst du?«, fragte Zita, als sie wieder im Wagen saßen und durch die Stadt der Autobahn zusteuerten.

Er zuckte die Schultern. »Zutrauen würde ich es ihr durchaus. Sie ist eine selbstgerechte, herrische alte Frau. Sie hat es schlecht vertragen, dass die Familie ihres einzigen Sohnes nicht so perfekt war, wie sie sich das vorgestellt hatte. Und ihr Sohn weigerte sich, ihre Forderung zu erfüllen; er stellte sich klar auf die Seite seiner Frau, seiner Familie. Nicht ausgeschlossen, dass sie die Dinge auf ihre Art wieder in Ordnung bringen wollte.«

»Aber für eine solche Tat braucht es doch einiges«, wandte Zita ein.

»Das braucht es bei Mord immer«, warf er trocken ein. »Vermutlich ist sie schon mit der Absicht nach Zürich gefahren, mit ihrer Schwiegertochter zu reden, zu versuchen, sie unter Druck zu setzen, das Baby wegzugeben.

Aber dann, stell dir die Situation vor, kommt sie zum Haus, Nadine ist nicht zu sehen, aber der Kinderwagen unter dem Baum, darin schläft Luzia, Luzia, wie sie halt aussieht, mit ihrem bärtigen Gesichtchen. Die Großmutter schaudert, aus einem plötzlichen Impuls heraus nimmt sie den Säugling aus dem Wagen, eilt mit ihm zum Bach, wirft ihn hinein und macht sich davon.«

»Und das gilt auch für den Vater«, ergänzte Zita. »Er macht sich große Sorgen um seine Frau, merkt, dass sie in eine Depression abgleitet, kann nicht mit ihr darüber reden, fährt, von Unruhe getrieben, mitten am Vormittag nach Hause – und ein paar Sekunden lang scheint ihm das die Lösung des Problems zu sein: Wenn das Baby weg ist, wird alles wieder wie früher sein.«

»Wir lassen die Spurensicherung nochmals kommen«, beschloss Streiff. »Sie sollen den Tatort gezielt nach Spuren von Greta Attinger und Stefan Attinger absuchen. Und von Sibel Evren. Wir müssen uns DNA von ihnen besorgen lassen.«

Stefan Attinger hielt das Telefon ein wenig von seinem Ohr weg. »Mutter, bitte, schrei nicht so. Natürlich hätte ich dich angerufen – nein, du sollst jetzt nicht herkommen – ja, ich weiß – für uns auch.« Er schwieg. Nadine stand neben dem Telefon, mit hängenden Armen, die Augen weit aufgerissen, starrte sie ihren Mann an und schüttelte heftig den Kopf. »Sie soll nicht herkommen«, flüsterte sie panisch. Stefan strich ihr beruhigend über den Arm und nickte.

»Ja, Mutter, ich verstehe das. Hör mal, jetzt hör doch mal zu, ich komme zu dir, okay, ich komme heute im Laufe des Nachmittags zu dir. Dann können wir reden. Bis dann.« Er legte auf.

»Du fährst zu ihr?«, flüsterte Nadine.

»Ja, ich muss. Ich hätte sie natürlich anrufen und es ihr erzählen müssen, bevor die Polizei bei ihr war. Sie ist aufgewühlt und aufgebracht. Und es ist besser, ich fahre zu ihr, als dass sie hierherkommt. Komm.« Er zog sie aufs Sofa. Sie hatte in der letzten Nacht geschlafen, mit einem starken Medikament, und wirkte etwas gefasster. Stefan war nur in einen leichten Schlaf gefallen, hatte irgendwann wahrgenommen, dass Lotte hereingetappt kam und sich zwischen ihn und Nadine kuschelte. Sie hatte leise geweint, und Stefan hatte ihr übers Haar gestrichen, bis sie still wurde und ihre regelmäßigen Atemzüge verrieten, dass sie eingeschlafen war. Aber sie sprach noch immer kein Wort. Sie hatte wenig gefrühstückt, hielt immer ihre Plüschkatze Mischa im Arm. Sie ließ es zu, dass Nadine ihr eine Geschichte erzählte, aber ihr Gesichtchen blieb unbewegt, sie stellte keine Fragen, wie sie das sonst immer tat, und sie gab keine Antwort, als Nadine sie fragte, was sie gern zu Mittag essen würde. Jetzt war sie in ihrem Zimmer. Stefan hatte rasch die Wohnzimmertür zugemacht, als er auf dem Display des Telefons gesehen hatte, dass es seine Mutter war, die anrief.

»Willst du Leon anrufen und fragen, ob er euch Gesellschaft leistet, während ich weg bin?«

»Vielleicht werde ich das tun.« Aber Nadine hatte nur halb hingehört.

»Hat deine Mutter gesagt, warum sie gestern hier war?«

»Das werde ich sie fragen, wenn ich dort bin.«

»Findest du es wirklich gut, zu ihr zu fahren? Sie wird dir doch nur einreden wollen, dass ich es war.«

»Dass du was warst?«

»Dass ich Luzia getötet habe. Alle denken das. Der Polizist auch. Denkst du das auch?« Sie stand kurz vor einem Tränenausbruch.

»Unsinn, Nadja, keine Sekunde denke ich das. Natürlich gehören wir für die Polizei zu den Verdächtigen. Wir alle, ich, Mutter und du. Aber das hat nichts zu bedeuten. Die Polizisten müssen einfach Fragen stellen.«

»Wer, denkst du denn, hat es getan?«

Stefan zuckte hilflos die Schultern. »Ich kann es mir überhaupt nicht vorstellen. Es muss ein Fremder gewesen sein, jemand, der geisteskrank ist oder so. Schau, wir müssen jetzt stark sein, wegen Lotte.«

»Ich bin nicht stark«, sagte Nadine müde.

»Doch, das bist du. Die ganze Zeit schon, seit Luzias Geburt.«

Nadine schwieg. Dann stand sie langsam auf. »Ich mache uns was zu essen.«

»Soll ich Leon anrufen?«

»Nein, ich komme schon klar. Ich werde mit Lotte eine DVD anschauen.« Sie ging in die Küche.

Lotte kam, als man sie rief. Sie aß widerstandslos ein

wenig Kartoffelbrei und ein halbes Würstchen, ohne ein Wort zu sagen, sie reagierte nicht einmal, als Stefan sie fragte, ob sie zum Dessert ein Stück Schokolade wolle. Sie schaute vor sich hin, ganz klein und dünn.

»Vielleicht müssen wir uns doch an einen Kinderpsychologen wenden«, sagte Stefan auf Französisch zu Nadine. Er wusste nicht, was ihn mehr schmerzte, der Tod von Luzia oder Lotte so verstört zu sehen.

»Vielleicht.«

»Sie soll wieder in die Spielgruppe gehen, vielleicht morgen schon. Es wird ihr sicher guttun, wieder mit ihren Spielkameraden und Freunden zusammenzusein. Sie muss wieder zur Normalität zurückfinden.«

»Normalität?« Nadine sprach das Wort aus, als ob es aus einer völlig anderen Welt käme. Sie begann den Tisch abzuräumen. Die Küche war in Unordnung. Niemand hatte in den letzten zwei Tagen die Energie aufgebracht, das gebrauchte Geschirr in die Abwaschmaschine zu füllen, den Tisch abzuwischen oder Lebensmittel in den Schrank zu stellen. Nun fing Nadine an, aufzuräumen. Sie hielt sich innerlich fest an den kleinen Verrichtungen, die sie schon tausendmal ohne nachzudenken erledigt hatte. Ich kann es, dachte sie. Die Milch in den Kühlschrank stellen, die Pfanne ausspülen, eines nach dem anderen, ich kann es. Nach zehn Minuten war sie erschöpft. Einfach weitermachen, dachte sie, es muss gehen, ich bin in dieser Welt, ich kann nicht hinaus, ich bewege mich in der verstreichenden Zeit und ich muss sie irgendwie füllen. Sie ging ins Wohnzimmer, wählte eine Kinder-DVD aus und rief Lotte. »Komm, wir schauen uns diese Geschichte an«, sagte sie und legte die DVD ein. Lotte setzte sich neben sie. Stefan kam, um sich zu verabschieden.

»Ich bleibe nicht lange, gegen Abend bin ich wieder da.«

»Es ist kaum vorstellbar, dass wirklich niemand etwas gesehen hat, dort sind doch immer Leute«, meinte Streiff. Über die Medien hatte die Polizei nach Zeugen gesucht, nach Personen, die am Montagvormittag jemanden mit einem Baby auf dem Arm am Ufer des Katzenbachs gesehen hatten. Aber bisher waren keine Meldungen eingegangen.

Streiff und Elmer saßen in Streiffs Büro, vor sich die Berichte des Kriminaltechnischen Dienstes und ihre eigenen Notizen. An diesem Nachmittag war es kühler und es nieselte leicht. Das Fenster stand offen. Sie tranken einen Kaffee aus Streiffs eigener Kaffeemaschine, denn er mochte den Automatenkaffee nicht.

»Wir müssen jetzt einfach abwarten, ob Saxer und seine Leute Spuren von Greta Attinger oder Sibel Evren am Wagen oder in der Umgebung finden«, sagte Elmer. »Hältst du es für wahrscheinlich, dass es die Praxisassistentin gewesen sein könnte?«

Streiff schüttelte den Kopf. »Höchst unwahrscheinlich. Eher die Großmutter. Die hatte ein starkes Motiv und die Gelegenheit.«

»Genauso wie die Mutter und der Vater«, ergänzte Elmer.

»Ja, es war wohl eine Tat innerhalb der Familie«, stimmte Streiff zu.

»Die Frage ist, wie wir es nachweisen können, wenn nicht einer von beiden die Belastung nicht mehr aushält und zusammenbricht. – Ob sie es zusammen getan oder beschlossen haben?«

»In dem Fall hätte sicher der Vater die Tat ausgeführt. Das hätte er kaum auf seine labile Frau abgeschoben.«

»Wir müssen sie getrennt hierherbestellen und befragen und hoffen, dass wir einen von ihnen knacken können.«

»Wenn die Mutter es getan hat, wird sie irgendwann gestehen, vermute ich«, meinte Streiff, »aber wenn sie ihren Mann schützt, hält sie vielleicht durch.«

»Wenn der Mann weiß, dass seine Frau die Täterin ist, wird er sie nicht verraten. Wenn er selbst das Baby getötet hat – ich weiß nicht, dann muss er nicht nur sich selbst schützen, sondern auch seine Familie«, überlegte Zita Elmer.

»Mir geht diese Lieselotte Bär nicht aus dem Kopf«, wechselte Streiff das Thema. »Wo mag sie nur sein?«

In diesem Moment kündigte ein Piepston aus dem Computer den Eingang eines Mails an. Es war von der Polizei Einsiedeln. Sie hatten herausgefunden, dass Lieselotte Bär die letzten beiden Nächte in einer kleinen Pension im Dorf übernachtet hatte. Sie war allerdings an diesem Morgen abgereist.

»Wir müssen hin«, beschloss Streiff. »Zuerst müssen wir uns ein Foto von der Frau beschaffen. Die Heiniger hat sicher eines in den Akten.« Er stürzte den Rest seines Kaffees hinunter, während Elmer ihren stehenließ.

Sie glaubte nicht so recht an die Möglichkeit, dass Lieselotte Bär etwas mit dem Fall zu tun hatte. Aber natürlich musste man auch dieser Spur nachgehen. Vermutlich hatte die Frau einfach ein paar Tage Ferien gemacht. Drei Tage in einer billigen Pension in der Innerschweiz, in einem Gebiet, in dem man spaziergehen und günstig essen konnte, das konnte sie sich vielleicht gerade noch leisten.

Das Foto, das Antonia Heiniger ihnen ausdruckte, zeigte eine blonde, blasse Frau, ein etwas aufgedunsenes Gesicht, wahrscheinlich von den Medikamenten, die sie nehmen musste. Sie blickte ernst, die Augen waren ausdruckslos.

Nach einer knappen Stunde kamen die beiden Polizisten in Einsiedeln an. Polizist Gyr fuhr mit ihnen zur Pension Kälin, wo die Frau gewohnt hatte. Elsbeth Kälin erkannte sie auf dem Foto.

»Ja, das ist die Frau, die bei uns ein Zimmer hatte«, bestätigte sie.

Das Zimmer war noch nicht wieder hergerichtet, und Streiff und Elmer konnten sich darin umsehen. Auf den ersten Blick gab es nichts her. Im Papierkorb fanden sich Wattestäbchen, ein Prospekt mit Wandervorschlägen für die Region, Schokoladepapier und eine leere, zusammengedrückte Colapetflasche. Die Petflasche steckte Elmer in eine Plastiktüte. Sie öffnete das Badezimmerschränkchen und die Nachttischschublade; beide waren leer. Streiff schaute in den Kleiderschrank. Im untersten Fach lag, ganz hinten und auf der weißen Unterlage kaum sichtbar, ein weißes Babymützchen, aus dünnem Garn gehäkelt. »Na, so was.« Er verstaute es sorgfältig in einer Tüte.

»Kennen Sie dieses Käppchen, gehört das Ihnen?«, wandte er sich an die Pensionsinhaberin.

Die guckte erstaunt. »Nein, das habe ich noch nie gesehen. Das muss die Frau liegen gelassen haben.«

»Oder vielleicht ein Gast, der vor ihr in diesem Zimmer logierte?« Elmer wollte ganz sichergehen.

»Nein, bestimmt nicht. Wir räumen das Zimmer immer ordentlich auf, wenn ein Gast abgereist ist, und putzen gründlich. Zum Teil mache ich das selbst, und wenn Maria es tut, kontrolliere ich«, versicherte Elsbeth Kälin.

Ein Babymützchen? Was hatte das zu bedeuten? Konnte es Luzias Mützchen sein?

»Die Frau hatte jedenfalls kein Baby dabei«, stellte die Wirtin klar. »Obwohl ich sie zweimal in der Nähe des Babyfensters gesehen habe«, fügte sie zögernd hinzu.

Das Babyfenster. Natürlich. Warum hatte er nicht gleich daran gedacht? Seit etwa zehn Jahren gab es beim Spital Einsiedeln ein sogenanntes Babyfenster, in das Mütter, die ein Kind geboren hatten, das sie nicht behalten konnten oder wollten, ihr Neugeborenes legen konnten. In diesen zehn Jahren war das sechsmal vorgekommen. Nur, wo war hier der Zusammenhang mit Lieselotte Bär? Ihr Problem war ja, dass sie keine Kinder bekommen konnte, nicht, dass sie eines loswerden wollte.

»Was hat die Frau für einen Eindruck auf Sie gemacht?«, fragte er Elsbeth Kälin.

»Sie sagte nicht viel, sie wirkte scheu. Sie ist jeweils eher spät zum Frühstück gekommen und dann ist sie wohl spazieren gegangen. Hat sich ein Lunchpaket mitgeben lassen.«

»Wirkte sie verwirrt?«

»Nein, einfach etwas menschenscheu. Sie hat keinen Kontakt zu den anderen Gästen gesucht. Abends hat sie hier gegessen und hat sich früh auf ihr Zimmer zurückgezogen. Dann hat man noch den Fernseher gehört.«

»Hat sie irgendetwas von Kleinkindern gesagt?«

»Nein, wie gesagt, sie hat nicht viel geredet. Doch, warten Sie, einmal hat sie so etwas gesagt, sie könne nicht verstehen, wie eine Mutter ihr Baby weggeben könne.«

Streiff und Elmer verabschiedeten sich und fuhren zum Spital. Die Rezeptionistin konnte sich vage an die Frau auf dem Foto erinnern. Möglich, dass sie ein-, zweimal vorbeigegangen sei oder einmal eine Weile auf der Bank vor dem Spital gesessen sei. Sie habe nicht weiter darauf geachtet; auffällig verhalten habe die Frau sich nicht. Das Babykäppchen sagte der Frau nichts.

»Wenn das Luzias Mützchen ist –«, meinte Streiff im Auto und biss sich auf die Lippen.

Stefan Attinger näherte sich St. Gallen. Er war schnell gefahren, unkonzentriert, einmal war er in eine gefährliche Situation geraten, als er zum Überholen ansetzte und übersah, dass der Wagen vor ihm ebenfalls blinkte und auf die Überholspur wechselte. Daraufhin hatte er sein Tempo etwas gedrosselt. Das Bild ging ihm nicht aus dem Kopf, wie Nadine und Lotte nebeneinander auf dem Sofa gesessen hatten, um einen Film anzuschauen, wie zwei verlorene Kinder, verstört und verzweifelt. Wenn Lotte nur reden würde, dachte er, dann könnte man ihr helfen. Er beschloss, Doktor Capeder anzurufen und ihn um die Adresse einer Kinderpsychologin zu bitten. Was konnte er für Nadine tun? Nicht viel. Sie mussten das jetzt einfach durchstehen. Wie würde ihr Leben in einem Jahr aussehen, in zehn Jahren? Würden sie wieder lachen? Zusammen in die Ferien fahren? Oder – er wagte nicht weiterzudenken.

Er fürchtete sich vor dem Besuch bei seiner Mutter. Sie war immer eine dominante Frau gewesen, eine strenge Mutter. Früh verwitwet, war ihr einziger Sohn ihr wichtigster Lebensinhalt gewesen, und sie wollte einen erfolgreichen Sohn, einen, der sein Leben nach ihren Vorstellungen gestaltete. Sie hatte nichts dagegen, dass er während des Gymnasiums ein Austauschjahr in den USA verbrachte, aber sie hatte nicht bedacht, dass er dort nicht nur Englisch lernte, sondern sich auch ihrem Einfluss entziehen konnte. Er war erwachsen geworden, und nach jenem Jahr war er nicht mehr der etwas unselbstständige Junge gewesen, sondern ein junger Mann, der sich mehr und mehr von seiner Mutter abgrenzte und seine eigenen Entscheidungen traf. Er hatte nicht Jura oder Medizin studiert, wie es der Mutter vorgeschwebt hatte, sondern Mathematik und hatte jetzt einen guten Job bei einer Versicherung. Er hatte eine Frau geheiratet, die seiner Mutter nicht gefiel, hatte sich immer Mühe gegeben, ein einigermaßen gutes Einvernehmen zwischen Mutter und Familie aufrechtzuerhalten, aber wenn es darauf ankam, stand er auf der Seite seiner Frau. Das musste seine Mutter zähneknirschend hinnehmen. Das würde sie auch heute tun müssen. Aber Stefan spürte, dass seine Batterien bald leer waren, viel Energie hatte er nicht mehr, um die Attacken seiner Mutter zu parieren. Er bog in die Straße ein, in der seine Mutter wohnte, und stellte das Auto ab.

Sie empfing ihn milde, schloss ihn in die Arme und murmelte: »Mein armer Sohn, mein armer, armer Stefan.« Einen Augenblick lang wäre er gern fünf Jahre alt gewesen und hätte sich der Umarmung überlassen. Er machte sich behutsam frei und folgte ihr ins Wohnzimmer. Der Tee stand schon bereit, sie hatte das beste Service hervorgeholt, dünnes, zart bemaltes Porzellan, das sonst nur an Weihnachten und an Geburtstagen zum Einsatz kam. Vielleicht tut es ihr wirklich leid, was uns zugestoßen ist, hoffte Stefan. Trotzdem wollte er vor allem eines klären.

»Eine Nachbarin hat ausgesagt, sie habe dich am Montagvormittag bei uns gesehen, Mutter«, begann er, »warst du wirklich da? Was wolltest du denn?«

Sie wich aus. »Meine Enkelin wieder einmal sehen, zum Beispiel. Ich bin ja seit Längerem nicht mehr eingeladen worden.«

»Du weißt, warum. Du hättest doch anrufen können. Du musst einen anderen Grund gehabt haben, unangemeldet aufzutauchen. Und warum bist du wieder umgekehrt?«

Greta Attinger schwieg eine Weile. Dann sagte sie: »Ich wollte mit Nadine reden. Über Luzia. Und über Lotte. Ich glaube nicht, dass es für Lotte gut gewesen wäre, mit einer solchen Schwester aufzuwachsen. Ich hatte mir Prospekte besorgt von Institutionen, die solche Kinder aufnehmen.«

»Ich hatte dir doch gesagt, dass das für uns nicht infrage gekommen wäre.«

»Ja, du hast das gesagt. Aber ich hatte den Eindruck, dass Nadine überfordert war. Ich wollte einmal ihre Meinung hören.«

»Du wolltest sie unter Druck setzen, weil sie sich weniger gut wehren kann als ich.« Stefan schüttelte resigniert den Kopf. »Ist dir eigentlich bewusst, wie hart und grausam du bist?«

»Du bist ungerecht. Ich war dir immer eine gute Mutter. Ich habe alles für dich getan.«

Stefan ließ das unkommentiert stehen.

»Nun ja«, murmelte Greta, »das ist ja jetzt obsolet, dieses Problem besteht nicht mehr.«

»Unsere Tochter Luzia ist tot«, sagte Stefan langsam, »unter schrecklichen Umständen gestorben, und du hast es nicht einmal fertiggebracht, uns dein Beileid auszusprechen.«

»Ist es denn nicht besser so?«, fragte Greta und legte ihm die Hand auf den Arm.

Er starrte sie an. Dieser Blick schien endlich bei ihr anzukommen.

»Seid ihr denn – bist du denn wirklich traurig darüber?«, fragte sie verwirrt.

»Ja, Mutter, wir sind alle sehr traurig, auch wenn du das nie verstehen wirst.«

Es gab nichts mehr zu sagen. Stefan stand auf und ging. Auf dem Heimweg fühlte er sich seltsamerweise ein bisschen erleichtert. Er dachte nicht mehr an seine Mutter. Ich werde mit Lotte reden heute Abend, nahm er sich vor. Ich werde alles versuchen, sie wieder zum Sprechen zu bringen. Wir müssen weiterleben, wir alle, und wir können nicht erst in einem Monat oder in einem halben Jahr damit anfangen.

Greta Attinger ging ruhelos von Zimmer zu Zimmer. Was soll ich bloß tun?, dachte sie. Hätte ich Stefan von Peter erzählen sollen? Nein, und jetzt ohnehin nicht. Peter wäre jetzt Mitte dreißig, ein einarmiger Mann, der trotz der operierten Hasenscharte entstellt aussähe. Das mit Luzia war in jeder Hinsicht viel schlimmer als das damals mit Peter. Wie wird es ausgehen? Lotte wird ihre kleine Schwester vergessen. Sie ist zwar schon viereinhalb, aber Kinder in diesem Alter vergessen rasch, und das ist auch gut so. Die ganze Familie sollte Luzia vergessen, der Fall sollte ungeklärt zu den Akten gelegt werden, das wäre das Beste. Wem würde die Wahrheit nützen? Niemandem. Es ist vollkommen gleichgültig, wer das Baby getötet hat. Die Familie muss weiterleben, Lotte muss glücklich und unbeschwert aufwachsen können.

Lotte war auf dem Sofa eingeschlafen. Als Nadine es bemerkte, schaltete sie den Ton des Fernsehers aus. Sie blieb sitzen und starrte auf den stummen Bildschirm, auf dem sich Rehe, Hasen und ein kleines Mädchen bewegten. Als wir Luzia noch hatten, dachte ich, ich lebte in einem Alptraum, ging es ihr durch den Kopf. Dabei weiß ich erst jetzt, was das ist. Sie strich ihrer Tochter über die Locken, und die Kleine seufzte im Schlaf tief auf.

Nadine fuhr auf. Offenbar war sie auch eingenickt. Es war fast sechs Uhr. Lotte schlief noch. Würde Stefan bald kommen? Sie suchte ihr Handy. Ja, da war eine Nachricht von Stefan, er war vor über einer Stunde in St. Gallen losgefahren. Wie der Besuch wohl verlaufen war? Nadine ging in die Küche. Sie schnitt Brot, nahm Käse und Schinken aus dem Kühlschrank, setzte Wasser auf, um ein paar Eier zu kochen. Sie schnitt eine halbe Gurke und zwei Tomaten in dünne Scheiben und bestreute sie mit Salz. Das würde reichen. Es hatte ja ohnehin niemand Hunger. Sie begann, den Tisch zu decken. Schon hörte sie ein Auto in die Einfahrt einbiegen. Sie warf einen Blick aus dem Fenster, ja, es war Stefan. Gleich hinter ihm kam ein zweiter Wagen. Das waren wieder die beiden Polizisten. Würden sie sie denn nie in Ruhe lassen? Stefan kam mit ihnen herein.

Streiff entschuldigte sich. »Wir haben nur eine kurze Frage: Gehörte dieses Käppchen Ihrer Tochter?«

Nadine besah es, schüttelte den Kopf. »Nein, das gehört nicht Luzia. Das habe ich noch nie gesehen.«

Streiff wandte sich zum Gehen.

»Warten Sie«, sagte Nadine plötzlich, »mir ist noch etwas eingefallen.«

»Ja?«

»An jenem Morgen, als Luzia verschwand, habe ich vorher jemanden gesehen auf dem Spazierweg. Eine junge Frau, die mir bekannt vorkam.«

»Ja?«

»Es ist mir jetzt in den Sinn gekommen, wer das war. Frau Evren, die Praxisassistentin von Doktor Capeder, unserem Kinderarzt.«

Streiff und Elmer wechselten einen Blick. Streiff dankte, und sie verabschiedeten sich.

Lotte war aufgewacht, als sie die Stimme ihres Vaters hörte. Sie kam zu Tisch, verschlafen, stumm aß sie ein Konfitürenbrot und trank ein wenig Milch.

Als sie im Bett lag, setzte sich Stefan zu ihr. Er las ihr eine kurze Geschichte vor und sagte dann: »Lotte, ich weiß, dass du sehr traurig bist, weil Luzia nicht mehr bei uns ist. Auch Mama und ich sind sehr traurig. Aber sprich doch wieder mit uns, dann können wir einander besser helfen und du fühlst dich weniger allein.« Das Kind blieb still. Stefan versuchte es von Neuem: »Du wirst morgen wieder in die Spielgruppe gehen, ja? Zu Mirko und Sabrina.« Nun schaute ihn Lotte erschrocken an. Sie schüttelte den Kopf, verkroch sich unter der Decke und drehte sich von ihm weg. »Okay, wenn du nicht willst, musst du nicht«, sagte Stefan hilflos. Er küsste sie auf die Wange und ging ins Wohnzimmer zu Nadine. Er erzählte nicht viel von seinem Besuch in St. Gallen, und Nadine fragte nicht nach. Lotte beschäftigte ihn mehr. »Ja«, bestätigte seine Frau, »ich habe ihr heute auch vorgeschlagen, wieder in die Spielgruppe zu gehen, aber sie will nicht. Zwingen sollten wir sie nicht.«

»Nein, aber es tut ihr bestimmt nicht gut, einfach zu Hause zu sein.«

»Sie hat irgendwie Angst vor Luzias Zimmer. Sie geht immer mit abgewandtem Kopf daran vorbei.«

»Wie wär's, wenn wir Leon fragen, ob sie übers Wochenende zu ihm gehen kann?«, schlug Stefan vor.

»Ja, das ist eine gute Idee, vielleicht kann er sie schon am Freitag nehmen«, stimmte Nadine zu. »Ich werde ihn gleich anrufen.«

»Sibel Evren«, sagte Streiff nachdenklich, als er den Wagen Richtung Innenstadt lenkte. »Sie war also auch in der Nähe des Tatorts.«

»Das kann ein Zufall sein«, wandte Zita Elmer ein. »Manchmal tut es gut, an die frische Luft zu gehen, wenn man Kopfschmerzen hat. Und mit dem Bus hat sie es nicht weit bis zum Katzenbach.«

»Ja«, stimmte Streiff zu, »aber sie hat es uns verheimlicht.«

»Hätte ich vielleicht an ihrer Stelle auch getan.«

»Wenn du schuldig oder wenn du unschuldig gewesen wärst?«

»Wahrscheinlich in beiden Fällen. – Warten wir doch ab, wie die Spurenanalyse ausfällt.«

»Wir reden nochmals mit ihr«, beschloss Streiff.

»Nun bin ich aber gespannt, ob Lieselotte Bär wieder zu Hause ist«, meinte Zita Elmer, als Streiff und sie morgens um halb neun in die Fabrikstrasse einbogen. »Und was es mit dem Babymützchen auf sich hat.«

»Und warum sie ausgerechnet am Tag, an dem Luzia starb, weggefahren ist«, ergänzte Streiff. Sie klingelten. Die Frau, die ihnen öffnete, war groß, dicklich, blass. Das krause Haar versuchte sie mit verschiedenen Haarspangen zu bändigen. Sie trug eine unmodische Sommerhose und ein rosa T-Shirt. Sie wirkte älter als Anfang vierzig. Ihr Blick war scheu, argwöhnisch.

Streiff stellte sich und Elmer vor. »Wir möchten Ihnen gern ein paar Fragen stellen. Dürfen wir hereinkommen, Frau Bär?«

Unsicher trat die Frau beiseite und ließ die beiden herein. Die Wohnung wirkte ärmlich, aber sauber. In der Küche, in die sie die beiden Besucher bat, standen ein Tisch und drei Stühle aus dem Brockenhaus, vier Tassen, von denen jede aus einem anderen Service stammte, trockneten auf dem Abtropfbrett. In einem Aschenbecher lagen einige Kippen.

»Was wollen Sie mich denn fragen?«, wollte Lieselotte Bär wissen.

»Sie haben in Einsiedeln dieses Käppchen vergessen«, sagte Streiff und wies es vor.

Die Frau erschrak.

»Es lag im Schrank der Pension Kälin, in dem Zimmer, das Sie drei Tage bewohnten.«

»Ja, es ist meins. Aber warum, ich meine – was ist daran nicht richtig? Ich habe es gekauft.«

»Wozu haben Sie es gekauft?«

»Einfach so, ich mag Babysachen. Das darf ich doch.«

»Wünschen Sie sich noch immer ein Kind?«, fragte Zita Elmer.

Die Frau sagte nichts.

»Sie haben vor zwölf Jahren das Baby einer anderen Frau aus einem Kinderwagen geraubt, der unbeaufsichtigt im Garten stand.«

Lieselotte Bär schrie leise auf. »Ich weiß, dass ich das nicht hätte tun dürfen. Ich habe Michael ja zurückgegeben, ich war in der Klinik, ich nehme meine Medikamente. Ich gehe spazieren, ich schaue mir die kleinen Kinder nur an.« Erschöpft schwieg sie.

»Warum sind Sie diesen Montag weggefahren?«

»Ich wollte ein bisschen Ferien haben, nur drei Tage, mehr kann ich mir nicht leisten. Ich bin spazierengegangen, was ist daran falsch?«

»Wann sind Sie denn zum Zug gegangen?«

»Am frühen Nachmittag, um halb zwei.«

»Frau Bär«, sagte Streiff eindringlich, »an jenem Montag ist in Seebach ein vier Monate altes Baby aus einem Kinderwagen geraubt worden, der im Garten stand.«

Die Frau starrte ihn an. »Ich war das nicht. Ich habe kein Baby.«

»Die Person, die das Kleinkind nahm, hat es anschließend in den Katzenbach geworfen, und es ist ertrunken.«

»In den Bach geworfen?«, rief sie. »Das würde ich doch nie tun! Ich liebe Kinder. Der kleine Michael damals, zu dem habe ich gut geschaut, ich habe ihm den Schoppen gegeben, ihn gewickelt und gewiegt.« Sie begann zu weinen. »Er war so ein hübscher Junge, ich hatte ihn so lieb.«

»Ja«, meinte Streiff. »Aber das kleine Mädchen, das am Montag verschwand, war nicht hübsch. Ich will Ihnen sagen, wie ich mir das vorstelle: Sie sind auf einem Spaziergang, Sie begegnen Müttern mit ihren Kindern, und Ihr Wunsch, selber eines zu haben, wird wieder übermächtig. Da sehen Sie den unbewachten Kinderwagen. Sie eilen hin, ohne genau hinzusehen, denn es muss ja schnell gehen, heben den Säugling aus dem Wagen und tragen ihn davon. Dann schauen Sie in sein Gesicht und sehen, dass das Kind entstellt ist. Sie erschrecken furchtbar, dieses Baby wollen Sie nicht, zurückbringen können Sie es auch nicht mehr, Sie schauen sich um, zufällig kommt niemand des Wegs, und Sie werfen die Kleine in den Bach. Dann eilen Sie nach Hause, packen das Nötigste und fahren weg.«

Lieselotte Bär schloss einen Moment die Augen. »Nein, glauben Sie mir, das war nicht ich, wirklich nicht.«

»Wo waren Sie denn am Montagvormittag?«, wollte Streiff wissen.

»Zu Hause. Es ging mir nicht so gut, ich habe überlegt, was ich tun sollte. Da kam mir die Idee wegzufahren. Ich habe gepackt, die Wohnung ein bisschen aufgeräumt.«

»Darf ich mich in der Wohnung etwas umsehen?«

»Ich, ich weiß nicht«, wehrte sich die Frau.

Streiff hatte die eine Türe bereits aufgestoßen. Es war eine Art Wohnschlafzimmer. An einer Wand stand ein schmales Bett, an einer anderen ein durchgesessenes Sofa mit einem kleinen Beistelltisch, gegenüber ein Fernseher. Es gab noch eine zweite Tür. Streiff öffnete sie und blieb überrascht im Türrahmen stehen. Dieses zweite, kleinere Zimmer war als Kinderzimmer eingerichtet. Ein Babybettchen stand darin, auf die Bettwäsche waren rosarote Schmetterlinge aufgedruckt. Ein buntes Strickpüppchen und ein Schnuller lagen auf dem Kopfkissen. Ein kleiner Tisch war als Wickeltisch hergerichtet, mit weicher Unterlage, Waschlappen und Babycreme. Daneben stand am Boden eine große Packung Windeln.

Lieselotte Bär und Zita Elmer waren hinter ihn getreten. Bär stieß einen erschrockenen Laut aus. Streiff wandte sich zu ihr um. »Wie können Sie mir das erklären, Frau Bär?«

Die Frau sah ihn hilflos an. Dann machte sie einen Versuch: »Ich muss …, darf manchmal das Baby meiner Schwester hüten.«

»Sie haben keine Schwester«, stellte Streiff klar. Sie gingen zurück in die Küche. Elmer öffnete die Schränke und fand einige Packungen Babymilch und zwei Fläschchen.

»Ich muss Sie bitten, mit uns zu kommen«, sagte Streiff. »Wir müssen Ihnen noch einige Fragen mehr stellen.«

Frau Bär schlüpfte in ein Paar ausgetretene Sandalen, griff sich eine Handtasche und folgte ihnen. Auf der Fahrt weinte sie leise.

Sie saß am Vernehmungstisch wie ein Kind, das mit dem Fußball eine Scheibe eingeschlagen hat. Schuldbewusst, reuig, verschüchtert. Ja, sie wünschte sich immer noch so sehr ein Baby und sie hatte im Brockenhaus ein Bettchen und ein paar Spielsachen gekauft. Damit alles vorbereitet war, wenn das Kindchen käme. Ja, sie ging spazieren in Parks und zu Kinderspielplätzen und schaute in die Kinderwagen. Ja, es war ähnlich wie damals, als der kleine Michael zu ihr gekommen war. Sie wusste, dass sie das nie mehr machen durfte. Aber sie hatte doch so gut für das Kleine geschaut, damals.

Sie gab alles zu – nur nicht, dass sie am Montagmorgen am Katzenbach ein Baby geraubt und ins Wasser geworfen hatte. Jedes Mal, wenn Streiff sie darauf ansprach, schüttelte sie heftig den Kopf. Nie würde sie ein Baby töten, sie wollte doch eins haben zum Liebhaben und Aufziehen. Streiff reichte ihr ohne Kommentar ein Foto von Luzia. Ein leiser Schrei entfuhr Lieselotte Bär. »Was ist denn das?«

Sie sah auf, und plötzlich war ihr Blick herausfordernd: »Hat mich denn jemand gesehen in Seebach? Wenn nicht, müssen Sie mich gehen lassen.«

»Das werden wir abklären, ob Sie jemand gesehen hat. Und auch, ob sich am Kinderwagen Ihre Fingerabdrücke finden.«

Lieselotte Bär verlangte, Frau Heiniger, ihre Sozialarbeiterin, anrufen zu dürfen.

»Weiß die denn von dem Kinderzimmer in Ihrer Wohnung?«, wollte Streiff wissen.

Nein, sie trafen sich alle drei Wochen in einem Café. Frau Heiniger war schon länger nicht mehr an der Fabrikstrasse gewesen. »Weiß Frau Heiniger, dass Sie wieder so gern ein Baby hätten?«

Bär schüttelte den Kopf. »Nein, davon sage ich nichts. Ich sage, dass es mir gut geht.«

Vermutlich war es Lieselotte Bär ja auch gut gegangen in letzter Zeit. Sie hatte wieder einen Lebensinhalt, indem sie das Kinderzimmer eingerichtet und sich auf die Ankunft eines Babys vorbereitet hatte.

»Warum sind Sie übrigens ausgerechnet nach Einsiedeln gefahren?«, fragte Zita Elmer.

Frau Bär zuckte die Schultern. »Ich kenne den Ort von früher. Es gibt schöne Spazierwege.«

»Sie sind beim Spital, in der Nähe des Babyfensters, gesehen worden.«

»Ja«, gab die Frau leise zu. »Ich hatte irgendwie gehofft, dass eine Frau käme, die ihr Neugeborenes nicht behalten konnte und die es ins Babyfenster legen wollte. Dann hätte ich sie doch bitten können, es stattdessen mir zu geben.«

Streiff und Elmer ließen Lieselotte Bär ein paar Minuten allein.

»Wollen wir die Frau nicht dabehalten?«, fragte Elmer. »Wenn wir ihr länger zusetzen, wird sie vielleicht einbrechen und es zugeben.«

»Vielleicht«, meinte Streiff. »Aber vielleicht gibt sie es dann einfach zu, um in Ruhe gelassen zu werden. Nein, wir haben zu wenig in der Hand gegen sie. Wir werden nochmals mit der Sozialarbeiterin und den Nachbarn sprechen. Aber wir lassen sie erst mal gehen.«

»Es ist ja nicht nur das eingerichtete Kinderzimmer. Sie hat Windeln und Babynahrung eingekauft. Wirklich so, als erwartete sie, in nächster Zeit einen Säugling zu betreuen.«

»Trotzdem«, wandte Streiff ein, »die Faktenlage ist zu dünn. Aber wir lassen natürlich den Kinderwagen und die Umgebung auch auf Spuren von ihr untersuchen.«

»Alibi für die Tatzeit hat sie jedenfalls keins«, hielt Elmer fest. »Immerhin wird sie in nächster Zeit kein weiteres Baby rauben.«

Am späten Nachmittag kamen die Ergebnisse vom Kriminaltechnischen Dienst. Es war nichts festgestellt worden, was auf Sibel Evren oder Lieselotte Bär hindeutete. Hingegen ließ sich ein Haar, das im Kinderwagen gefunden worden war, Greta Attinger zuordnen. Beat Streiff, der sich für den Abend mit Valerie verabredet hatte, rief sie an, um Bescheid zu geben, dass es spät werden könnte.

»Habt ihr den Mörder?«, rief Valerie ins Telefon.

»Kein Kommentar«, lachte er, »das wirst du hübsch in der Zeitung nachlesen.«

Zita Elmer, deren Mann bis spätabends arbeiten musste, organisierte Schwiegermutter Margrit, die Leo in der Krippe abholen, mit ihm essen und ihn ins Bett bringen würde.

Um sechs Uhr traf der St. Galler Polizeiwagen mit Greta Attinger an Bord in Zürich ein.

»Was denkst du, wird sie es zugeben?«, fragte Zita, als sie sich auf die Befragung vorbereiteten.

»Ich kann es nicht recht einschätzen«, sagte Streiff. »Einerseits ist sie eine harte Nuss. Anderseits ist sie aber doch eine alte Frau. Vielleicht ist sie innerlich schwächer, als sie gegen außen wirkt. Zudem ist dieses Haar natürlich noch kein Beweis.«

»Aber es muss am Montag in den Wagen gelangt sein, sie war doch schon seit Wochen nicht mehr auf Besuch bei der Familie ihres Sohnes.«

»Ja, zweifellos war sie beim Kinderwagen. Aber hat sie auch Luzia herausgenommen und getötet? Wir werden sehen.«

Sie gingen zu Greta Attinger, die im Vernehmungsraum saß, bewacht von einem jungen uniformierten Polizeibeamten. Er hatte ihr ein Glas Wasser gebracht. Sie wirkte alt, alt und verschreckt, aber auch kampfbereit. Sie war ebenso gepflegt angezogen und frisiert wie vor zwei Tagen. Sie trug ein langärmliges Seidenkleid in hellen Farben und ein feines goldenes Armband.

»Sie wissen, worum es geht, Frau Attinger«, sagte Streiff, als er sich ihr gegenüber niederließ.

»Ich weiß nicht, warum ich hierhergebracht worden bin«, stellte sie klar. »Ich weiß auch nicht, warum gestern zwei Polizeibeamte zu mir gekommen sind, die Haare aus meiner Haarbürste mitnahmen. Das war eine Verletzung meiner Privatsphäre.«

»Es geht hier um ein Tötungsdelikt, Frau Attinger«, erklärte Streiff langsam und deutlich. »Wir brauchten DNA von Ihnen, um sie mit Spuren zu vergleichen, die wir am Tatort gesichert hatten.«

»Und?«

»Im Kinderwagen fand sich ein Haar, das von Ihnen stammt.«

Sie schluckte. Jetzt hat sie Angst, dachte Streiff.

»Erzählen Sie uns, was am Montagvormittag geschah, als Sie zum Haus der Attingers kamen«, forderte er sie auf. »Aber erzählen Sie es diesmal richtig.«

»Ich bin hergekommen, um mit Nadine zu reden, das sagte ich schon. Auf dem Rasen erblickte ich den Kinderwagen, aber Nadine war nicht da. Ich ging hin, beugte mich über den Wagen. Dabei muss das Haar hineingefallen sein. Luzia lag im Wagen. Ich wandte mich ab. Ich sah, dass um die Ecke Lotte im Sandkasten spielte. Sie war ganz versunken, sie bemerkte mich nicht. Ich war wieder völlig entsetzt vom Anblick des Babys. Deshalb ging ich einige Meter weiter, den Katzenbach entlang, und setzte mich auf eine Bank.« Sie brach ab.

»Wie lange sind Sie dort gesessen?«

»Vielleicht zehn Minuten, ich kann es nicht genau sagen. Ich musste nachdenken.«

»Und dann gingen Sie wieder zurück?«, half Streiff.

»Ja, und da sah ich Nadine in einiger Entfernung, wie sie mit Lotte an der Hand zum Nachbarhaus eilte. Da dachte ich, es sei besser, wieder zu gehen. Das ist alles.«

»Das Auto Ihres Sohnes haben Sie nicht gesehen?«

Sie schüttelte den Kopf.

»Hätten Sie auf der Bank nicht sehen müssen, dass jemand mit Luzia das Uferbord hinunterging und sie in den Bach warf?«

»Nein, ich war wohl zu weit entfernt und ich habe in die andere Richtung geschaut. Das heißt, ich habe gar nicht herumgeschaut. Wie gesagt, ich musste nachdenken. Ich war plötzlich unsicher, ob ich wirklich mit Nadine reden sollte. Ob Stefan es mir nicht zu sehr übelnehmen würde. Mein Sohn, er ist nicht mehr mein Junge wie früher, er führt sein eigenes Leben, seine Familie ist ihm wichtiger als seine Mutter. Und doch hatte ich recht.«

»Womit?«

»Dass er die falsche Frau geheiratet hat. Eine, die ein solches missgebildetes Kind auf die Welt gebracht hat.«

»Das Ambras-Syndrom ist keine Erbkrankheit«, korrigierte Streiff.

Sie winkte ungeduldig ab.

»Wissen Sie was«, schlug Streiff vor, »wir fahren jetzt zu dieser Bank, auf der Sie am Montag saßen, und überzeugen uns davon, was man von dort aus sehen konnte. Kommen Sie.« Er nahm ihren Arm.

»Fassen Sie mich nicht an. Wollen Sie mir etwa Handschellen anlegen?«

»Keineswegs. Sie werden nicht davonlaufen.«

»Ich bin eine alte Frau«, murmelte sie, »ich bin fünfundsiebzig, Sie haben ja keine Ahnung vom Leben.« Sie musterte Streiff und Elmer verächtlich. »Los, gehen wir.«

Als sie sich dem Katzenbach näherten, wurde sie unsicher. »Wissen Stefan und Nadine, dass Sie mich hergeholt haben?«

»Nein.«

»Ich will nicht, dass sie mich sehen. Es ist eine Schande, so mit einer alten Frau umzugehen.«

Sie gingen den Bach entlang, Greta warf misstrauische Blicke zu den Häusern. Dann machte sie Halt vor einer Bank. »Hier, auf dieser Bank habe ich gesessen.«

Streiff setzte sich. Ein Stück weiter unten, auf der Höhe des Hauses der Attingers, ungefähr dort, wo Luzia ins Wasser geworfen worden war, stand Zita Elmer am Uferbord. Sie war sehr gut zu sehen.

»Schauen Sie, Frau Attinger, Sie hätten es sehr gut beobachten können, wie jemand mit dem Baby zum Bachufer ging. Und jene Person hätte Sie nicht unbedingt wahrgenommen, da Sie durch diesen Busch vor den Blicken etwas geschützt sind.«

»Ich habe nichts gesehen«, beharrte die alte Frau.

»Tja, dann gäbe es noch die andere Möglichkeit, dass Sie es eben doch selbst getan haben«, fuhr Streiff fort.

»Nein.«

»Dann fahren wir jetzt zurück. Wir müssen Sie hierbehalten, ich hoffe, das ist Ihnen klar«, sagte Streiff. »Sie können einen Anwalt anrufen und auch Ihre Familie, wenn Sie das möchten.«

»Ja, das werde ich tun.«

In der Zelle setzte sich Greta auf die schmale Liege und betrachtete ihre Umgebung. Der Raum war etwa sieben Quadratmeter groß. Zwei 40-Watt-Birnen spendeten trübes Licht. Ihren Mantel hatte sie an einen Haken gehängt, auf dem kleinen, an der Wand festgeschraubten Tisch stand ihr Necessaire, ein Beutel aus dünnem hellbraunem Schweinsleder, sorgfältig verarbeitet, passend für einen Aufenthalt in einem Vier-Sterne-Hotel. Auch das Bett war festgeschraubt. Die Matratze war dünn. In einem Korb lagen Bettwäsche, eine Wolldecke, ein Frottiertuch, Besteck und ein Becher. Greta strich über die Bettwäsche. Sie schien sauber zu sein. Langsam begann sie, das Bett zu beziehen. Von der Toilette, die neben der Zellentür stand, wandte sie den Blick ab. Sie trat vor das Waschbecken. Eine frische Seife lag auf einem Schwämmchen. Ein Hahn mit kaltem, einer mit heißem Wasser. Sie wusch sich die Hände und vermied es, ihr Gesicht im Spiegel anzuschauen. Sie kramte ein Nachthemd aus der Tasche, aber sie machte keine Anstalten, sich umzuziehen. Eine vage Erinnerung stieg in ihr auf, ein Bild, dem sie keine Beachtung geschenkt hatte, damals. Jetzt gewann es Konturen, erhielt eine neue Bedeutung. Sie wunderte sich, dass sie so ruhig blieb. Peter, dachte sie. Und dann wusste sie, was zu tun war. Sie zog sich das Nachthemd an, schminkte sich ab, putzte sich die Zähne, legte sich unter die Wolldecke und löschte das Licht. Sie lag wach im Dunkeln.

Streiff und Elmer fuhren zum Präsidium, nachdem sie Greta Attinger im Polizeigefängnis abgeliefert hatten.

»Was hältst du davon?«, wollte Streiff wissen, als sie sich dem Büro näherten.

»Entweder ist sie die Täterin oder sie schützt jemanden. Und wenn sie jemanden schützt, dann sicher ihren Sohn. Bestimmt nicht ihre Schwiegertochter.«

»Es könnte tatsächlich sein, dass sie den Täter schützt. Aber das könnte auch Nadine sein. Natürlich nicht aus Zuneigung, aber um die Ehre der Familie zu retten, was ja auch sie selbst betrifft. Oder um der kleinen Lotte die Familie zu bewahren, ihr nicht die Mutter wegzunehmen.«

»Vielleicht. Jedenfalls, wenn sie jemanden gesehen hat, dann sicher keine fremde Person. Nicht Sibel Evren, nicht Lieselotte Bär, nicht einen Fremden, von dem wir nichts wissen.«

Streiff nickte.

»Ich tippe immer noch auf sie«, fuhr Zita Elmer fort. »Sie hat die nötige Kaltblütigkeit, die Entschlossenheit – und sie hat Luzia nicht geliebt. Die anderen Familienmitglieder waren vielleicht unglücklich, aber sie versuchten klarzukommen. Und es ist ja auch vier Monate lang einigermaßen gegangen.«

»Wir werden sie morgen früh weiter befragen. Und auch mit Sibel Evren müssen wir nochmals sprechen.«

Es war halb neun geworden. Beat Streiff schickte Valerie ein SMS, dass er gleich kommen würde. Zita Elmer machte sich auf in Richtung Leo und Margrit. Leo schlief höchstwahrscheinlich, aber es würde nichts daraus werden, sich einfach mit einem Bier aufs Sofa zu schmeißen und sich durchs Programm zu zappen. Es war sicher noch mindestens eine Stunde Unterhaltung mit Margrit angesagt. Das ließ sich die Schwiegermutter nicht nehmen. Einfach so als Babysitter abfertigen konnte man sie nicht. War ja auch verständlich, aber eigentlich langweilte es Zita, in aller Ausführlichkeit zu hören, was der kleine Goldschatz wieder alles gesagt und angestellt hatte. Sie wusste, welche Wörter er schon konnte. Allzu viele waren es nicht, beim Sprechenlernen war er ein wenig ein Spätzünder, dafür hatte er früher als andere Kinder gehen gelernt und er interessierte sich bereits für Fußball. Wird sicher mal ein tüchtiger Sportler, der Kleine, dachte Zita zufrieden.

Die S-Bahn kam, Zita stieg ein. Was habe ich vorhin gesagt?, ging es ihr durch den Kopf. Es sei vier Monate lang einigermaßen gegangen. Eigentlich wissen wir sehr wenig über diese Familie. Einfach das, was man sich so denken kann. Man erschrickt, wenn man ein entstelltes Kind bekommt. Man versucht, sich einzurichten damit. Man ist verletzt, wenn die Umgebung ablehnend auf das Kind reagiert. Man schwankt zwischen Gefühlen von Fürsorglichkeit und Zuneigung und Trauer, vielleicht muss man auch gegen seine eigene Abwehr ankämpfen. Aber wie ist es wirklich in dieser Familie zugegangen? Wie hat dieses Baby das Familienleben verändert? Hat es die Eltern näher zusammengebracht oder sie voneinander entfernt? Waren beide allein mit ihren Ängsten und Verletzungen? Warum war die ältere Tochter so bedrückt? Was ging in der Großmutter vor? War es ihr wirklich nur darum zu tun, dass die Familie ihres Sohnes eine Vorzeigefamilie war, von der sie im Bekanntenkreis Erfolgsmeldungen und gelungene Fotos herumreichen konnte? Oder war es ihr doch auch um das Glück dieser Familie gegangen? Das Ganze schien Zita mehr und mehr ein unentwirrbares Knäuel von ambivalenten Gefühlen, Einsamkeit und Abgründen zu sein. Wie sollen wir da die Wahrheit herausfinden?, dachte sie entmutigt. Sie stieg beim Triemli aus und bog in die Döltschihalde ein.

Nadine hörte, dass das Telefon klingelte, dass Stefan abhob und ›Hallo, Mutter‹ sagte. Dann fiel die Tür zu. Sie erzählte Lotte die Geschichte fertig. Das Mädchen hatte auch heute kein Wort gesprochen, sie aß wenig und sie spielte auch nicht. Sie saß nur herum, die Plüschkatze Mischa im Arm, wich Blicken aus. Wenn man sie zu Tisch rief, kam sie, wenn man ihr eine DVD einlegte, setzte sie sich aufs Sofa und schaute auf den Bildschirm, aber Nadine zweifelte daran, dass sie den Film wirklich mitbekam. Wir tun ihr nicht gut, dachte sie, ich tue ihr nicht gut. Ich kann ihr keine Kraft geben, keine Wärme. Heute hatten sie Bescheid bekommen, dass Luzia zur Beerdigung freigegeben worden war. Das stehe ich nicht durch, wusste Nadine, Wellen von Angst hatten sie überflutet. Stefan hatte auch schlecht ausgesehen. »Wir machen das im engsten Familienkreis«, hatte er sie beruhigt. »Nur du, Lotte, Leon und ich. Vielleicht noch meine Mutter. Todesanzeigen verschicken wir erst hinterher.« Lotte hatten sie noch nichts davon gesagt.

»Lotti«, wandte sich die Mutter jetzt an die Kleine, »du wirst morgen zu Leon gehen für drei Tage. Er wird mit dir in den Wald gehen zum Spielen und zu McDonald's essen, okay?«

Lotte nickte.

»Wir packen zusammen deinen kleinen Koffer, ja? Du kannst aussuchen, was du mitnehmen möchtest. Und für Leon packen wir ein kleines Geschenk ein. Was möchtest du ihm mitbringen?«

Es half nichts. Lotte blieb still. Immerhin hatte sie genickt.

Nadine küsste sie. »Schlaf schön. Wenn du nachts aufwachst, darfst du zu uns hinüberkommen, ja?«

Lotte nickte. Nadine deckte sie zu und ging hinaus. Die Tür ließ sie einen Spalt offen.

Im Wohnzimmer saß Stefan. »Mutter ist in U-Haft«, sagte er.

»Was? Greta? Warum denn?« Nadine ließ sich in einen Sessel fallen.

»In Luzias Wagen fand sich ein Haar von ihr.«

»Was heißt das? Dass sie –? Das kann doch nicht sein.« Nadine wurde übel.

»Sie sagt, nein. Sie habe nur in den Wagen geschaut und sich dann entfernt. Aber die Polizei glaubt ihr nicht. Sie haben sie dabehalten. Sie ist im Polizeigefängnis. Morgen besucht sie ein Anwalt.«

»Sie ist doch eine alte Frau«, murmelte Nadine, »man kann sie doch nicht ins Gefängnis stecken.«

»Eine alte Frau, die unter Verdacht steht.« Stefan stand auf. »Ich muss ein bisschen raus, in Ordnung? Ich mache einen Spaziergang.«

»Ja, sicher.« Wieder überfiel Nadine die Angst. Stefan wirkte, als ob er am Ende seiner Kräfte wäre. Du musst durchhalten, beschwor sie ihn innerlich. Was mache ich, wenn du nicht mehr kannst? Sie ging ins Bad und schluckte eine Tablette. Dann rief sie Leon an.

Als Elmer und Streiff Greta Attinger am nächsten Morgen vorführen ließen, fanden sie die alte Frau völlig verändert vor. Den Anwalt hatte sie nach einem kurzen Gespräch weggeschickt. Sie schien in dieser Nacht kleiner geworden zu sein, schmaler. Die Haare klebten ihr am Kopf. Das goldene Armband trug sie nicht mehr. Sie sah erschöpft aus, wahrscheinlich hatte sie kaum geschlafen. Aber es steckte immer noch ein Stück Entschlossenheit in ihr.

»Schalten Sie das Tonband an«, forderte sie Zita Elmer auf. »Ich möchte ein Geständnis ablegen. Ich habe meine Enkelin Luzia Attinger getötet.«

Nach diesem Satz war es eine Weile ganz still.

»Erzählen Sie es uns genauer«, sagte Streiff.

»Ich bin zu ihrem Wagen gegangen, der unbeaufsichtigt dastand. Ich habe hineingeschaut, habe das Kind herausgehoben, bin mit ihm die paar Meter zum Ufer gegangen und habe es hineinfallen lassen. Und jetzt bringen Sie mich in meine Zelle, ich habe nichts mehr beizufügen.«

»Hatten Sie das geplant? Sind Sie in dieser Absicht nach Zürich gefahren?«, fragte Elmer.

»Nein. Ich kam, um mit meiner Schwiegertochter zu reden. Aber ich hatte von Anfang an gedacht, dass es das Beste wäre, wenn das Kind sterben würde. Als ich dann vor ihm stand, weit und breit niemand zu sehen, wusste ich auf einmal, was zu tun war. Es war die einzige Chance für die Familie. Ich bin eine alte Frau, auf mich kommt es nicht mehr an.«

Mehr war aus ihr nicht herauszubringen.

»Wir müssen die Familie informieren«, sagte Streiff, »mach du das. Ich übernehme die Medienmitteilung.«

Nadine kam alles ganz unwirklich vor. Die Küche, in der sie stand, der Rasen, der Baum, das Haus gegenüber, das sie durchs Fenster sah, die Stimme von Leon, der mit Lotte einen kleinen Koffer packte, ihr Mann, der hinter ihr stand und sie umfasst hielt. Vor einer halben Stunde hatte die Polizistin angerufen und ihnen mitgeteilt, dass Greta Attinger gestanden hatte, Luzia getötet zu haben. Gleich darauf war Leon gekommen. Stefan hatte Nadine eine Tablette gegeben, nun spürte sie nichts, keine Angst, keinen Schmerz, keine Verzweiflung, da war nur dieses Gefühl von Unwirklichkeit, das Wissen, dass alles zerstört war, was ihr Leben ausgemacht hatte, und es war ihr ganz gleichgültig. Sie nahm wahr, dass Stefan bebte, er weinte tonlos. Er war ihr ganz fremd. Er hatte es Leon gesagt, sie waren eine Weile in der Küche gesessen und hatten von Greta geredet, wie es weitergehen würde mit Untersuchungshaft und Prozess und möglichem Strafmaß, als ob es sich um eine entfernte Bekannte handeln würde. Dann war Leon zu Lotte gegangen. »Pack die Turnschuhe ein«, hörte Nadine ihn zu der Kleinen sagen, »und den kleinen Rucksack, wir werden einen Ausflug in den Wald machen und Würste braten. Und dann brauchen wir noch deine Zahnbürste. Was möchtest du für Spielsachen mitnehmen? Soll ich für dich aussuchen?«

Er kam in die Küche. Auch er wirkte mitgenommen. »Wir sind fertig«, sagte er, »aber kann man euch beide allein lassen? Ihr braucht doch jetzt Hilfe. Vielleicht solltet ihr doch diesen Polizeipsychologen anrufen. Er könnte euch etwas Unterstützung geben.«

»Ja, vielleicht werden wir das tun«, sagte Stefan. »Es ist gut, dass Lotti zu dir kommen kann.«

Leon parkierte den Wagen in der Tiefgarage, löste den Gurt vom Kindersitz und hob Lotte heraus. Vom Rücksitz fischte er ihren Koffer, nahm das Mädchen bei der Hand und ging mit ihr in die Wohnung. Er redete mit ihr und tat so, als falle es ihm nicht auf, dass sie kein Wort sagte. Benja tänzelte heran. Lotte streichelte sie, sagte aber nichts.

»Ich mache dir eine kalte Schokolade, okay, oder möchtest du lieber einen Sirup? Und ich habe Hörnchen besorgt, die isst du doch gern.«

Lotte hatte es immer toll gefunden, dass sie bei Leon abends ihre Spielsachen nicht so ordentlich verräumen musste wie zu Hause. Sie schlief im Gästezimmer in einem riesigen Bett, in dem auch jede Menge Plüschtiere und Puppen Platz hatten, während bei Mama und Papa nur Mischa in ihrem Bett schlafen durfte. Ihr Lieblingsplatz war ein Schaukelstuhl, in den sie sich gern verkroch, und Leon musste sie sanft schaukeln, weil sie zu klein war, um den Stuhl selbst in Bewegung zu halten.

Jetzt saß sie in der Küche, stumm, am leicht klebrigen Tisch und knabberte an einem Hörnchen, während Leon ihr ein Glas mit Schokoladenmilch und eines mit Sirup hinhielt. »Welches möchtest du?«

Sie deutete auf die Schokolade. Leon schüttelte den Kopf und schloss die Augen. »Ich bin blind, ich kann nur hören.«

Pause. Dann flüsterte die Kleine: »Schoko.«

Leon öffnete die Augen und stellte ihr das Milchglas hin. »Bitte, Prinzessin.«

»Danke«, auch das kam ganz leise, fast gehaucht, aber es war immerhin ein Wort. Schon das zweite, wie Leon zufrieden feststellte. Für sich selbst machte er einen Kaffee.

Anschließend ging Lotte ins Wohnzimmer und kletterte auf den Schaukelstuhl. »Nichts da«, protestierte Leon, »bei diesem schönen Wetter gehen wir raus. Wir können mit dem Ball spielen oder im Sandkasten.«

»Sandkasten«, willigte sie ein.

Er häufte Sand zu einem hohen Berg auf und grub einen Tunnel hindurch. Lotte half nicht viel mit, aber sie beobachtete seine Arbeit. Leon führte ein Plastikauto durch den Tunnel, und Lotte griff nach einem Holzpferd und ließ es ebenfalls den Stollen durchqueren. Gegen Mittag wanderten sie zusammen zur Bäckerei und kauften Apfel- und Aprikosenkuchen, den sie zusammen im Garten aßen. Lotte sagte ab und zu ein Wort, wenn Leon sie fragte, ob sie dieses oder jenes wollte, aber sie lächelte nie. Sie spielte mit, was Leon vorschlug, aber zaghaft, nie blitzte in ihren Augen der Übermut auf wie früher, wenn sie vor Ideen übersprudelte. Am Nachmittag nahm Leon sie mit in den Coop, wo sie Cervelats kauften, und gegen fünf Uhr machte er sich mit ihr auf zur nahe gelegenen Feuerstelle am Waldrand. Lotte half mit beim Holzsuchen und schaute zu, wie er das Feuer entfachte. Er schnitzte für sie einen Grillstecken, auf den sie ihre Wurst aufspießte und den sie übers Feuer hielt. Leon öffnete für sich ein Bier. Die letzten Stunden hatte er sich gezwungen, die Gedanken an Nadine und Stefan beiseitezuschieben, um sich ganz auf Lotte konzentrieren zu können. Jetzt sah er seine Schwester vor sich, ihren Blick, der gar nichts mehr verstand, ihre kraftlose Gestalt, und daneben seinen Schwager, der noch nicht ganz begriffen zu haben schien, was seine Mutter ihnen angetan hatte. Ich werde sie anrufen, wenn Lotte im Bett ist, nahm er sich vor. Nach dem Essen schauten sie, an einen dicken Baum gelehnt, zu, wie das Feuer niederbrannte, wie sich das Holz in weiße Glut verwandelte, in der rote Funken aufblitzten. Er zog Lotte ein Jäckchen über, und sie kuschelte sich an ihn. Neben ihnen schlief der Hund.

»Leon«, sagte sie plötzlich.

»Ja, Kleines«, sein Herz machte einen Sprung. Begann sie wieder zu sprechen?

Aber sie schwieg, und dann spürte er, wie sie zitterte und zu weinen anfing. Er drückte sie an sich.

»Warum ist Großmama im Gefängnis?« Hatte sie also mitgehört. »Ins Gefängnis müssen doch nur Leute, die etwas Böses getan haben.«

Wie sollte er ihr das nur erklären? »Es ist wegen Luzia, weißt du«, versuchte er es, »Luzia ist doch in den Bach gefallen und ertrunken. Und es ist so, dass Großmama sie dort hat fallen lassen. Sie hätte besser aufpassen müssen.«

»Muss ich auch ins Gefängnis?«

»Niemals. Kinder müssen nicht ins Gefängnis.«

»Ich wollte nichts Böses tun.«

»Du hast auch nichts Böses getan.«

»Es war doch gar nicht Großmama, die Luzia zum Bach getragen hat. Ich war es. Ich dachte, es ist besser, wenn Luzia eine andere Mama bekommt. Eine Katzenmama. Meine Mama war immer so traurig, seit Luzia bei uns war, und da dachte ich, der liebe Gott habe Luzia vielleicht zu einer Katzenfamilie schicken wollen, und da wollte ich sie hinbringen. Ich wollte, dass Mama wieder fröhlich ist. Aber jetzt ist Mama immer noch traurig und Papa auch. Und warum ist jetzt Großmama im Gefängnis? Können wir denn Luzia einmal bei ihrer neuen Familie besuchen?«

Leon war schwindlig. Er schwieg eine Weile. Dann sagte er: »Großmama wird bald wieder heimgehen dürfen, mach dir keine Sorgen, meine Kleine, und Luzia ist jetzt bestimmt bei ihrer Katzenmama. Komm, wir gehen nach Hause.«

Greta Attinger saß in ihrer Zelle. Ein paar Jahre, dachte sie, länger wird es nicht dauern. Vielleicht nicht einmal so lange. Seit gestern bin ich eine alte Frau, und ich will auch nichts anderes sein. Ich muss mir nichts mehr wünschen, nichts mehr erreichen, nicht einmal mehr etwas bewahren. Nichts mehr ist wichtig. Aber für meinen Sohn und seine Familie soll das Leben weitergehen. Sie hörte einen Schlüssel, ihre Zellentür wurde geöffnet. Die Polizistin, die sie befragte hatte, stand vor ihr.

»Sie können gehen, Frau Attinger, packen Sie Ihre Sachen zusammen.«

»Warum? Wohin? Werde ich verlegt?«

»Ihre Enkelin hat sich ihrem Onkel anvertraut. Sie brauchen sie nicht mehr zu schützen. – Ihr Sohn wartet draußen.«

Greta Attinger setzte sich. »Das ist nicht wahr«, sagte sie unsicher. »Das hat sie nicht getan.«

»Doch. Sie können gehen.«

»Sie ist doch ein kleines Kind, sie fantasiert.«

Die Polizistin sagte, nicht unfreundlich: »Packen Sie. Viel haben Sie ja nicht hier. Sie müssen wissen, dass Ihr falsches Geständnis ein Verfahren nach sich ziehen wird.«

Sie ließ sie allein. Greta Attinger begann mit unbeholfenen Bewegungen einzupacken, legte Zahnbürste und Zahnpaste ins Necessaire, faltete ihr Nachthemd zusammen und verstaute es in der Tasche. Sie zog sich den Mantel über und griff nach der Tasche. Peter, dachte sie, ich muss ihnen von Peter erzählen. Sie zog die Zellentür hinter sich zu.

ENDE

GLOSSAR

Büsi	Kätzchen
Coop	Großverteiler
IV	Invalidenversicherung
Konfitüre	Marmelade

DANK

Ich danke Susanne Cho für Ermutigung, als es mit dem Text nicht so gut vorwärtsging,

Jens Rubin von der Stadtpolizei Zürich, der sich viel Zeit nahm, um mir die polizeilichen Abläufe zu erklären, und

Daniel Bäni für sein Vertrauen in meine Fähigkeiten.

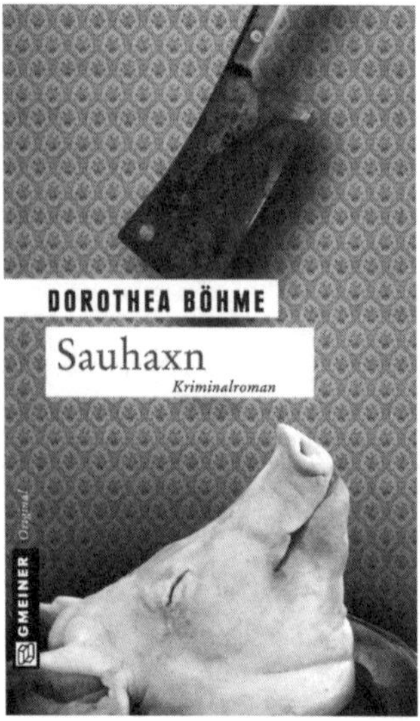

Dorothea Böhme
Sauhaxn
978-3-8392-1328-5

»Dorothea Böhme stürzt ihren Helden von einer Misere in die nächste. Große Unterhaltung ganz im Zeichen des schwarzen Humors!«

Johann Mühlbauer ist Kochlehrling in Lendnitz, einem idyllischen Dorf in Kärnten. Sein Leben könnte viel einfacher sein, wenn er nur ein bisschen so wäre wie sein großes Vorbild Bruce Willis. Doch leider meint es das Schicksal nicht gut mit ihm. Johann stolpert über Leichen wie andere über Steine. Erst findet er seinen enthaupteten Chef, dann folgt eine Leiche auf die andere. Eigentlich kann ihm jetzt nur noch Bruce Willis helfen.

GMEINER

Wir machen's spannend

Unsere Lesermagazine

2 x jährlich das Neueste aus der Gmeiner-Bibliothek

24 x 35 cm, 32 S., farbig; inkl. Büchermagazin »nicht nur« für Frauen

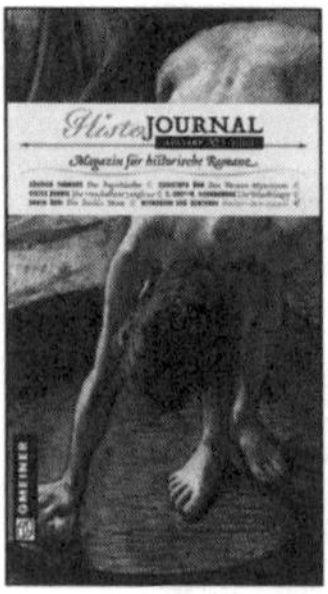

10 x 18 cm, 16 S., farbig

Alle Lesermagazine erhalten Sie in Ihrer Buchhandlung oder unter www.gmeiner-verlag.de.

GmeinerNewsletter

Neues aus der Welt der Gmeiner-Romane

Haben Sie schon unsere GmeinerNewsletter abonniert?

Monatlich erhalten Sie per E-Mail aktuelle Informationen aus der Welt der Krimis, der historischen Romane und der Frauenromane: Buchtipps, Berichte über Autoren und ihre Arbeit, Veranstaltungshinweise, neue Literaturseiten im Internet und interessante Neuigkeiten.

Die Anmeldung zu den GmeinerNewslettern ist ganz einfach. Direkt auf der Homepage des Gmeiner-Verlags (www.gmeiner-verlag.de) finden Sie das entsprechende Anmeldeformular.

Ihre Meinung ist gefragt!

Mitmachen und gewinnen

Wir möchten Ihnen mit unseren Romanen immer beste Unterhaltung bieten. Sie können uns dabei unterstützen, indem Sie uns Ihre Meinung zu den Gmeiner-Romanen sagen! Senden Sie eine E-Mail an gewinnspiel@gmeiner-verlag.de und teilen Sie uns mit, welches Buch Sie gelesen haben und wie es Ihnen gefallen hat. Alle Einsendungen nehmen automatisch am großen Jahresgewinnspiel mit attraktiven Buchpreisen teil.

GMEINER

Wir machen's spannend